Jan Beinßen, Jahrgang 1965, lebt in Franken und hat zahlreiche Kriminalromane veröffentlicht. Bei ars vivendi erschienen neben seinen Paul-Flemming-Krimis u. a. der historische Kriminalroman *Görings Plan* (2014) sowie die Kurzkrimibände *Die toten Augen von Nürnberg* (2014) und *Tod auf Fränkisch* (2017).

Jan Beinßen

Lokalderby

Paul Flemmings achter Fall

Kriminalroman

ars vivendi

Originalausgabe

Fünfte Auflage Dezember 2020
Vierte Auflage Juli 2015
Dritte Auflage Januar 2014
Zweite Auflage April 2013
Erste Auflage März 2013
© 2013 by ars vivendi verlag
GmbH & Co. KG, Bauhof 1, 90556 Cadolzburg
Alle Rechte vorbehalten
www.arsvivendi.com

Lektorat: Stefan Imhof
Umschlaggestaltung: FYFF, Nürnberg
Motivauswahl: ars vivendi,
unter Verwendung einer Fotografie von David Ebener/
picture alliance/dpa und DeFodi/picture alliance
Druck: CPI books GmbH, Leck
Gedruckt auf holzfreiem Werkdruckpapier
der Papierfabrik Arctic Paper

Printed in Germany

ISBN 978-3-86913-194-8

Lokalderby

Für meine Lieblingskicker
Felix & Philip

»*I hope we have a little bit lucky*«
Lothar Matthäus

1

»Jetzt schieß! SCHIESS! Du sollst schießen, verdammt!«

Paul Flemming brüllte aus Leibeskräften, und es hielt ihn kaum auf seinem Platz. Die Leidenschaft, die ihn gepackt hatte wie ein plötzlich auftretendes Sommergewitter, teilte er mit über 40.000 anderen Besuchern des Nürnberger Stadions. Einer war noch enthusiastischer bei der Sache als Paul und verfolgte das Geschehen mit hochrotem Kopf und wippenden Knien: sein Vater Hermann.

Hermann besaß eine Dauerkarte und war bis vor Kurzem mit dem eigenen Wagen zu den Spielen gekommen. Doch die Fahrerei fiel ihm zusehends schwerer, und mangels einer vernünftigen ÖPNV-Anbindung zwischen Herzogenaurach und Nürnberg musste nun ab und zu Paul ran, um den Chauffeur zu geben. Heute inklusive Begleitung ins Stadion, wo Vater und Sohn sich die Partie des 1. FC Nürnberg gegen Hannover 96 ansahen.

Ein Spiel ungleicher Gegner, wie Paul meinte, der die kritischen Mienen seiner Nachbarn bemerkte und die sich rapide verschlechternde Stimmung im Fanblock spürte: Die Hannoveraner führten schon seit der vierten Minute mit 1:0. Von Anfang an hatten sie sich überlegen gezeigt, konnten blitzschnell das Mittelfeld überbrücken und tauchten immer wieder im Nürnberger Strafraum auf. Dank seines herausragenden Keepers konnte der Club dem heranstürmenden Kontrahenten trotzen, doch es war nur eine Frage der Zeit, bis die Gäste ihre spielerischen Vorteile in ein zweites Tor umwandeln würden.

»Was veranstalten diese Deppen da eigentlich?«, zürnte Hermann, der glühende Club-Fan, über sein Team. »Fehlt nur noch, dass sie über ihre eigenen Füße stolpern.«

»Ja, ein ziemliches Gestöpsel«, stimmte Paul ihm zu. »Wir haben den Hannoveranern nicht viel entgegenzusetzen.«

»Ein Jammer. Ausgerechnet gegen diese Flachländer zu verlieren, das wäre eine Schande. Wozu trainieren die denn die ganze Woche, wenn sie dann nicht mehr Leistung zeigen als die F-Jugend?«

Wie auf dem Feld dominierten auch auf den Zuschauerrängen die Fans von 96 das Geschehen: Obwohl deutlich in der Minderheit, zog der gegnerische Block eine wilde Show ab mit La-Ola-Wellen, Pfeifkonzert und Gesang für die »Roten«, wie die Hannoveraner wegen ihrer traditionellen Trikotfarbe genannt wurden. In den wenigen Momenten, in denen sich der Club den Ball erobern konnte, pfiffen die niedersächsischen Fans die Gastgeber gnadenlos nieder.

»Schlaft nicht ein!«, rief Hermann durch seine zum Trichter geformten Hände. »Zeigt, was ihr draufhabt!«

»Ran! Geht endlich ran!«, feuerte auch Paul die Nürnberger Elf an, in der Hoffnung, die anderen Zuschauer in seiner Reihe aus ihrer Lethargie zu reißen. Ihren Gesichtsausdrücken nach zu urteilen, hatten die meisten von ihnen nämlich schon resigniert.

Leider zu Recht, wie Paul gleich darauf erfahren musste: In einer kaum gebremsten Sololeistung führte der Hannoversche Mittelstürmer den Ball an der wie festgenagelt wirkenden Nürnberger Abwehr vorbei und drosch das Leder in Richtung des völlig schutzlosen

Keepers. Ein Schuss in die Wolken zwar, denn der 96er verpasste den Kasten, aber die Gäste bewiesen einmal mehr, dass sie brandgefährlich waren.

»Lasst euch das nicht gefallen! Tretet ihnen in den Arsch!«, brüllte Hermann mit glühenden Wangen – und verblüffte Paul ob seiner Ausdrucksweise. »Es darf nicht wahr sein, dass ihr Schnarchnasen nicht mit dieser Gurkentruppe fertigwerdet!«

Doch die Hannoveraner ließen nicht locker. Sie drängten nach vorn, um die Begegnung so früh wie möglich für sich zu entscheiden und die Sache in trockene Tücher zu bringen. Sie gierten nach dem zweiten Treffer und traten aggressiv auf wie Haie im Blutrausch. Paul mochte gar nicht hinschauen, als ein geballter Sturmlauf der Gäste in der 20. Minute für die nächste Großchance sorgte. Es blieb beim Lattentreffer – vorerst.

Hermann setzte zu einem weiteren Brüller an, ließ es aber bleiben. Stattdessen grummelte er etwas Unverständliches vor sich hin und rieb seine Hände nervös am rot-schwarzen Schal. Paul teilte sein Unbehagen angesichts des Spielverlaufs, doch im Gegensatz zu seinem Vater würde er sich die Laune auch im Falle einer Heimniederlage keineswegs verderben lassen. Denn er selbst begriff sich nicht als überzeugten Fußballfan.

Als Kind hatte er zum Leidwesen seines Vaters nur kurz und wenig erfolgreich im Verein gespielt, die Bundesliga ließ ihn kalt, und selbst bei Champions-League-Spielen schaltete er den Fernseher höchstens dann an, wenn zum Finale die Bayern gegen den FC Chelsea antraten. Turniere wie EM und WM verfolgte er zwar mehr oder weniger regelmäßig, aber auch nur solange die Nationalelf im Rennen war.

Ja, Hermann hatte es nicht leicht mit ihm. Denn im Gegensatz zu Paul ging er völlig im beliebtesten Volkssport der Deutschen auf – zumindest als Zuschauer. Nicht auszuschließen, dass das eher unterkühlte Verhältnis der beiden seine Ursache in den sehr unterschiedlichen Auffassungen über die Bedeutung des Fußballs für den tieferen Sinn des Lebens hatte, sinnierte Paul.

Nachdenklich und in Anbetracht seines mangelnden Einfühlungsvermögens in die Begeisterung seines Vaters auch ein wenig selbstkritisch, betrachtete er Hermanns Profil: das schlohweiße Haar, das er mit einem strengen Scheitel im Zaum hielt, die Brille mit dem dominanten schwarzen Rahmen, die angesichts seiner nachlassenden Sehkraft nicht mehr ganz so sorgfältig rasierten Wangen, den Mund mit den aufgeworfenen, meist vorwurfsvoll verzogenen Lippen.

Paul war mittendrin in der Analyse der schwierigen Vater-Sohn-Beziehung – da brach um ihn herum die Hölle los!

Die Fans an seiner Seite sprangen von ihren Plätzen. Auch Hermann schoss in die Höhe, wobei er offensichtlich Rheuma und Kniegelenksbeschwerden völlig vergaß. Der Jubel, der um Paul herum aufbrandete, erreichte einen düsenjetartigen Lautstärkepegel – das 1:1 war gefallen!

»Siehst du, Bub«, meinte Hermann, als sie sich kurz darauf in den Menschenstrom eingliederten, der sich während der Halbzeitpause zu den Toiletten, Getränkeständen und Würstchenbuden bewegte. »Der Club ist eben doch kein Depp, wie viele behaupten.« Stolz schwang in seiner Stimme.

»Und ich verpasse den Ausgleich«, sagte Paul zerknirscht. »Habe das Spiel direkt vor meiner Nase und verschlafe trotzdem die entscheidenden Sekunden.«

»Macht nichts. Du wirst schon noch auf deine Kosten kommen. Jetzt sind unsere Jungs aufgewacht. In der zweiten Halbzeit jagen sie die Preußen zum Teufel.«

»Wenn du meinst ...«

Paul, der sich anstelle des obligatorischen Bratwurstwecklas heute mal für eine schlichte Bockwurst mit Senf und Weißbrot entschied, stellte fest, dass er gerade drauf und dran war, die längste zusammenhängende Unterhaltung mit seinem Vater zu führen, an die er sich erinnern konnte. Denn meist beschränkten sich ihre Gespräche auf knappe Begrüßungsfloskeln, kurzgehaltene Arbeitsanweisungen für Paul, wenn es darum ging, den elterlichen Garten auf Vordermann zu bringen, oder die ein oder andere Kritik an Pauls Lebenswandel. Und sonst war es ohnehin seine Mutter Hertha, die den Ton angab und Hermann mit Vorliebe in seinen Fernsehsessel bugsierte, um ungestört mit ihrem einzigen Sohn quatschen zu können.

»Wir müssen uns ranhalten«, rief ihn Hermann zur Eile auf. »Gleich beginnt die zweite Halbzeit!«

Lauthals feuerte die Nordkurve die Nürnberger Kicker an. Auch Hermann schrie aus Leibeskräften, als die heimische Elf einlief, um den Club zum nächsten Tor zu treiben. Paul konnte ebenfalls nicht anders, ließ sich von der Euphorie anstecken und stimmte in den fröhlichen Grölgesang ein.

Mit einer beachtlichen Souveränität und frankenuntypischem Selbstvertrauen bestimmten die Clubberer die ersten Spielminuten des zweiten Abschnitts. Paul freute sich darauf, die nächsten unhaltbaren Schüsse auf das Welfentor zu erleben, wurde jedoch jäh enttäuscht: Die nervenstarken Niedersachsen ließen sich nicht ins Bockshorn jagen und gingen in der 49. Minute nach einem souveränen Angriff mit 2:1 in Führung.

Die Zuschauer um Paul herum waren entsetzt. Hermann fiel völlig erschlafft in den Plastikschalensitz. Andere blieben stehen, trieben den FCN mit allerdings nur noch vereinzelten, unkoordinierten Rufen und Liedfetzen an. Für eine Aufholjagd blieb kaum mehr als eine halbe Stunde. Wenn die 96er nun konsequent dicht machten, dürften die Nürnberger das Nachsehen haben.

»Was für ein Desaster«, gab Hermann ermattet von sich. »Wir waren doch gut im Spiel! Warum lassen sich diese Vollpfosten jetzt so vorführen?«

»Gerade eben hast du die Clubberer noch gelobt, jetzt schimpfst du auf sie«, wies Paul seinen Vater auf den Widerspruch hin.

Der winkte ab. »So ist das nun mal beim Fußball. Und jetzt sei still, Bub.«

Eine Zeit lang sah es so aus, als müsste sich der Club tatsächlich mit einer Niederlage abfinden, bis sich schließlich durch eine kleine Unaufmerksamkeit des Gegners die Chance zu einem schnellen Konter bot. Dirk Sakowsky, Linksaußen im offensiven Mittelfeld, nutzte einen Fehlpass der Hannoveraner und schlug eine herrliche Flanke in den gegnerischen Strafraum. Starstürmer Kevin Modzig gelang es mitzulaufen und den Ball mit der Brust anzunehmen, dann ... Schuss!

»JA!«, brüllte Hermann voller Inbrunst. »Hau die Pille rein!«

Doch der talentierte Torhüter im Kasten der 96er machte sich lang und länger und verhinderte gerade noch mit den Fingerspitzen den Ausgleich. Das Leder prallte zurück ins Spielfeld. Die Fans raunten enttäuscht.

»Katastrophe!«, stöhnte Hermann, was in Pauls Ohren eine maßlose Übertreibung war. Aber auch er war recht frustriert und hätte den Clubberern den Treffer gegönnt.

Er sah auf die riesige Anzeigetafel: Die Uhr raste unerbittlich auf das Ende der Partie zu. Er rechnete kaum noch mit einer Überraschung im positiven Sinne.

Der Club aber zeigte weiter Kampfgeist. Die Mannschaft wollte den Sieg oder zumindest ein Unentschieden, kämpfte unermüdlich, gerade jetzt in der Schlussphase. Nein, erkannte Paul, ans Aufgeben war nicht zu denken!

Timmy Simons, belgischer Mittelfeldorganisator, wollte den Ball erobern, wurde bedrängt – doch der Pfiff des Schiedsrichters blieb aus. Simons lag am Boden, kickte den Ball mit letzter Kraft in den freien Raum.

»Das darf nicht wahr sein!«, jammerte Hermann. »Schon wieder eine verpatzte Gelegenheit.«

Doch die 96er reagierten nicht schnell genug, um sich das Leder zu schnappen. Sakowsky witterte leichte Beute. Er zögerte nicht eine Sekunde, zog mit dem Ball vorbei und ließ die Abwehr der Gäste mit leichtem Fuß hinter sich. Damit ging der Club noch einmal in die Offensive. Den Norddeutschen musste schnell etwas einfallen, wenn sie ihre Führung halten wollten.

»Jetzt schaffen sie die Wende«, rief Paul voller Optimismus.

»Schweig, Bub!«, bestimmte Hermann, der voll auf den Spielverlauf konzentriert war.

Sakowskys allzu forsches Vorpreschen blieb erfolglos: Er legte sich den Ball zu weit vor, das Leder rollte einem Abwehrspieler der Gäste vor die Füße, gefolgt von einem schnellen Befreiungsschlag in Richtung Mittellinie. Doch welch ein Fehler von 96! Paul konnte es kaum fassen: Eine klare Unterschätzung des pfeilschnellen FCN-Kickers Kevin Modzig, der sich den ungezielten Schuss schnappte und das gegnerische Mittelfeld gnadenlos überwand.

Und wieder flog der Ball nach vorn, wo Sakowsky noch wartete. Der Altstar nutzte die allgemeine Verwirrung im Strafraum, konnte aus spitzem Winkel schießen und ... verfehlte das Ziel nur um Haaresbreite. Die Club-Fans jaulten auf wie eine Meute von verletzten Tieren.

»Nein, ihr Idioten!« Hermann war der Verzweiflung nahe. »Ich gebe meine Dauerkarte ab. Endgültig. Dieser Verein verdient es nicht, dass ich ihn unterstütze.«

»Warte erst mal ab«, redete Paul auf ihn ein. »Schau hin: Die drehen das Spiel noch!«

Was folgte, war ein Konter von atemberaubender Geschwindigkeit. Die Akteure auf dem Feld schenkten sich nichts. Angestachelt durch Sakowskys neuerliche Torchance dominierten jetzt die Rot-Schwarzen, suchten ihre Möglichkeiten und erhöhten den Druck in der Offensive.

Alexander Esswein, reaktionsstarker Flügelflitzer, kam in Ballbesitz: Er preschte in einem Affentempo vor, das Leder eng am Fuß die Seitenlinie entlang, um sich für eine Flanke in Stellung zu bringen. Knapp vor der Torauslinie wurde er durch das energische Einsteigen des gegnerischen Außenverteidigers gebremst. Der stark bedrängte Esswein konnte den Ball gerade noch in Richtung Sakowsky abgeben. Der Pass geriet aber zu kurz, Sakowsky kam nicht dran.

»Siehst du, was ich meine? Sie können's einfach nicht mehr«, maulte Hermann.

»Noch haben wir nicht verloren«, beruhigte Paul seinen aufgebrachten Vater, um dessen Blutdruck er sich allmählich ernsthafte Sorgen machte.

Voller kribbelnder Ungeduld schaute Paul auf die Anzeigetafel. Viel Zeit blieb ihnen wirklich nicht, um den Ausgleich zu erzielen. Die letzten Minuten verrannen, als wären es nur Sekunden.

Niemand könnte den Nürnbergern später vorwerfen, sie hätten nicht alles gegeben. Geradezu verbissen kämpften sie in der Schlussphase darum, die sich über weite Strecken des Spiels abzeichnende Niederlage abzuwenden. Jetzt war der Ball bei Nürnbergs treffsicherstem Akteur, Hiroshi Kiyotake. Dieser raste mit unglaublicher Geschwindigkeit nach vorn. Paul rechnete mit einem Steilpass auf den perfekt stehenden Modzig, der gerade die Strafraumgrenze passierte. Die 96er-Abwehr wirkte für einen Moment total irritiert. Modzig erwartete den Pass von Kiyotake, doch dieser verzögerte.

»Macht schon, Jungs!«, schrie Hermann.

Paul hielt den Atem an, als sich die folgende Szene wie in Zeitlupe vor ihm abspielte: Zwei Abwehrspieler der Hannoveraner nahmen Kiyotake in die Zange. Sie verhinderten seinen Schuss, während Modzig völlig ungedeckt vorm gegnerischen Tor stand und zur Untätigkeit verdammt war. Nun aber stellte Sakowsky seine superschnelle Reaktionsfähigkeit, über die Paul mal in der Zeitung gelesen hatte, unter Beweis. Paul wusste, dass er zu einem der teuersten Spieler des Clubs zählte – und dieses Geld war er offenbar wert: Sakowsky verließ seine Position, überrannte Hannovers Abwehr, kaperte den Ball und schlüpfte in die Rolle des Stürmers. Statt zum bereitstehenden Modzig zu passen, ging er selbst in den Angriff über und zog aus 20 Metern Entfernung ab!

Ein Schuss mit dem Vollspann, der einen weiten Bogen beschrieb, den Balken des Tors touchierte und ... – sah Paul das richtig? – ... ja!

»Drin!« Hermann riss beide Arme nach oben, begann zu hüpfen.

Das zweite Tor war im Kasten. Das hieß: erneuter Ausgleich, 2:2!

Die Masse der Fans waberte wie ein einziger homogener Körper, indem Hunderte gleichzeitig von ihren Plätzen aufsprangen. Heftiger Jubel brach aus, der Beifall brauste durchs Stadion wie ein Orkan. Der Krach, zu dem Paul selbst lautstark beitrug, erreichte rekordverdächtige Dezibelwerte.

Paul spürte, wie eine ungeheure Freude in ihm aufstieg – viel größer, als er es von sich gewohnt war, denn Fußball war für ihn ja eigentlich nur ein Sport wie viele andere. Doch er konnte und wollte sich der kollektiven Euphorie nicht verschließen, wurde mitgerissen von der Welle dieses starken positiven Gefühls.

Diese Welle allerdings ließ ihn und die anderen schon nach wenigen Momenten fallen und sehr hart landen: Die Hannoveraner nutzten die freudenbedingte Unaufmerksamkeit der Club-Spieler für einen Blitzangriff und beförderten das Leder nach drei direkten Pässen in Schussposition. Sie kamen dem Nürnberger Keeper Raphael Schäfer am Rand des Strafraums gefährlich nahe ...

Paul hielt die Luft an. Wo, zum Teufel, blieb die Nürnberger Abwehr?

Hannovers Topmann im Angriff drehte aufs Tor. Das Leder fetzte durch die Luft, Schäfer entschied sich bei seinem Sprung für die falsche Richtung. Wie eine Kanonenkugel donnerte der Ball aufs Tor zu, war durch nichts zu stoppen.

Durch nichts? Paul starrte auf den Strafraum und versuchte mehr zu erkennen. Er sehnte sich seinen Fotoapparat herbei, mit dem er in einer solchen Situation das Wesentliche hätte heranzoomen können. Doch das, was er aus der Entfernung mit bloßem Auge erkennen konnte, musste ihm genügen. Und es reichte, um ihn aufatmen zu lassen: Der Ball prallte gegen den Innenpfosten, schnellte zurück in den Strafraum. Glück gehabt, dachte Paul. Ein Riesenglück!

Zeit zum Verschnaufen blieb jedoch nicht. Der Linienrichter signalisierte dem Referee etwas, das Paul nicht verstand. Nach kurzem Schockzustand hob rings um ihn herum ein schrilles Pfeifkonzert an.

»Was ... – was ist da los?«, fragte Paul seinen Vater.

Hermann, dessen Hautfarbe vom kräftigen Puterrot in Leichenblässe übergegangen war, glotzte unverwandt aufs Spielfeld, seine Augen schienen hinter der Brille hervorzutreten. »Das ist der Fluch von 1994.«

»Was für ein Fluch?« Paul kapierte noch immer nicht, was hier ablief.

»Eine Wiederholung des Phantomtors«, stammelte Hermann mit versteinerter Miene. »Damals, 1994, erzielte Thomas Helmer für den FC Bayern gegen den 1. FCN ein ganz ähnliches Tor. Ein Tor, das keines war, aber vom Schiri gewertet wurde.«

»Aber das konnte doch ein Blinder mit Krückstock sehen, dass der eben nicht drin war!«, schimpfte Paul.

»Genau wie 1994«, erklärte Hermann mit heiserer Stimme. »Helmer hatte in einer vergleichbar undurchsichtigen Situation den Ball Richtung Nürnberger Tor geschossen, verfehlte aber, sodass der Ball am rechten Pfosten vorbei über die Torauslinie rollte. Doch der Schiedsrichterassistent, der Idiot, wollte einen Treffer gesehen haben und signalisierte das dem Schiri.«

»Das gibt's doch nicht! Total ungerecht!«

»Ja, deswegen sollen ja bald diese elektronischen Torerkenner zum Einsatz kommen. Aber darüber streiten sich noch die Fußballverbände.«

»Schweinerei«, ärgerte sich Paul, der den Hannoveranern die Führung zutiefst missgönnte.

Umso erstaunlicher fand er es, dass sein Vater, der ja ein leidenschaftlicher Fan war, ihm plötzlich so ruhig und beinahe desinteressiert vorkam. Das passte überhaupt nicht zu dem alten Brummbären, der sich beim Fußballgucken gern und ausgiebig echauffierte. Ebenso wenig gefiel ihm die anhaltende Blässe im Gesicht des alten Herrn.

»Vati?«, fragte Paul. »Ist alles okay mit dir?«

Hermann nickte kurz, setzte zu einer Antwort an. Blieb jedoch still. Dann fasste er sich mit einer ruckartigen Bewegung an die Brust. »Ich ... – mir ist so seltsam ...« Er wirkte mit einem Mal besorgt, fast ängstlich. »Ich glaube, mein Herz ...«

»Meine Güte, Vati!« Paul sprang auf. Er griff seinem Vater an den FCN-Schal, lockerte ihn. »Du bist kreideweiß. Kriegst du Luft?«

»Luft? Ja, ich kriege ...« Hermann begann zu röcheln. »Mein Herz, Paul, ich fühle mich so ...«

Paul packte ihn unter den Armen. »Wir müssen hier raus!«, bestimmte er und wuchtete ihn hoch. Natürlich deutete Paul die Symptome und dachte an das Naheliegende: einen Infarkt. Er wusste, dass es in einer solchen Situation auf jede Minute ankam.

Da sein Vater nicht der Leichteste war und kaum mehr eigene Kraft besaß, um auf die Beine zu kommen, hätte Paul gut die Hilfe der anderen Zuschauer gebrauchen können. In der Aufregung um das Phantomtor gingen Paul und die Nöte seines Vaters allerdings gnadenlos unter, sodass er Hermann mit befehlsartig vorgebrachten Aufforderungen zum Mitmachen zu motivieren versuchte.

»Vati, du musst helfen, sonst schaffen wir das nicht!«

Nur mit Mühsal und energischen Remplern gelang es ihnen, die Sitzreihe hinter sich zu lassen und den Mittelgang zu erreichen. Wenigstens hier zeigte sich einer der Ordner gnädig und packte mit zu.

»Was hat er denn?«, schrie der Aufpasser gegen den Lärm der protestierenden Fans an.

»Herzattacke!«, rief Paul, weil er keine Zeit verlieren wollte, selbst wenn sich das Ganze später bloß als Schwächeanfall herausstellen sollte.

Der Ordner – gedrungene Statur, kurz geschorenes Haar – erwies sich als rettender Engel. Er war auf Zack und dirigierte Paul und Hermann zielgerichtet vom breiten Zugangskorridor direkt hinein in die Katakomben des Stadionbaus. Während er das Tempo mit jedem Stöhnen von Hermann weiter erhöhte, bellte er Anweisungen in sein Walkie-Talkie: »Sicherheit an Krankenstation, bitte bereit machen, wir haben einen Code sieben.«

Oder sagte er »Code siebzehn«? Paul konnte es nicht genau verstehen, schenkte dem entschlossen auftretenden Wachmann aber sein blindes Vertrauen. Was blieb ihm schon anderes übrig?

Der Sanitätsbereich, den sie erstaunlich flott erreichten, wirkte auf Paul wie der Trakt eines Klinikums, den man auf die Schnelle dort herausgelöst und hier wieder eingefügt hatte: Räumlichkeiten, Ausstattung und Personal – alles entsprach dem Vorbild eines vollwertigen Krankenhauses. Bei der Einrichtung der Rotkreuzstation hatte man geklotzt und nicht gekleckert. Wohl nicht ohne Grund, denn nach einer Schlägerei zwischen rivalisierenden Fanlagern hätten Dutzende von Verletzten gleichzeitig behandelt werden können, dachte Paul.

Doch hier und jetzt konzentrierte sich die gebündelte Aufmerksamkeit der Krankenschwestern und Sanitäter auf einen einzigen Patienten: Ein Mann lag auf einer Trage, krümmte und wand sich, röchelte – und brachte den Notfalltross aus Hermann, Paul und dem Ordner abrupt zum Stehen.

Die Sanis hatten offenbar große Schwierigkeiten, dem Leidenden zu helfen. Dieser begann zu würgen, sein Gesicht war dabei wie zu einer grausigen Maske entstellt.

»Setzen Sie sich«, sagte eine junge Krankenschwester, die aufgelöst wirkte und kaum einen Blick für sie übrig hatte. Sie schob Hermann einen Schemel unter. »Wir kümmern uns sofort um Sie.« Gleich darauf sprang sie wieder ihren Kolleginnen und Kollegen bei.

»Den kenne ich«, sagte Hermann mit schwacher Stimme und ließ sich auf den Stuhl sinken. »Wichtiger Mann beim Club.«

Paul sah seinen Vater an, der ihm nun nicht mehr ganz so blass vorkam wie draußen auf der Tribüne. Er riskierte einen weiteren Blick auf den Kranken, um den herum sich immer mehr Leute sammelten. Unter die Helfer in Weiß mischten sich nun auch Zivilisten. Paul bemerkte eine Dame in grauem Kostüm, eine andere Frau, jünger und ziemlich aufgetakelt, und einen großen dicklichen Mann, ganz businesslike mit Anzug und Krawatte.

Hermann zupfte Paul am Ärmel. »Das musst du fotografieren«, wisperte er.

Paul sah ihn verwundert an. »Ich habe keine Kamera dabei. Außerdem hast du einen Infarkt. Schon dich und sei still!«

»Infarkt? Ach was! Geht schon wieder.« Hermann zupfte abermals, energischer diesmal. »Mach Fotos! Das ist deine Chance.«

»Aber Vati …« Paul, dessen Fotografeninstinkt längst angeschlagen hatte, sparte sich eine weitere Widerrede. Stattdessen holte er sein Handy aus der Tasche und aktivierte den Fotomodus. Er hielt drauf und drückte ab.

Der arme Mann, um den sich alle scharten, kämpfte augenscheinlich ums Überleben. Die Sanis mussten weitestgehend hilflos mitansehen, wie er sich erneut krümmte, Arme und Beine anzog, nur um sie im nächsten Moment wieder von sich zu strecken.

»Wer ist das denn?«, fragte Paul.

Ehe Hermann antworten konnte, fing der Patient unter lautem Keuchen an zu spucken.

»Oh Gott, wie schrecklich«, raunte Paul seinem Vater zu. »Der durchleidet Höllenqualen.«

»Hast du genügend Bilder gemacht?«, fragte Hermann, der von einem Infarkt mittlerweile so weit entfernt war wie ein 30-Jähriger.

»Jaja«, sagte Paul, befremdet über die Gefühlskälte seines Vaters. »Aber sag schon: Wer ist das?«

»Eine ganz große Nummer beim Club.«

Paul sah noch einmal hin, bemitleidete den Kranken, konnte in dessen verzerrtem Gesicht aber niemanden erkennen, den er als Promi identifizieren würde. »Wer, Vati, wer ist es? Ein Spieler, Trainer, Funktionär – oder gar der Präsident?«

Sein Vater winkte Paul ganz dicht heran. Er flüsterte: »Der Busfahrer, Paul. Es ist der Chauffeur des Mannschaftsbusses!«

2

Seit Stunden hatte er daheim am Herd gestanden, die Arbeit im Fotoatelier sträflich vernachlässigt, sich aber für sein neues Hobby wahrhaft ins Zeug gelegt: Nach den vielen Jahren, die er sich als bekennender Gourmet bei seinem Freund und Nachbarn Jan-Patrick in der formidablen Küche des *Goldenen Ritters* mehr oder weniger durchgeschnorrt hatte, wollte er endlich selbst den Kochlöffel schwingen. Geschlagene sechs Monate war er zu diesem Zweck bei Jan-Patrick in die Lehre gegangen und hatte fast jede freie Minute geopfert. Heute Abend versuchte er sich und seinem einzigen Gast zu beweisen, dass es die Mühe wert gewesen war.

Der einzige Gast jedoch ließ auf sich warten: Seine Frau musste wohl mal wieder Überstunden im Oberlandesgericht schieben, was leider öfter vorkam. Aber dafür verdiente Katinka als Oberstaatsanwältin ja nicht gerade schlecht, dachte Paul im Hinblick auf sein eigenes, eher bescheidenes Einkommen als freier Fotograf, und überlegte, wie er die vorbereiteten Speisen warm halten könnte, ohne sie austrocknen zu lassen.

Heute wollte er seine Liebste mit selbst gebackenem Baguette und Rohmilchbutter verwöhnen, mit hausgemachter Erbsensuppe und einem Schuss Kürbiskernöl, Wildkräutersalat aus Melde, Malve, Pimpernelle, als Hauptgericht Kaninchenrücken an Kartoffeln und Steinpilzen, und zum Dessert einen fränkischen Halbhartkäse aus Schafsrahm mit Weintrauben servieren. Während der Vorbereitung hatte er so etwas wie Lampenfieber verspürt und sich immer wieder sagen müssen: »Es kann nichts passieren, da muss ich jetzt durch.« Wie im Theater, bevor der Vorhang aufgeht.

Nur leider öffnete er sich nicht, denn das Publikum blieb – obwohl schon mehr als eine halbe Stunde überfällig – noch immer aus. Dabei hatte Paul sich solche Mühe gegeben! Sogar ans Dekorative hatte er gedacht. Ein Aspekt, der ihm selbst nicht ganz so wichtig erschien, für den ihn jedoch Jan-Patricks Frau Marlen sensibilisiert hatte. »Das Drumherum muss stimmen, dann schmeckt das Menü doppelt so gut«, hatte sie ihm als Tipp mit auf den Weg gegeben. Und so hatte sich Paul angestrengt, die Essecke ihrer Wohnung an der Kleinweidenmühle so behaglich wie möglich zu gestalten: weiße Tischdecke, Tafelkerzen, akkurat gefaltete Stoffservietten, das geerbte Silberbesteck von Uroma Gertrud.

45 Minuten nach der Zeit. Wo blieb Katinka bloß? Sie wusste doch, was sie erwartete. Nicht gerade wertschätzend, wie sie sich verhielt.

Sollte er sie anrufen? Besser nicht. Das würde sie nur noch länger aufhalten und reizen. Dann käme sie schlecht gelaunt nach Hause und hätte schlimmstenfalls keinen rechten Appetit.

Aber würde dem Essen die lange Wartezeit bekommen?

Sicherheitshalber machte Paul einen Kontrollgang durch die Küche. Das Baguette ruhte auf einem Holzbrett, sah gut aus und roch köstlich. Dennoch blieb eine gewisse Unsicherheit: Hatte er auch wirklich alles richtig gemacht? Ein halbes Kilo Mehl, ein halbes Päckchen Hefe, ein Esslöffel Salz, einen knappen Liter Wasser …

Besorgt wandte sich Paul dem Ofen zu, in dem das Kaninchen brutzelte – eigentlich schon viel zu lange! Er öffnete die Ofentür, bestrich den Rücken mit Gemüsebrühe.

Ein Blick auf die Küchenuhr sagte ihm, dass es nun eine Stunde später als vereinbart war. Paul konnte es – seiner kulinarischen Meisterstücke wegen – nicht länger verantworten, untätig in der Warteschleife zu verharren. Egal, ob er Katinka bei einem dringenden Amtsgeschäft störte oder nicht: Er musste sie anrufen und ihr Dampf machen.

»Hallo, Schatz, ich bin's«, sagte er mit einer Stimme, die viel ruhiger klang, als er sich fühlte.

»Paul? – Oh weh, ich sehe gerade erst, wie spät es ist. Meine Güte, wir waren ja zum Abendessen verabredet.«

»Ja, du hast es hoffentlich nicht vergessen.«

»Nein, natürlich nicht. Ich wäre längst daheim, wenn ich mich nicht noch mit diesem neuen Fall herumschlagen müsste. Eigentlich eine Bagatelle, weitergereicht vom Kriminaldauerdienst an die Kripo, aber du kennst ja deren Boss Winfried Schnelleisen. Keinen Arsch in der Hose, der Mann. Die Sache war ihm zu heikel, als dass er sie einem x-beliebigen Staatsanwalt überlassen wollte. Also musste mal wieder ich ran.«

»Kati, ich will deinen Redefluss ungern unterbrechen, aber unser Essen kann nicht ewig auf kleiner Flamme warm gehalten werden. Wenn du dich nicht bald auf den Weg machst, verpasst du was.«

»Schon klar. Habe mich den ganzen Tag drauf gefreut, vom Meisterkoch Paul ›Bocuse‹ Flemming verwöhnt zu werden. Die Kantine habe ich ausgelassen, um bei dir richtig zulangen zu können. Hörst du, wie mein Magen knurrt?«

»Dann komm doch einfach her. Mach Feierabend!«

»Das sagt sich so leicht. Ich muss zumindest noch die Akte anlegen. Immerhin geht es ja nicht um irgendeinen Toten, sondern um Burghard Weinfurther.«

Paul schaltete nicht sofort, sondern fragte: »Um wen?«

»Burghard ›Buggi‹ Weinfurther. Der Busfahrer vom Club! Hermann und du wart doch dabei, als es passierte.«

Paul war reichlich erstaunt über die Neuigkeit, dass der Zusammenbruch des FCN-Fahrers mittlerweile zum Fall für die Staatsanwaltschaft geworden war. »Seit wann hast du etwas damit zu schaffen, wenn jemand einen Kreislaufkollaps bekommt? Wenn da jedes Mal die Staatsanwaltschaft eingeschaltet werden würde, hättest du ja viel zu tun.«

»Hab ich auch, Paul, hab ich! – Diesmal verhält es sich so, dass der Notarzt die Todesursache nicht zweifelsfrei identifizieren konnte und deswegen die Polizei hinzugezogen hat. So was passiert alle naslang. Die Polizei mochte sich aber auch nicht festlegen, und weil das Ganze quasi in den heiligen Hallen des Club-Stadions passiert ist, möchte sich niemand die Finger verbrennen. Schon gar nicht mein besonderer Freund, die Superspürnase Schnelleisen.«

»Also hast du die Sache jetzt an der Backe.«

»So sieht es aus, ja. Abgesehen davon kann der Vorfall sehr schnell auf gesellschaftlicher Ebene für Unruhe sorgen, zumal das Lokalderby zwischen dem FCN und Greuther Fürth vor der Tür steht.«

»Ein Politikum?«

»Ich fürchte, ja. Mein ganzes diplomatisches Geschick wird wieder mal gefordert sein. Deswegen tu mir den Gefallen und behandle den Fall vertraulich. Es soll möglichst wenig davon an die Öffentlichkeit gelangen. Ich hoffe ja, dass in wenigen Tagen die Todesursache feststeht – wenn du mich fragst: Infarkt oder Kollaps – und die Angelegenheit ad acta gelegt werden kann.«

»Das hoffe ich auch«, sagte Paul und erkundigte sich mit nachlassender Hoffnung: »Wann meinst du denn, dass du zu Hause bist?«

»Mmm.« Katinka schien mit sich zu hadern. »Zwei Stündchen werde ich noch brauchen.«

»Zwei Stunden?«, fragte Paul in heller Panik. Er sah den Kaninchenrücken bereits als Dörrfleisch verenden.

»Tut mir ja leid, Schatz, aber Dienst ist nun mal Dienst. – Kannst du das Essen nicht einfrieren? Dann stelle ich's mir bei Gelegenheit mal in die Mikrowelle.«

Diese Bemerkung versetzte Paul einen Stich. Nein! Das kam nicht infrage! Er beendete das Telefonat schnörkellos – und fiel in ein Loch. Kein wirklich existierendes, aber es fühlte sich für ihn so an, als wäre es sehr tief und scharfkantig umrandet.

Was für eine Enttäuschung! Da hatte er mit großem Zeitaufwand geplant, eine Ewigkeit in der Küche verbracht, hatte sich abgerackert und aufgerieben, geplagt und das letzte Quäntchen Geschick aus sich herausgeholt, um seiner Kati eine sternewürdige Gaumenfreude zuzubereiten – und nun sollte er sein Tageswerk eintuppern und ins Tiefkühlfach schieben? Niemals! Das ließ sein gekränkter Stolz nicht zu. Lieber würde er das komplette Menü an die Enten verfüttern, die in Sichtweite auf der Pegnitz paddelten.

»Weiber!«, machte er seinem Unmut über Frauen im Allgemeinen und Katinka im Besonderen Luft und trat heftig gegen die Zierleiste des Küchenschranks. Er brauchte mehrere Minuten, um seinen Zorn zu bändigen.

Als es läutete, hoffte er für einen kurzen freudigen Moment, dass ihn seine Frau nur auf den Arm genommen hatte und jetzt vor der Tür stand, um doch noch mit ihm zu dinieren. Wie weggeblasen war da seine schlechte Laune, und er eilte beschwingt zum Eingang.

Die Ernüchterung folgte auf dem Fuß, als er statt Katinka Victor Blohfeld gegenüberstand.

»Wunderschönen guten Abend!« Der dürre Boulevardreporter im branchentypischen Gammellook grinste ihn an. »Was duftet denn hier so fein? Erwarten Sie Gäste? Etwa mich? Darf ich eintreten?«

Da Blohfeld dies ohnehin bereits getan hatte, ersparte sich Paul eine Antwort. Er folgte dem Journalisten, der sich auf den direkten Weg in die Küche machte.

»Was haben wir denn da?«, fragte er schnuppernd und stöbernd. »Das Baguette sollte bald gegessen werden, sonst wird es dörr. Oje, der Salat sieht auch schon etwas welk aus. Und die Suppe? Fast verdunstet. Den Ofen sollten Sie ganz schnell runterdrehen, sonst ist das Karnickel da drin Brennholz.«

Paul gab sich geschlagen. Da mit Katinka in nächster Zeit eh nicht zu rechnen war und er von Blohfeld wusste, dass dieser etwas von gutem Essen verstand – auch wenn er sich gern als Kretin gebärdete –, konnte Paul das Menü genauso gut mit dem Reporter genießen. Vorausgesetzt, dieser zügelte seine Aufsässigkeit und verdarb den Abend nicht durch unpassend eingeworfene Kommentare oder gar Fäkalwitze.

»Okay, Sie haben mich weichgekocht«, blieb Paul bildsprachlich beim Thema. »Binden Sie sich ein Lätzchen um und setzen Sie sich an den Tisch. Der erste Gang wird gleich serviert.«

Blohfeld zögerte nicht eine Sekunde, schnappte sich eine Serviette und nahm am Tischende Platz. Gleich darauf trug Paul die Vorspeise auf, entfernte aber die Tafelkerzen, damit das gemeinsame Dinner nicht allzu heimelig ausfiel.

Der Reporter haute sogleich rein, als hätte er seit Tagen gehungert. Obwohl er es an Manieren fehlen ließ, ungeniert schmatzte und sich den Mund ständig mit dem Handrücken anstatt mit der Serviette abwischte, schmeichelte es Paul, dass sein Mahl offenkundig so gut ankam.

Er servierte gerade den Hauptgang, als sein Gast erstmals eine Konversation in Gang zu bringen versuchte. Vorher hatte er keine Gelegenheit gehabt, dazu war sein Mund schlichtweg zu voll gewesen.

»Was mich interessieren würde, Flemming«, brabbelte Blohfeld in einer kurzen Mampfpause, »Sie waren doch dabei, als Buggi Weinfurther sein Leben aushauchte?«

»Buggi wer? Ach, der Busfahrer. Ja, mein Vater und ich waren zufällig in der Krankenstation, als er versorgt wurde.«

»Ihnen ist schon klar, dass der Buggi so eine Art Kultstatus besaß, oder? Zumindest bei den Club-Fans.«

»Kann sein. Ich bin nicht so drin in der Szene.«

»Darf ich noch Nachschlag haben? Der Karnickelrücken ist ausgezeichnet. Hätte ich Ihnen echt nicht zugetraut.«

»Danke. Freut mich, wenn es Ihnen schmeckt. – Warum fragen Sie nach Herrn Weinfurther?«

Blohfeld stocherte mit dem Fingernagel zwischen seinen Schneidezähnen, um ein Thymianstielchen zu entfernen. »Na ja, die Zeitungsstorys über den toten Buggi verkaufen sich nicht schlecht. Noch besser würden sie laufen, wenn ich ein paar gescheite Fotos dazu abdrucken könnte.«

»Ich ahne, worauf Sie hinauswollen. Aber da haben Sie falsch spekuliert. Ich hatte an dem Tag meine Kamera nicht dabei.«

Blohfeld wirkte enttäuscht. »Gibt's denn so was? Paul Flemming ohne Kamera?« Er widmete sich wieder dem Hasenrücken, doch gedanklich schien er weiter an seinem Anliegen zu arbeiten. »Wie schaut es denn mit Handybildern aus? Sie waren sicherlich geistesgegenwärtig genug, um wenigstens ein paar Schnappschüsse zu machen.«

Paul nahm Blohfeld den Teller weg und trug ihn in die Küche. »Zeit für die Nachspeise«, entschied er.

Ehe er sich's versah, war ihm der Reporter gefolgt und stand dicht hinter ihm, als er das Dessert aus dem Kühlschrank nahm. »Lassen Sie sich doch nicht so bitten, Flemming«, raunte Blohfeld ihm zu. »Sie bekommen gutes Geld für die Bilder. Meinetwegen drucke ich sie anonym ohne Fotonachweis ab, falls Sie befürchten, Ärger mit Ihrer Alten zu kriegen.«

Paul fuhr mit so viel Schwung herum, dass ein paar Weintrauben auf den Boden flogen. »Darum geht es nicht!«, sagte er verärgert. »Ich bin grundsätzlich gegen die Veröffentlichung von Bildern Sterbender oder Toter.«

»Interessant«, meinte Blohfeld, bückte sich und hob die Trauben auf. Er rieb sie am Revers seines Jacketts ab und aß sie. »Dann frage ich mich, warum Sie die Fotos überhaupt gemacht haben.«

»Ich habe mit keinem Wort gesagt, dass ich Bilder gemacht habe. Und selbst wenn: Von mir bekommen Sie diesmal nichts. Gar nichts.« Paul hatte an die Handyaufnahmen, die er auf Anweisung seines Vaters geschossen hatte, gar nicht mehr gedacht, war jedoch felsenfest dazu entschlossen, sie dem Reporter nicht herauszurücken. Stattdessen würde er Katinka anbieten, die Bilder auszuwerten, falls sie dies für wichtig hielt.

Blohfeld wäre nicht Blohfeld, wenn er so schnell aufgeben würde: Kaum saßen sie wieder am Esstisch, um sich über den wunderbar milden, fränkischen Schafshartkäse herzumachen, warf er einen Köder aus: »Vielleicht könnte man auf Ihren Bildern ja erkennen, ob es wirklich stimmt, was die Leute munkeln.«

Paul nahm ein Stück vom Käse und steckte es gleichzeitig mit einer Traube in den Mund. Was mochte Blohfeld da andeuten? Worauf wollte der gerissene Hund hinaus? »Keine Ahnung, von was Sie reden«, sagte er und heuchelte Desinteresse.

»Sagen Sie bloß, Sie haben es noch nicht gehört?«

»Was, Blohfeld? Was soll ich noch nicht gehört haben?«

Der Reporter sah ihn mit übertriebener Verwunderung an. »Da meint man, der Flemming sitzt an der Quelle, wo er doch mit der Frau Oberstaatsanwältin Herd und Bett teilt, aber die wesentlichen Informationen gehen dann doch an ihm vorbei.«

Paul legte demonstrativ das Besteck beiseite. »Sagen Sie schon: Was für Informationen sollen das sein?«

Blohfeld gönnte sich zunächst einen weiteren Happen Käse und verkündete erst danach: »Dass der arme

Buggi erstickt sein soll. Jemand hatte ihm den Mund vollgestopft, sodass er keine Luft mehr bekam.«

»Den Mund vollgestopft?« Paul betrachtete sein Gegenüber mit angewiderter Miene. »Mit was denn?«

Blohfeld ließ ein triumphierendes Lächeln aufblitzen. »Das ist der Clou an der Sache. Da kommen Sie nie drauf!«

»Also?«, fragte Paul ungeduldig.

»Kleeblätter! Man soll Buggi eine Handvoll Kleeblätter in den Rachen geschoben haben.«

3

Hertha war beim Staubsaugen mit dem Fuß unter einen Teppich geraten, umgeknickt und hatte Halt an einer Kommode gesucht. Dabei hatte sie sich so unglücklich abgestützt, dass sie ihr Gelenk überdehnte und sich die Bänder riss. Oder zumindest anriss. Jedenfalls reichte dieser Zwischenfall, um Pauls Mutter für einige Tage schachmatt zu setzen. Als Paul am späten Sonntag gemeinsam mit Katinka nach Herzogenaurach kam, war die Küche kalt geblieben. Statt des erhofften Sonntagsbratens erwartete ihn sein Vater, der bereits mit Jacke und Schuhen in der Haustür stand und nur darauf zu lauern schien, dass sein Sohn ihn abholen würde.

»Ich kann das wehleidige Gejammer nicht mehr hören«, raunte Hermann ihm in einem seltenen Anflug von Kritik an seiner ihm heiligen Hertha zu. »Wir gehen runter zum Weihersbach und essen was in der Kellerwirtschaft.«

»Kommt Mutti nicht mit?«, wunderte sich Paul.

»Die braucht ihre Ruhe – und ich auch.«

Während Paul unschlüssig von einem Bein aufs andere trat, reagierte Katinka sofort. »Haut schon ab, ihr beiden!«, befahl sie mit verständigem Lächeln. »Ich spiele inzwischen die Krankenschwester und versuche, Schwiegermama aufzuheitern.«

Also machten sich die beiden Männer allein auf den Weg, der sie zunächst über das Sportgelände des FC Herzogenaurach führte. Eine Anlage, wie sie in fast jeder kleineren Stadt oder Gemeinde der Umgebung existierte, mit einem gut gepflegten, saftig grünen A-Platz und weniger schönen Nebenspielstätten, darunter der ungeliebte Sandplatz. Hier hatte sich Paul als F-Jugendspieler ein ums andere Mal blutige Knie geholt. Während er jetzt mit seinem Vater den Sportplatz passierte, kehrten die Erinnerungen an seine kurze und wenig rühmliche Zeit als Kicker zurück.

Offenbar auch bei Hermann: »Hättest du als Bub fleißiger trainiert, hätte was Gescheites aus dir werden können«, sagte er prompt.

»Ach geh, Vati! Hast du es noch immer nicht verkraftet, dass dein Sohnemann nicht das Talent eines Weltklassespielers in sich stecken hat?« Paul musste unwillkürlich darüber schmunzeln, dass sich sein alter Herr nach all den Jahren noch in dieses Thema hineinsteigern konnte. »Du kannst mir nichts vorwerfen: Ich habe mein Bestes gegeben, und trotzdem hat mich niemals ein Scout entdeckt und in die Kaderschmiede nach Nürnberg geschickt.«

»Weil du es nie richtig probiert hast«, reagierte Hermann pelzig.

»Und ob! Sogar als Erwachsener habe ich dir zuliebe noch ab und zu gekickt: in der ›FFFF‹, der ›Freizeitmannschaft freischaffender fränkischer Fotografen‹. Aber wie du weißt, hatten wir das Glück nicht auf unserer Seite.« Paul dachte mit Grausen an die beiden letzten Spiele der ewig erfolglosen »FFFF« zurück: Einmal waren sie gegen eine andere Amateurmannschaft angetreten, die sich »Pfälzer Ausles« nannte. Ein Rentnerverein, wie es hieß. Doch auf dem Spielfeld entpuppten sich diese Pensionäre als ehemalige Olympioniken, darunter Kugelstoßer, Ringer und Zehnkämpfer. Paul und seine Kameraden hatten nicht die geringste Chance, und als Verteidiger suchte er sein Heil am Ende in der Flucht vom Spielfeld, als ihn eines der muskelbepackten Schlachtrösser niederzuwalzen drohte. Die letzte Demütigung in seiner aktiven Laufbahn als Fußballer steckte Paul mit der »FFFF« ein, als sie gegen eine Blindenmannschaft aufliefen, wobei das reguläre Leder durch einen Klingelball ausgetauscht wurde. Die »FFFF« musste sich nach schweißtreibenden 90 Minuten mit 11:1 geschlagen geben.

»Talent, Talent«, grummelte Hermann, während sie am FC-Heim, einem schlichten Flachbau, vorbeigingen und Paul seinem Vater die Treppen zum Kärwagelände am Weihersbach hinabhalf. »Wenn du nur einen Funken Ehrgeiz in dir stecken hättest, wärst du genauso weit gekommen wie der Martin.«

Paul stutzte. »Der Martin? Du meinst aber nicht ernsthaft den Maddin?«

Hermann befreite sich von der stützenden Hand seines Sohns. »Natürlich meine ich den Maddin! Martin Jakobus war, ist und bleibt ein Aushängeschild für die Stadt. Ein großartiger Spieler von Weltklasse. Er hat – genau wie du – beim FC angefangen, aber im Gegensatz zu dir etwas aus seiner Begabung gemacht.«

Paul führte sich vor Augen, dass Hermann und Hertha mit Jakobus' Eltern, die noch immer in Herzogenaurach wohnten, lose befreundet waren. Und dass sie jedes Mal, wenn sie sich trafen, von Minderwertigkeitsgefühlen befallen wurden. Deshalb verspürte Paul die Verpflichtung, gewisse Dinge ins rechte Licht zu rücken.

»Unbestritten ist unser Maddin ein klasse Spieler gewesen und – klar – er ist auch ein großer Sohn von Herzogenaurach. Aber bevor du allzu pathetisch wirst, denk mal an seinen letzten Besuch bei uns zurück. Als er mit seiner Freundin samt Kamerateam anrückte, um Szenen für eine Dokusoap des Privatfernsehens zu drehen, da warst du doch dabei, oder?«

»Ja«, presste Hermann zwischen seinen fleischigen Lippen hervor. »Und?«

»Und?« Paul blieb auf halber Höhe der Treppe stehen und sah seinen Vater an. »Der ganze FC hat sich wochenlang für diesen Besuch herausgeputzt, das Gelände wurde von Dutzenden Ehrenamtlichen aufgehübscht, und am großen Tag selbst waren noch mal zig Spieler und Angehörige damit beschäftigt, dem Freundschaftsspiel von Maddin und seinen ehemaligen FClern gegen die Club-Veteranen einen glanzvollen Rahmen zu geben.«

»Mmmrrrr«, murrte Hermann, dem gar nicht recht war, dass Paul immer so aufmüpfig sein musste.

»Noch vor der Halbzeit ließ sich Maddin auswechseln und die Partie ohne ihn weiterlaufen.«

»Er war verletzt«, machte Hermann geltend.

»Dann hätte er den Rest des Spieles ja zumindest angucken und seine Mannschaft anfeuern können, statt sich ins Vereinsheim zu verdrücken.«

»Ihm ging es halt nicht gut«, rang Hermann um eine Erklärung.

»Ach je, der Arme«, spottete Paul.

»Das ist nicht schön, wie du über diesen großartigen Menschen redest.« Hermann schüttelte verachtungsvoll den Kopf. Als wollte er Paul mitteilen, dass dieser nicht die nötigen Kenntnisse besaß, sich mit ihm über eine Koryphäe wie Jakobus zu unterhalten. Und in gewisser Weise hatte er damit ja sogar recht, denn Paul war in Sachen Fußball ganz bestimmt keine Leuchte. Die Lästerei stand ihm nicht zu.

Als sie am Kirchweihplatz eintrafen, waren die wenigen Bierbänke vor den Kellern bereits besetzt. Doch für die Flemmings rückte man gern zusammen, sodass sich Paul und Hermann im Schatten der stattlichen Kastanien niederlassen und ihre Bestellung aufgeben konnten: Stadtwurst mit Musik für Hermann, Steinofenbrot mit Obatztem für Paul, dazu zwei Halbe Heller-Bier.

Einmal auf der Bank sitzend, kamen sie schnell auf ihr gemeinsames Erlebnis im Stadion zu sprechen. Hermann wollte wissen, ob es etwas Neues über die Todesursache von Busfahrer Buggi gebe. Denn in den Zeitungen, allen voran in den Boulevardblättern, werde ja schon fleißig in alle Richtungen spekuliert, was Katinka bestimmt nicht recht sein könne.

»Leider nein«, antwortete Paul. »So was kann wohl bis zu einer Woche dauern, wenn die Diagnose diffus ist. Der Körper des Mannes zeigte ja keine nennenswerten äußerlichen Verletzungen auf. Bloß ein paar blaue Flecken, die aber schon älter sein müssen. Und schon gar keine Anzeichen einer Vergiftung mit den gängigen Toxinen. Bislang ist auch keine Einstichwunde entdeckt worden, wie sie von einer Spritze herrühren würde, geschweige denn ein Einschussloch. Wenn ich Katinka richtig verstanden habe, müssen die Rechtsmediziner jetzt nach dem Ausschlussverfahren eine mögliche Todesart nach der anderen prüfen – das kostet Zeit.«

Hermann verzog den Mund: »Das kann doch nicht so schwer sein. Sind die im Laden deiner Frau denn alle ein wenig deppert? Im Fernsehen finden die eine Todesursache in weniger als einer Stunde raus. Bei *CSI* und *The Mentalist* kommen sie jedem Giftmischer auf die Schliche, selbst wenn er sich noch so geschickt anstellt.«

»Das ist Fernsehunterhaltung, Vati. Hat nichts mit der Realität zu tun.«

»Das glaube ich aber schon! Die Drehbuchschreiber lassen sich ja von Experten beraten – nicht von solchen Bürohengsten.«

»Jetzt mach mal halblang, Vati. Katinka und die Kripoleute geben ihr Bestes, um die Sache so schnell wie möglich aufzuklären. Denkst du, es macht denen Spaß, jeden Tag neuen Blödsinn über Buggis Tod in den Zeitungen lesen zu müssen? Die sind froh, wenn sie die Todesursache benennen und das Ganze ad acta legen können.«

»Was ist denn mit den Fotos, die du gemacht hast? Geben die nichts her?«, bohrte Hermann weiter.

»Nee. Erstens haben sie eine sehr bescheidene Auflösung und zweitens ist nichts Spektakuläres drauf zu sehen. Außer dem Sterbenden. Drumherum steht bloß ein halbes Dutzend Neugieriger, die alle mehr oder weniger entsetzt und hilflos auf den Busfahrer glotzen. Die Fotos sind völlig unergiebig, das meint auch Katinka.« Paul nahm einen Schluck aus seinem Bierkrug. »Es ist aber auch wie verhext, dass es keinerlei Anhaltspunkte gibt. Bis auf ...« Er biss sich auf die Zunge. Beinahe hätte er zu viel ausgeplaudert und dazu beigetragen, ein weiteres Gerücht um den Tod des Busfahrers zu streuen.

Hermann hatte natürlich längst Lunte gerochen: »Red ruhig weiter, Bub. Du wirst vor deinem Vater doch wohl keine Geheimnisse haben.«

»Allerdings«, konterte Paul. »Mehr als du denkst.«

»Ich will es trotzdem wissen«, beharrte Hermann und fixierte Paul über den Rand seiner Brille hinweg.

»Es ist aber nur eine Information aus dritter Hand. Ich habe sie von Blohfeld«, wand sich Paul.

»Lass hören!«

Paul erzählte zögerlich davon, dass in Buggis Mund angeblich ein Klumpen Kleeblätter gefunden worden war.

Hermann sah ihn zunächst nachdenklich an, klopfte sich gleich darauf aber lachend auf die Schenkel. »Nein, nein, wie gemein! Ausgerechnet Kleeblätter, das Markenzeichen von Greuther Fürth. Da will denen wohl jemand den Schwarzen Peter zuschieben. Wenn dein Freund Blohfeld davon in seinem Käseblatt berichtet, erklären die Club-Fans den Fürthern den Krieg. Dann bleibt kein Stein auf dem anderen.«

»Blohfeld ist nicht mein Freund«, stellte Paul richtig. »Ich hoffe, er besitzt die notwendige Sensibilität, um das Risiko zu erkennen.« Dann fragte er: »Du hältst die Sache mit den Kleeblättern also bloß für üble Nachrede?«

Hermann zuckte die Schultern. »Weiß nicht. Was sagt denn Katinka dazu?«

»Solche Details würde sie mir nicht verraten. Da trennt sie Privates strikt vom Dienstlichen. Meistens jedenfalls.«

»Mmmm«, machte sein Vater und sah sich in der überschaubaren Runde der anderen Biergartenbesucher um. Dabei wurde er auf einen korpulenten Mann mit schlohweißem Haar, ebenso weißem Schnauzbart, grobporiger Nase und kräftiger roter Gesichtsfarbe aufmerksam, der im Kreise einiger Begleiter ebenfalls vesperte. Hermann winkte dem Mann zu, der daraufhin prompt aufstand, um sich zu ihnen zu gesellen. Auf dem Weg musste er zwei strohblonden Jungen ausweichen, die zwischen den Bierbänken mit einem abgenutzten Lederball kickten.

»Das ist der Helmut«, machte Hermann den Neuankömmling mit Paul bekannt. »Müsstest du noch von früher kennen. Hat auch beim FC trainiert.«

Paul erinnerte sich dumpf und drückte dem Mann die fleischige Hand: »Flemming, Paul Flemming«, stellte er sich sicherheitshalber noch mal vor.

»Ist mir eine Ehre«, sagte Helmut und zündete, kaum dass er saß, eine Zigarette an.

»Wir haben's gerade von den Fürthern«, kam Hermann sogleich aufs Thema, wobei Paul befürchtete, er würde ihr Geheimnis ausplaudern. Doch zu seiner Erleichterung beließ es sein Vater bei Andeutungen: »Kannst du dir vorstellen, dass Greuther Fürth oder jemand aus der Fangemeinschaft etwas mit dem Tod des Busfahrers zu tun haben?«

Helmut zog verblüfft die Brauen hoch. »Ist das eine Fangfrage? Ich weiß ja, dass dein Herz aus unerfindlichen Gründen für den Club schlägt. Du bist ein hoffnungsloser Fall, Hermann. Du wirst nie begreifen, warum Fürth der bessere Verein ist.«

»Warum soll das denn der bessere Verein sein?«, hakte Paul sofort nach.

Helmut schmunzelte und blies eine Rauchwolke aus. »Vielleicht nicht der bessere Verein, aber allemal der charmantere. Wissen Sie, Paul: Bevor ich nach Herzi kam und hier die Jugend trainierte, war ich bei den Fürthern und habe dort jede freie Minute verbracht. Von daher weiß ich: Nicht bloß die Spielkultur ist hervorragend ausgeprägt, sondern auch die Fans sind nicht so aggressiv wie die Nürnberger. Ich weiß, wovon ich rede: Habe oft genug nach den Derbys die Gebisse und Glasaugen der Opfer aufgesammelt – und die wohnten meistens auf der Fürther Seite der Stadtgrenze.«

»Mit anderen Worten«, wollte Paul zusammenfassen, »ist Fürth ...«

»... ein gelassener, bodenständiger Verein«, vollendete Helmut den Satz. »Die Spieler werden nach wie vor gern aus dem eigenen Nachwuchs rekrutiert und haben dadurch ganz einfach den richtigen Stallgeruch. Das schärft den Teamgeist und sorgt für Fair Play. Aber leider werden sie immer dann, wenn sie richtig Fahrt aufnehmen, von anderen Vereinen weggekauft, manchmal sogar von Nürnberg. Nachvollziehbar, weil Fürth nicht so viel zahlen kann. Wenn einer 4 Millionen statt 500.000 auf den Tisch legt, würde ich auch nicht Nein sagen. Die Jungs müssen ihr Geld in diesem Beruf ja in 10 oder längstens 15 Jahren zusammenbekommen, und dann sollte es bis zur Rente reichen. Glücklicherweise folgen aber immer talentierte Nachwuchsspieler.«

»Und jetzt, nachdem die Fürther in die Erste Liga aufgestiegen sind, ist die Harmonie in Gefahr?«, fragte Paul.

Helmut überlegte drei tiefe Zigarettenzüge lang. Bevor er antworten konnte, musste er den Kopf einziehen, denn der Ball der kickenden Buben schoss knapp über ihren Tisch hinweg.

»Passt auf, ihr Rotzbengel!«, rief Helmut. Es klang weniger wie eine Schelte, sondern als würde er sie anfeuern. Dann wandte er sich wieder seinen Zuhörern zu: »Ich erzähle mal eine kleine Anekdote, wenn's recht ist. Liegt schon ein paar Jährchen zurück: Damals gab es beim Probetraining der Fürther acht ständige Beobachter, hartgesottene Fanveteranen, die immer gern ihren Senf dazugaben zu dem, was sich auf dem Spielfeld tat. Einmal versuchte sich ein Neuzugang, ein Schwarzafrikaner, beim Elfmeterschießen. Erst versenkte er die linke Eckfahne und dann schoss er zehn Meter übers Tor, bis auf die Tennisplätze hinaus. Der Kommentar der Alten lautete: ›Der passt zu uns, der bleibt.‹« Helmut grinste. »Verstehen Sie, warum ich die Fürther charmant nenne? Denselben Spruch würden Sie in einer ähnlichen Situation auch heute noch hören, selbst wenn sich die Fürther momentan aus Versehen in die Erste Liga verirrt haben. Von der Arroganz vieler anderer Erstligisten gibt es nicht die geringste Spur.«

Paul, der Gefallen an der freundlichen Selbstironie Helmuts fand, wollte die Gelegenheit nutzen, um noch ein wenig mehr über das schwierige Verhältnis zwischen den Nürnbergern und Fürthern zu erfahren: »Nun sind Ihre Kicker aber in der Ersten Liga angekommen, egal, ob aus Versehen oder nicht. Stehen sie mit den anderen jetzt auf Augenhöhe?«

Helmut schüttelte behäbig seinen beachtlich großen Kopf. »Spielerisch vielleicht. Aber sonst ... – nein, das wird niemals geschehen. Die Nürnberger blicken nach wie vor auf uns herab.«

»Wie äußert sich dieses ›Herabblicken‹ denn konkret?«

Helmut musste eine Weile nachdenken, was er dafür nutzte, sich die nächste Zigarette anzuzünden. An der hatte er aber nur kurz seine Freude, denn erneut touchierte der Ball ihren Tisch, prallte von der Platte ab und traf Helmut am Kinn. Die Kippe flog ihm aus dem Mund und landete auf dem geschotterten Boden.

Sofort eilte eine Frau vom Nachbartisch herbei. »Felix und Philip, jetzt ist Schluss!«, schimpfte sie die beiden Nachwuchskicker und entschuldigte sich bei Helmut.

Der winkte ab. »Halb so schlimm«, nuschelte er, fingerte in der Schachtel nach einer weiteren Zigarette und fand schließlich ein passendes Beispiel als Antwort auf Pauls Frage: »Im vorletzten Winter habe ich auf dem Christkindlesmarkt in Nürnberg für einen Freund von mir, der genauso fußballbesessen ist wie ich, ein Zwetschgenmännla im Fußballdress der Fürther gesucht. Es war so, als würde ich in einem Zoogeschäft nach einer Mausefalle fragen. Der Standbesitzer sagte mir direkt ins Gesicht, dass er nur Erstligisten als Zwetschgenmännla verkauft. Da bin ich schon sehr gespannt, wie die sich nächstes Weihnachten herausreden, wenn ich ihnen ihre eigene Argumentation um die Ohren haue.«

»Mit anderen Worten: Die Nürnberger nehmen die Fürther nicht für voll. Steigt einem da nicht manchmal die Galle hoch?«

»Klar. Kann schon vorkommen, dass wir Fürth-Fans mal heftig über die Nachbarn herziehen …«

»… und hin und wieder die Fäuste sprechen lassen?«, fragte Paul nun ganz konkret.

»Nein. Das ist nicht unser Ding. Damit würden wir uns ja auf das Niveau der Nürnberger begeben.«

Dies nahm Hermann zum Anlass, das vertrauliche Gerücht über die tödlichen Kleeblätter in Buggis Mund auszuplaudern, was zur Folge hatte, dass Helmuts Gesichtsfarbe noch rosiger wurde.

Paul beeilte sich, dieses pikante, jedoch unbestätigte Detail herunterzuspielen, indem er sagte: »Um dieses dumme Gerücht über rächende Fürther ein für alle Mal aus der Welt zu schaffen, bitte mal Klartext: Wäre eine solche Racheaktion dem harten Kern der Fans zuzutrauen? Sicher nicht, oder?«

»Mmm«, brummte Helmut und nahm sich wieder Zeit zum Nachdenken. Dabei schielte er auf Felix und Philip, die sich den Ball von ihrer Mutter zurückerobert hatten. »Ich bin ja quasi im Schatten des Ronhofs aufgewachsen. Vorbeiziehende Horden bin ich gewohnt und ein paar zerbrochene Bierflaschen und grölende Jugendliche bringen mich nicht aus der Ruhe. Die gibt's hüben wie drüben. Dass unsere Jungs eine große Klappe haben, wenn sie über die Nürnberger herziehen, ist auch normal.«

»Aber?«

»Aber? Das, was die Nürnberger uns geliefert haben, als sie vor einigen Jahren beim sogenannten Marsch auf Fürth durch die Innenstadt marodiert sind, glich einer ausgewachsenen Straßenschlacht. Der Angriff war völlig überraschend, und ja, das kam einem Tabubruch gleich. So weit war bis dahin niemand gegangen, weder die Nürnberger noch wir Fürther.«

»Ein Tabubruch, der vergolten sein will?«

»Ganz von der Hand zu weisen wäre das nicht. Es stand ja noch einmal Spitz auf Knopf, als nach dem 1:0-Triumph des Kleeblatts im Pokalachtelfinale Ende 2011 über 100 Club-Fans aus ihrer Kurve ausbrachen und versuchten, den Fürther Block zu stürmen. Wenn es ihnen gelungen wäre, hätte es mehr als nur ein paar blaue Augen gegeben. Solche Aktionen bleiben im Gedächtnis.« Er beugte sich zu Paul vor: »Sie sollten sich mal in Fürth umhören und die Treffs der Kleeblatt-Fans besuchen: den *Gelben Löwen* zum Beispiel oder die *Kaffeebohne*. Von den Stammgästen dort wünscht manch einer den Nürnbergern die Pest an den Hals, und das ist noch die mildeste Variante ihrer Unmutsäußerungen.«

»Aber reicht die Rivalität wirklich bis zu Mord?«, zweifelte Paul.

»Ich will es nicht hoffen«, meinte Helmut und hieb mit der Faust auf den Tisch. »Mich ärgert das Ganze kolossal! Eigentlich sollten alle jubeln, dass es hier endlich zwei Erstligaklubs gibt. Aber diese paar Chaoten auf beiden Seiten machen alles kaputt.« Ebenso plötzlich, wie ihn der Zorn gepackt hatte, schwand er auch wieder, als Helmut schmunzelnd sagte: »Das Herz meiner Evi da drüben, mit der ich seit über 30 Jahren glücklich verheiratet bin, schlägt seit eh und je für den Club. Aber hauen wir uns deshalb die Köpfe ein? Nein! Außerdem bin ich der Meinung, dass man die Konkurrenzkämpfe auf andere Art und Weise ausleben sollte.« Er seufzte deutlich vernehmbar. »Aber das bleibt wohl ein frommer Wunsch. Denn auch wenn sie es sich eigentlich gar nicht leisten können, sind die Fürther Manager drauf und dran, dem FCN seinen Starstürmer Kevin Modzig abzuluchsen. Wie man so hört, haben sie dafür ein hübsches Sümmchen als Ablöse zusammengekratzt. Das wird den Clubberern gar nicht schmecken.«

Da Helmuts Stammtisch allmählich ungeduldig wurde, verabschiedete er sich und ließ Paul und Hermann wieder allein.

»Interessant«, meinte Paul und nippte am Bier.

»Was meinst du? Das mit Modzig?« Hermann lachte schäbig. »An dem werden die Fürther nicht lange ihre Freude haben. Weißt du nicht, wie alt der ist? Modzig bringt es schon auf 36 Lenze. Der FCN kann froh sein, wenn er ihn loswird, bevor er auf Krücken geht.«

»Ein hartes Urteil über eine Club-Legende«, sagte Paul und sah seinem Vater an, wie sehr es diesen innerlich wurmte, dass die Fürther an Modzig dran waren. Gleich darauf kehrten Pauls Gedanken zum toten Buggi zurück. Er spekulierte, ob Modzigs anstehender Wechsel ein hinreichendes Mordmotiv liefern könnte. Doch diesen Einfall verwarf er sehr schnell. Denn wer sollte wegen eines Spielerverkaufs morden – und warum ausgerechnet einen Busfahrer? Das wäre doch reiner Blödsinn.

»Du denkst schon wieder an Buggi«, durchschaute Hermann ihn. »Wenn es dir so sehr unter den Nägeln brennt, mehr darüber zu erfahren, solltest du dich mit jemandem unterhalten, der sich auskennt. Ich meine nicht so einen Ehemaligen wie den Helmut. Sondern jemanden, der noch aktiv dabei ist bei der Fanarbeit. Du solltest mit Rita Frenzel reden. Die hat im FCN-Fanklub Frankenpower hier in Herzi angefangen. Vor drei Jahren ist sie nach Nürnberg gezogen und ist jetzt Vorsitzende der FCN-Fans Seitzengarten.«

»Rita wer? Sagt mir gar nichts. Weder die Frau noch ihr Klub.«

»Frenzel«, sprach Hermann den Nachnamen überdeutlich aus. »Rita Frenzel. Die Fans treffen sich regelmäßig in ihrem Stammlokal *Seitzengarten* in der Schweinauer Hauptstraße. Die haben einen recht brauchbaren Wirt, falls du dort mal was essen gehen willst.«

»Warum sollte ich?«

»Um mit Rita zu plaudern. Beim Essen geht das unverfänglicher.«

»Ich will aber nicht mit deiner Rita plaudern. Weder unverfänglich noch verfänglich«, stellte Paul klar, der keinen Anlass sah, sich mehr in den Fall hineinzuhängen, als er seiner Neugierde schuldete. »Weißt du, Vati: Ich möchte Kati nicht schon wieder ins Handwerk pfuschen.

Das hat mir in der Vergangenheit oft genug Ärger bereitet. Aber trotzdem danke für deinen Tipp. Ich weiß das zu schätzen.«

Hermann murmelte etwas Unverständliches vor sich hin, verspeiste die Reste seiner Stadtwurst und entschied, dass es nun an der Zeit wäre, zu Hertha zurückzukehren.

4

Die ganze Heimfahrt hatten Katinka und Paul über Hertha und Hermann gesprochen. Während sich Paul positiv überrascht von Vatis Initiative zeigte, mit ihm in den Biergarten zu gehen und nicht wie üblich schweigend hinter dem Fernseher zu verharren, bewertete seine Frau Hermanns Verhalten eher kritisch.

»Solange es Hertha gut ging und sie ihn umsorgte, hat er sich nach Strich und Faden bedienen lassen und bloß seinen eigenen Kram im Kopf gehabt. Kaum ist deine Mutter mal nicht auf der Höhe, macht er sich aus dem Staub und lässt sich von seinem Sohn zum Essen ausführen, statt für Hertha da zu sein.«

»Sei nicht so streng mit dem alten Herrn«, meinte Paul, während er die Tür zu ihrer Wohnung an der Kleinweidenmühle aufschloss. »Ist doch ein netter Zug von ihm gewesen, mal mit seinem Sohnemann auszugehen. Kommt selten genug vor.«

»Netter Zug?«, meinte Katinka zweifelnd, während sie ihren beigen Blazer an die Garderobe hängte. »Darf ich erfahren, wer eure Vesper bezahlt hat? Bist du von Hermann eingeladen worden?«

»Na ja«, druckste Paul herum. »Wenn du mich das jetzt so fragst …«

»Also nicht«, folgerte Katinka. »Ich nehme an, du hast die Zeche für euch beide berappt.«

»Ja, aber beim Verabschieden hat mir Hertha einen Zwanziger zugesteckt. Damit geht die Sache für mich wieder auf.«

»Wie erbärmlich.«

»So sind sie nun mal, Kati. Damit musst du dich abfinden. Habe ich ja schließlich auch.«

Paul wurde auf das Blinken des Anrufbeantworters aufmerksam und drückte den Wiedergabeknopf. Es ertönte die blecherne Stimme einer ihm unbekannten Person. Eine Frau, die sich als Assistentin der Club-Verwaltung meldete: »Guten Tag. Ich rufe im Auftrag von Herrn Bronski, unserem Vorstand, an. Herrn Bronski ist zugetragen worden, dass Sie, Herr Flemming, unautorisiert Fotos im Sanitätsbereich des Stadions gemacht haben. Ohne Fotoerlaubnis unserer Pressestelle ist dies nicht zulässig. Wir bitten Sie deshalb, uns Ihre Aufnahmen auszuhändigen, und Kopien, falls vorhanden, zu löschen. Keinesfalls können wir eine Weitergabe der Fotos an Dritte tolerieren. Wir weisen Sie darauf hin, dass Herr Bronski über das Hausrecht im Stadion verfügt und wir gegebenenfalls rechtliche Schritte einzuleiten bereit sind. Daher bitten wir Sie, sich unverzüglich mit uns in Verbindung zu setzen, um die Sache zu bereinigen.«

Der Text, den die Frau völlig betonungslos aufsagte, klang wie abgelesen. Als der Anrufbeantworter verstummte, sah Paul Katinka fragend an: »Was, bitte sehr, sollte das denn sein? Haben die beim Club keine anderen Sorgen, als harmlosen Handyfotos hinterherzujagen? Haben die überhaupt das Recht, die Fotos von mir zu verlangen?«

Katinka zog die Stirn kraus. »Seltsam, in der Tat. Aber um deine Frage zu beantworten: Ja, sie haben das Recht. Du darfst nicht einfach überall herumknipsen, ohne dir eine Erlaubnis zu holen. Vielleicht hat dich einer der Anwesenden beobachtet«, spekulierte sie und schlug vor:

»Werf mal deinen Rechner an und zeig mir noch mal die Aufnahmen. Womöglich löst sich das Rätsel dann.«

Paul tat, wie ihm geheißen. Wenige Minuten später konnten sie die Fotos auf dem Bildschirm seines Laptops anschauen. Paul schenkte zuerst dem Patienten und dann den Personen im Hintergrund seine Aufmerksamkeit, ohne dass ihm etwas Ungewöhnliches auffiel, während Katinka zielgerichtet vorging und bei der dritten Aufnahme fündig wurde: »Da! Das ist er!« Sie drückte ihren Zeigefinger auf den Monitor, deutete auf die Brust eines stattlichen Mannes mit feistem Gesicht und grauen Stoppelhaaren.

»Wer ist das? Etwa Bronski?« Paul sah genauer hin. »Ich kenne den ja nur aus der Zeitung, und da ist er meistens guter Dinge.«

»Auf deinem Foto aber nicht. Eher im Gegenteil. Er starrt ziemlich grimmig in deine Richtung«, erkannte Katinka.

Paul blickte von dem Bildschirm zu seiner Frau auf. »Er hat es also auf mich abgesehen. Was soll ich tun? Ihm die Bilder geben? Dann habe ich wenigstens meine Ruhe.«

Er rechnete damit, dass Katinka diesen Vorschlag begrüßen würde. Denn auch ihren Interessen würde es unter normalen Umständen entgegenkommen, wenn Paul so bald wie möglich aus dem Fall raus wäre. Doch wider Erwarten reagierte sie anders: »Nein, Paul. Diesen Gefallen tun wir Bronski nicht. Erstens lasse ich weder mir noch dir gern drohen. Und zweitens kann ich diesen selbstgefälligen Langzeitvorstand nicht ausstehen. Wir tun erst mal gar nichts und warten ab, ob er den Mumm und die Ausdauer hat, sich noch einmal zu rühren.«

»Verstehe ich dich richtig?«, hinterfragte Paul sehr überrascht. »Wir tun nichts?«

Katinka machte Anstalten zu nicken, verharrte jedoch in der Bewegung: »Nein, Paul. Ich habe es mir anders überlegt: Lass uns ein wenig Staub aufwirbeln! Solange weder die Kripo noch die Gerichtsmedizin erkennbare Fortschritte machen, könntest du ein bisschen Detektiv spielen.«

Paul sah seine Frau bass erstaunt an. »Was meinst du? Ich soll Nachforschungen anstellen? Sonst sagst du immer, dass ich mich raushalten soll. Warum der Meinungswechsel?«

Katinka lächelte ihn zuversichtlich an: »Weil du mir in der Vergangenheit oft genug geholfen hast und ich mittlerweile einsehe, dass an dir ein begabter Kriminaler verloren gegangen ist.«

»Echt? Findest du?« Paul fühlte sich geschmeichelt.

»Und – um dir nichts vorzumachen – ich halte die Geschichte mit Busfahrer Buggi für nicht allzu komplex und außerdem für ungefährlich. Am Ende wird sich wahrscheinlich herausstellen, dass er eines natürlichen Todes gestorben ist und all der Wirbel umsonst war. Darum gönne ich dir den Spaß.«

Pauls Freude wich Ernüchterung. »Ach so. Na dann ...« Sie ließ ihn seinem Spieltrieb frönen, mehr nicht.

»Wo beginnst du mit deinen Recherchen?«, stachelte ihn Katinka an. »Legst du dich irgendwo auf die Lauer und observierst?«

Paul sah sich bei der Ehre gepackt und wollte entschlussfreudig wirken. Da ihm auf die Schnelle nur der Tipp seines Vaters einfiel, sagte er spontan: »An der Schweinauer Hauptstraße. Dort gibt es ein Nest voller vielversprechender Club-Fans.«

»Dann lass dich nicht aufhalten: Heb das Nest aus!«

Der *Seitzengarten* wirkte von außen wie viele andere Häuser in der Gegend: Die Front bestand aus soliden, leicht ins Rötliche gehenden Sandsteinquadern sowie einigen Steinmetzverzierungen über den Fenstersimsen und der Tür. Über einer Zirndorfer-Leuchtreklame war der Name des Lokals zu lesen. Auch der Gastraum selbst bot keine Überraschungen, war gediegen eingerichtet, wobei dunkle Holztöne überwogen. Ein schaler Geruch von abgestandenem Bier, kaltem Kaffee und Küchendunst lag in der Luft, aus einem in Wandfarbe übermalten Deckenlautsprecher plärrte Schlagermusik. Dass es sich um eine Club-Gaststätte handelte, erkannte der Neuankömmling in erster Linie an den vielen Fahnen und Wimpeln mit FCN-Logo und Vereinsfarben sowie an alten und teilweise bereits vergilbten Mannschaftsfotos.

Paul sah sich zu dieser für einen Kneipenbesuch allzu frühen Stunde nur einer Handvoll gelangweilt dreinschauender Männer gegenüber, die an einem der Holztische saßen, Helles oder Radler tranken und Schafkopf spielten. Hinterm Tresen stand der Wirt und servierte der einzigen Frau im Raum gerade eine Tasse Kaffee. Nicht gerade das, was man pulsierendes Leben nennt.

Paul hatte vor, an der Theke ebenfalls ein Radler zu bestellen und sich dann zu der Männerrunde zu gesellen, aber die Frau – eine verblasste, leicht ins Rundliche gehende Schönheit um die 50 – sprach ihn an, kaum dass er neben ihr stand: »Man sehe und staune, ein neues Gesicht! Was hat Sie denn hierher verschlagen? Haben Sie sich verfahren?«

Bevor Paul antworten konnte, ergriff der Wirt, ein robuster Thekenprofi mit nach hinten gekämmtem, schwarzem Haar, das Wort: »Der hat bestimmt von meinem legendären Leberkäs gehört.«

»Weder noch«, ging Paul erheitert auf diese ungewohnt offene Begrüßung ein. »Ich bin sozusagen Club-Fan im ersten Lehrjahr und möchte dazulernen.«

»Und ich dachte, sie hätten den Leberkäs schon von draußen gerochen«, sagte der Wirt in tiefstem Bayerisch, woraufhin Paul meinte: »Sie stammen wohl nicht von hier?«

»Ich komme aus Pasing.«

»Liegt das am Nordpol?«

»Nein, das ist ein Stadtteil von München.«

»München. Ja, davon habe ich schon gehört. Aber ich dachte, das gibt es nur im Oktober.«

Ein strahlendes Lächeln legte sich über das verschmitzte Gesicht der Frau. »Sie sind wohl ein Witzbold? Aber wenn Sie sich für Fußball interessieren, sind Sie bei uns goldrichtig. Erst recht mit dieser Einstellung gegenüber den Münchnern.« Sie streckte ihm ihre Hand entgegen. »Ich bin Rita Frenzel, für Sie die Rita.«

»Sie ist unsere Chefin«, ergänzte der etwas zu klein geratene Wirt. »Die Vorsitzende des Fanklubs Seitzengarten.«

»Wir gehören zu den alteingesessenen Fanklubs. Solide durch und durch, Mitgliederschwund gleich null«, erklärte Rita nicht ohne Stolz. »Wenn Sie bei uns einsteigen, haben Sie die richtige Wahl getroffen.«

Für Paul klang das so, als sollte er sogleich die Aufnahmeerklärung unterschreiben. »Ich will nichts überstürzen. Vorerst nur mal reinschnuppern.«

»Kein Problem«, meinte Rita, rückte mit ihrem Barhocker etwas zur Seite und fragte: »Wollen Sie etwas trinken? Ich gebe Ihnen einen aus. Schließlich schneit bei uns nicht jeden Tag jemand rein, der glatt als George-Clooney-Double durchgehen könnte.«

»Danke für das Kompliment«, gab Paul zurück und orderte statt eines Radlers nun ebenfalls einen Kaffee. »Eigentlich bin ich in erster Linie daran interessiert, worüber bei den Fans zurzeit so geredet wird. Was sind die Topthemen, die den Fanklub umtreiben?« Er erkannte die Fragezeichen in den Gesichtern von Rita und dem Wirt und ergänzte schnell: »Ich möchte doch mitreden können, wenn ich beim nächsten Spiel ins Gespräch mit den anderen Zuschauern komme.«

Rita machte ihrer Funktion als Vorsitzende alle Ehre, indem sie Paul eine persönliche Einschätzung beinahe des kompletten Kaders herunterbetete, begonnen bei Torhüter Raphael Schäfer, den sie als »unumstrittene Nummer eins« titulierte. Sie sprach über Abwehrspieler Timothy Chandler als »Shootingstar« und lobte die »couragierte Spielweise« von Stürmer Kevin Modzig. Abwehroldie und Publikumsliebling Javier Pinola sei »Identifikationsfigur und Sympathieträger«, und bei Mittelfeldkicker Timmy Simons lobte sie den »kampfstarken Einsatz und seine nissige Spielweise«. Ausführlich ging sie auf Hiroshi Kiyotake, genannt »Kiyo«, ein und betonte, welch große Stücke der Fanklub auf den Japan-Import halte: »Kiyotake ist der technisch stärkste Spieler beim Club, verfügt über enorm enge und schnelle Ballführung, eine tolle Übersicht, und ist Ballverteiler im Mittelfeld. Er erzielt die meisten seiner Tore durch Freistöße, ist als Passgeber an den meisten Toren der Saison beteiligt.«

Paul, der mittlerweile weitere Gesellschaft in Form einiger Spieler der Schafkopfrunde hatte, merkte, dass er nicht so bald auf sein eigentliches Anliegen – den Tod von Busfahrer Buggi – zu sprechen kommen konnte, wollte er die redselige Rita nicht in ihrem Elan bremsen. Also nippte er an seinem Kaffee und hörte brav, still und ergeben zu.

So erfuhr er viel über die Aufstiege, die Abstiege, den Ruhm und das Elend des Clubs und entwickelte ein Gefühl dafür, dass der 1. FC Nürnberg angesichts seiner wechselhaften Geschichte eine besondere Spezies an gefühlsrobusten Fans benötigte. Je mehr Rita in ihrer unverfälscht ehrlichen, fränkischen Tonalität an Fachwissen preisgab, desto klarer zeichnete sich vor Pauls geistigem Auge ab, wie der sehr spezielle Mythos, der den FCN umwehte, entstanden war. Er speiste sich aus vielen großen und kleinen Anekdoten, aus erschreckenden Peinlichkeiten und ungewöhnlichen Skandalen, aus unerklärlichen Fehlschlägen, grandiosen Erfolgen und jeder Menge Tradition.

»Wissen Sie, kein anderer Fußballverein in Deutschland hat es je geschafft, in mehr als 100 Spielen hintereinander ungeschlagen zu bleiben«, erzählte Rita von den Sonnenseiten der Vereinsgeschichte, um darauf sogleich einen Schatten fallen zu lassen: »Und kein anderer Verein ist je als amtierender Meister abgestiegen.« Die Club-Historie wurde begleitet von einer schweren Schuldenkrise in den Neunzigerjahren, dem vorübergehenden Sturz in die Drittklassigkeit und dem erlösenden Pokalsieg 2007. »Heute ist der Club so eine Art Fahrstuhltruppe«, räumte Rita ein, »mal steigt er auf und oft wieder ab.«

Paul filterte die Informationen nach möglichen Verdachtsmomenten und hakte beim Thema Schuldenkrise nach: »Wie war denn das damals genau mit den vielen Miesen?«

»Der Club hatte Rekordschulden von über 20 Millionen DM angehäuft, trudelte in eine Abwärtsspirale und kickte dann auch noch in der dritten Liga gegen Vereine wie Egelsbach oder Weismain. Schlimm. Die Justiz ermittelte wegen schwarzer Konten und verurteilte den Schatzmeister zu einer Haftstrafe. Dann schaltete sich auch noch der DFB wegen Schiri-Bestechung und frisierter Lizenzierungen ein.«

Die Neunzigerjahre – das war für Pauls Dafürhalten entschieden zu lange her, um heute noch ausreichend kriminelle Energie für einen Mord zu liefern. Also hörte er weiter zu und ließ sich durch die Vereinsgeschichte bis in heutige Tage führen: »Der Pokalsieg von 2007 war schon eine feine Sache. Endlich wurde man als Clubberer nicht mehr mitleidig belächelt. Da kam ein neues Lebensgefühl auf«, brachte es Rita auf den Punkt. »Aber ob Sie's glauben oder nicht, selbst in den Stunden des Erfolgs ist die Vergangenheit immer präsent. Als Club-Fan bleibt man auf dem Teppich. Statt vom nächsten Meistertitel zu träumen, gehen wir es lieber pragmatisch an und sammeln für eine Bronzestatue von unserem Idol Max Morlock.«

Morlock, der Superheld des FCN. Paul musste bei der Erwähnung dieses Namens, den sein Vater Hermann in Pauls Kindertagen mehr als oft genug schwärmend genannt hatte, unwillkürlich schmunzeln. Er wechselte jetzt doch vom Kaffee zum Bier und kam nun ohne weitere Umschweife auf sein ursprüngliches Anliegen zu sprechen: »Und was ist das jetzt mit dem Skandal um diesen Fahrer vom Mannschaftsbus? Über Buggi Weinfurther ist ja überall in der Zeitung zu lesen ...«

Paul hatte den Namen des Busfahrers noch nicht ganz ausgesprochen, als sich die Schafkopfler spontan abwandten und zurück zu ihrem Tisch gingen. Auch Rita schien das Thema nicht zu behagen, denn sie sagte ausweichend: »Das mit dem Buggi ist eine schlimme Geschichte. Der war doch gar nicht alt. Der hatte noch das halbe Leben vor sich.«

»Ja, eine böse Sache.« Paul setzte bewusst einen niedergeschlagenen Gesichtsausdruck auf. »Ich habe gehört, Buggi war für den Verein viel mehr als nur der Fahrer.«

»Aber natürlich!«, gab Rita beinahe empört von sich. »Der Buggi war so etwas wie ein Vermittler zwischen uns Fans und den Spielern. Über ihn kam man am besten ran an die Stars. Aber er hat auch Grenzen zu setzen gewusst: Vor seinem Bus gab's Autogramme, so viele wir mochten, und manchmal hat er auch ein paar Spieler aus dem Bus geholt, wenn wir das wollten, aber der Bus selbst galt als Sperrzone. Da hat er niemanden von uns reingelassen und die Privatsphäre der Spieler geschützt.«

»Dann war er wohl auch so eine Art Rausschmeißer oder Bodyguard, was?«

Rita legte die Stirn in Falten. »Kaum. Er war ja mehr ein Knuddeltyp mit rundem Gesicht, kurzen Locken, Dreitagebart und gutmütigen Augen.« Sie hob ihre Kaffeetasse an, merkte, dass sie leer war, und setzte sie wieder ab. »Aber das ist nur Oberflächlichkeit. Was ihn wirklich auszeichnete, war seine unerschütterlich gute Laune. Der hat die Identifikation mit dem Club zu 100 Prozent vorgelebt und auch in schlechten Zeiten immer was Positives aus der Sache gezogen. Ja, mit all seinen Vorzügen und sympathischen Macken war er ein ganz wichtiger Bestandteil des Vereins.«

»Dass Buggi beliebt war, hat sich auch bei Presseterminen gezeigt, wenn die Fotografen zur Abfahrt des Club-Busses kamen«, steuerte der Wirt bei. »Die Bundesligaspieler posierten gern fürs Gruppenbild mit Buggi. Kein Wunder, wenn Torwart Schäfer ihn doch als gute Seele des Clubs bezeichnet hat.«

»Ja, ja, der arme Buggi.« Rita seufzte. »Bei uns ist sein Tod ein ganz heiß diskutiertes Thema. Denn die Zeitungen drücken sich ja ziemlich kryptisch aus. Da klingt mehr als nur unterschwellig an, dass jemand nachgeholfen haben könnte.«

Paul nickte. »Sehr undurchschaubar das Ganze.«

»Unsereins fragt sich natürlich, wer so einen netten Kerl wie Buggi ins Jenseits befördern wollte«, meinte Rita, womit Paul sie genau dort hatte, wo er sie haben wollte.

»Hegen Sie einen Verdacht?«

Rita lachte, aber es war kein fröhliches, eher ein bitteres Lachen. »Nicht wirklich. Drüben am Stammtisch wird wild spekuliert, aber es kommt nichts Sinnvolles dabei heraus.«

»Es wird spekuliert?«, blieb Paul am Ball.

Rita winkte ab. »Nichts, was Hand und Fuß hätte. Unsere Leute würden die Schuld an Buggis Tod natürlich am liebsten den Fürthern in die Schuhe schieben. Aber das ist völlig haltlos. Manche können sich vorstellen, dass andere Fanklubs dahinterstecken.«

»Andere FCN-Fanklubs?«, fragte Paul verwundert.

»Schon möglich. Denn es sind ja nicht alle so friedliebend wie wir. Es gibt da ja auch die radikalen Fans, die extremen unter den Ultras.«

»Sie meinen die Bierflaschen- und Leuchtraketenwerfer«, folgerte Paul.

»Ich meine diejenigen, die jede Gelegenheit wahrnehmen, um über die Stränge zu schlagen – und damit uns alle in Misskredit bringen«, sagte Rita mit einem verbitterten Zug um die Mundwinkel. »Die scheuen ja vor keiner Prügelei zurück.«

»Aber doch wohl vor Mord«, versuchte Paul die Verhältnismäßigkeit zu wahren. »Oder etwa nicht? – Ist Ihnen da was zu Ohren gekommen?«

Rita blinzelte ihn unschlüssig an. Paul erkannte sofort, dass er mit seiner Fragerei zu weit gegangen war. Das Bild des harmlosen Fußballlaien war spätestens jetzt zersprungen.

Argwöhnisch erkundigte sich Rita Frenzel: »Mal ehrlich: Sie sind nicht wirklich daran interessiert, unserem Verein beizutreten, oder?« Ein weiteres Mustern, dann die naheliegende Frage: »Kommen Sie von der Polizei oder von der Presse?«

Paul entschied sich für das kleinere Übel: »Nein, keine Polizei«, versicherte er.

»Von der Zeitung also«, meinte Rita, sichtlich enttäuscht über Pauls anfängliche Unredlichkeit.

»Ich recherchiere in der Fanszene«, improvisierte Paul. »Uns ist daran gelegen, die schwarzen Schafe aufzuspüren.«

»Solange wir normalen Fans dabei gut wegkommen, soll es mir recht sein«, meinte Rita zurückhaltend.

»Sie werden mir also helfen?«

Sie haderte mit sich selbst, bevor sie wenig euphorisch sagte: »Wenn ich das kann: ja, meinetwegen. Aber ich möchte nicht namentlich erwähnt werden in Ihrem Artikel.«

»Gut.« Paul war erleichtert. »Dann noch einmal die Frage: Wem würden Sie den Mord zutrauen?«

»Wer weiß. Jedenfalls könnten Gruppierungen wie die berüchtigten Bad Boys ihn auf die Abschussliste gesetzt haben, denn Buggi hat sich immer wieder öffentlich für Fair Play im Stadion ausgesprochen und ist nach Ausschreitungen der Hardcorefans sehr sauer geworden. Da konnte der sanftmütige Buggi richtig bissig werden.«

Paul besann sich der blauen Flecken, die am Leichnam des Busfahrers festgestellt worden waren. Diese hatten zwar gewiss nicht zum Tod geführt, könnten aber – bei genauerer Betrachtung – durchaus auch als Handschrift der brachialen Fans gelesen werden. Er beschloss, dieses Verdachtsmoment im Hinterkopf zu behalten und fragte Rita weiter aus: »Vielleicht steckt noch mehr dahinter?«

Rita dachte lange nach, schüttelte dann jedoch den Kopf. »Jedenfalls nichts, was mit dem Club oder dem direkten Umfeld zu tun hat. Was Buggi privat getrieben hat, weiß ich nicht. Da müsste man schon mit den Spielern selbst plaudern. Denn ebenso gut wie er die Kicker und ihre Marotten kannte, waren ihnen die seinen bekannt. So viele Stunden, wie die zusammen verbracht haben, müssten die fast alles über Buggi wissen.«

»Das wäre dann wohl doch übertrieben. Außerdem hätten die FCN-Stars wahrscheinlich weder Zeit noch Lust, sich mit mir zu unterhalten«, wandte Paul ein.

Rita gab ihm recht, hatte aber bereits eine weitere Idee: »Versuchen Sie es mal bei Ivonne Wagner. Das ist die Spielerberaterin beim FCN. Eine toughe Frau. Die kennt sie auch alle aus dem Effeff, die Spieler und jeden anderen im Umfeld. Der können Sie Löcher in den Bauch fragen und bekommen gescheite Antworten.«

Paul bedankte sich für den heißen Tipp und läutete seinen Rückzug ein. Nachdem er sein Bier geleert hatte, drückte er Rita seine Karte in die Hand. »Da steht auch meine Handynummer drauf. Sie wissen ja: Ich bin an allem interessiert, was es Neues über den Club zu sagen gibt – und ganz speziell über Buggi.«

Als er aus der Tür trat, fiel sein Blick auf seinen Wagen, den er am Straßenrand abgestellt hatte. Das Auto war alt und nicht besonders gut gepflegt, machte aber noch einen ganz ordentlichen Eindruck. Umso mehr stach der lange tiefe Kratzer ins Auge, den jemand quer über die gesamte Flanke gezogen hatte – im Zickzack vom Kotflügel bis zum Heck.

Paul trat näher heran und musste feststellen, dass das noch nicht alles war: Die Kühlerhaube wurde nun von einer weiteren Schramme geziert, geradezu kunstvoll in Form eines Kleeblatts.

Was soll das?, dachte Paul. Hielten die ihn hier etwa für einen Spion der Fürther? Er drehte das Radio weit auf, um sich die Laune nicht völlig verderben zu lassen.

5

Während er in seinem Renault saß und in Richtung Valznerweiher, seinem nächsten Tagesziel, steuerte, dachte Paul über sein unverhofftes Glück nach: Katinka hatte nach all den Jahren des Widerstands endlich ein Einsehen gezeigt und ließ ihn nach Lust und Laune auf eigene Faust ermitteln.

Fein!

Diese süße Überraschung hatte allerdings den bitteren Beigeschmack, dass Katinka ihm den Spaß nur gönnte, weil sie dem Fall keine Priorität zumaß und erwartete, dass die Gerichtsmediziner über kurz oder lang einen natürlichen Tod feststellen würden. Außerdem gab es bei ihrer Gönnerhaftigkeit noch einen anderen Haken: Paul konnte sich gut vorstellen, welcher Kommentar dem Zyniker Victor Blohfeld dazu eingefallen wäre: »Sie schickt Sie zum Spielen, damit Sie auf keine anderen dummen Gedanken kommen.«

Ja, hierin konnte Katinkas wahre Motivation zu finden sein. Andererseits hatte sie auch gesagt, dass sie seine Hilfe mittlerweile ernsthaft anerkannte und wertschätzte. Ein Lob, das Paul freute, und ein Vertrauensbeweis, dem er gerecht werden wollte. Daher nahm er sich vor, bei seinen Recherchen ihr zuliebe möglichst wenig Porzellan zu zerschlagen. Schließlich durfte er sich Katinkas Wohlwollen nicht so schnell verscherzen.

Es kam Paul gelegen, dass er einen triftigen Grund für seinen Besuch auf dem angestammten Club-Gelände am Valznerweiher vorzuweisen hatte: Der Anruf aus dem Vorstandssekretariat, durch den er zur Herausgabe seiner Fotos aus Buggis Todesnacht aufgefordert worden war, sollte ihm als Anlass und Türöffner dienen. Und so hatte er auch keine Scheu, sich forsch durchzufragen.

Doch die Vorstandsbüros waren nicht ganz so leicht zu finden, wie Paul gehofft hatte, denn das Areal verfügte über beachtliche Ausmaße. Mehrere Trainingsplätze reihten sich aneinander, dazu kamen eine große Halle für die Schlechtwettersaison, jede Menge Nebengebäude und schließlich die »Neue Club-Heimat«: ein nagelneuer Komplex, der mit geschwungenen Linien und einem riesigen Vereinslogo auf der Fassade punktete. In diesem wahr gewordenen architektonischen Traum aus Stahl, Beton und vor allem Glas vermutete Paul Bronski, dessen Büro er sich als lichtdurchflutete Wohlfühloase, garniert mit Urkunden und Pokalen, vorstellte.

Der Neubau erwies sich jedoch selbst für Mitarbeiter als noch fremd: Mehrmals wurde Paul bei der Frage nach der Geschäftsstelle in die falsche Richtung geschickt, er wechselte wiederholt das Stockwerk und stieß dann mehr oder weniger durch Zufall auf die Person, zu der er eigentlich wollte.

Die Frau, bei der er sich im Flur erkundigte, machte einen dynamisch-forschen Eindruck. Ihre zierliche, sportliche Figur wurde von einem schicken anthrazitgrauen Kostüm betont, ihre schlanken Beine ragten aus farblich passenden Pumps. Ein lässig um den Hals geschwungenes Seidentuch in changierenden Rottönen bot einen reizvollen Kontrast zum Business-Style ihrer Garderobe. Ihr freundliches, offenes Gesicht mit blitzblanken blauen Augen wurde umrahmt von vollem nussbraunem Haar, durch ein Haarband nur unzureichend gezähmt.

»Wen suchen Sie denn?«, erkundigte sich die Frau mit einer Stimme, die um Nuancen tiefer klang, als Paul von der zarten Erscheinung erwartet hätte. Als er ihr antwortete, musste sie herzlich lachen: »Dann ist Ihre Suche hier beendet. Sie haben sie gefunden.«

»Sie sind Frau Wagner, die Spielerberaterin?«, vergewisserte sich Paul, der in diesem Job eher eine wehrhafte Walküre erwartet hatte.

Ivonne Wagner tippte auf das dezente Namensschildchen, das sie am Reverskragen trug, und fragte nach Pauls Anliegen. Dieser brachte zunächst brav seinen Vorwand zur Sprache und redete über die Bilder, die er an besagtem Abend im Sanitätsbereich des Stadions geschossen hatte. Als ihn seine Gesprächspartnerin daraufhin direkt ins Vorzimmer des Vorstands weiterschicken wollte, rückte er auch mit dem anderen Grund für seinen Besuch heraus: »Mir geht es darum, mehr über Buggi Weinfurther zu erfahren. Dadurch, dass ich quasi zu den Zeugen seines Todes zähle, lässt mich diese Geschichte einfach nicht los.«

Ivonne Wagner musterte ihn von oben bis unten, allerdings so schnell, dass es nicht argwöhnisch oder gar beleidigend wirkte.

»Verstehe.«

Sie hob den rechten Arm und öffnete einladend ihre Handfläche.

»Dann sollten wir uns in meinem Büro weiter unterhalten. Ich habe zwar nicht viel Zeit, aber wenn es um Buggi geht, ist es mir das wert.«

Keine fünf Minuten später saßen sie in einem schlauchförmigen Raum, dessen cremeweißes Mobiliar von den Zeugen der üblichen Büroarbeit befreit worden war: Nirgends lag eine offene Akte herum, es stapelte sich kein Papier und nicht mal ein Ablagefach war zu erkennen, geschweige denn ein Locher oder Tesafilmroller. Wahrscheinlich hortete Ivonne Wagner ihre Unterlagen in einem Schrank hinter ihrem Schreibtisch und kramte sie nur heraus, wenn kein Besucher da war. Statt Arbeitsutensilien dominierten zahlreiche Zierpflanzen das Minibüro und nahmen der peniblen Ordnung ein wenig Kälte.

»Was genau möchten Sie denn über unseren Buggi wissen?«, eröffnete sie das Gespräch. Ihre Arme ruhten auf der blitzblanken Schreibtischplatte, die sorgsam manikürten Finger hielt sie verschränkt.

»So viel wie möglich«, sagte Paul und nutzte die oft getestete Wirkung seiner braunen Augen. »Denn wissen Sie, seit dem tragischen Vorfall fühle ich mich dem Mann irgendwie verbunden.«

Ivonne Wagner spitzte die Lippen, während sie offensichtlich überlegte, inwieweit sie sich auf Paul einlassen durfte. Ob sie ihn mit ein paar Belanglosigkeiten abspeisen oder gewissenhaft auf ihn eingehen sollte. Schließlich gab sie sich einen Ruck: »In Ordnung, ich will mal nicht so sein. Aber um es gleich vorweg zu sagen: Wenn wir über Club-Interna sprechen, geht das keinen Außenstehenden etwas an.«

»Selbstverständlich. Ich habe nicht vor, Sie in irgendeiner Form in Schwierigkeiten zu bringen. Mir reicht es vollkommen, wenn ich ein bisschen was über Buggi erfahre ...«, gab sich Paul bescheiden, obwohl er genau wusste, dass schon diese Information durchaus als Internum gewertet werden könnte. Seine Gesprächspartnerin jedoch ging auf seine Bitte ein.

»Buggi war ein Pfundskerl«, begann Ivonne Wagner. »Da wurde eine ganz wichtige Persönlichkeit mitten aus unseren Reihen gerissen.« Sie schlug die Augen nieder und lächelte traurig. »Das mag etwas seltsam klingen, wenn ich vom Busfahrer wie von einem Mannschaftskapitän rede, aber es ist wahr: Buggi hat einen wesentlichen Beitrag zum Zusammenhalt und Gemeinschaftssinn im Team geleistet, denn er war ja auch für viele Details rund um den Trainings- und Spielbetrieb zuständig.«

»Wie sah denn sein Berufsalltag aus?«, erkundigte sich Paul.

»Im Prinzip ging das schon morgens um acht los, wenn er gemeinsam mit dem Zeugwart Schuhe, Wasserflaschen, das ganze Material ordnen musste. Dann Mittagessen mit der Mannschaft, kurze Pause, und anschließend weiter für die Einheit am Nachmittag. Der Feierabend folgte oft spät, vor allem bei Auswärtseinsätzen. Auch die Wochenenden bedeuteten für ihn häufig jede Menge Arbeit. Aber darum ging es ihm nicht. Er sagte immer: ›Mit dem Stundenzählen wollen wir gar nicht anfangen.‹ Sie sehen: Buggi war viel mehr als bloß ein ausgezeichneter Chauffeur. Er hat sich voll eingebracht in seinen Verein.«

»Dann war er quasi unzertrennlich mit der Mannschaft verbunden?«

»So kann man es ausdrücken. Die Spieler haben mit ihm mehr Zeit verbracht als mit ihren Ehefrauen. Da bestanden sehr enge Bande.«

»Der ein oder andere Kicker hat ihm sicher auch mal sein Herz ausgeschüttet, was?«

»Das ist anzunehmen, ja. Obwohl für solche Dinge eigentlich ich die richtige Ansprechpartnerin bin. Als

Spielerberaterin sollte ich die erste Anlaufstelle sein, wenn bei den Jungs mal der Schuh drückt. Im übertragenen Sinn, versteht sich.«

Manche Dinge besprechen Männer eben lieber unter ihresgleichen, dachte sich Paul. »Ich bin neugierig: Was ist denn Ihre Hauptaufgabe als Beraterin?«

Sie lächelte und richtete ihren Blick verlegen zu Boden. »Ich bin dafür zuständig, dass den Jungs der Erfolg nicht zu Kopfe steigt.«

»Wie darf ich das verstehen?«

»Sehen Sie, die meisten unserer Spieler durchlaufen in jungen Jahren einen steilen Höhenflug in ihrer Karriere. Sind sie talentiert und ambitioniert, steigen sie binnen einer Saison zu Elitekickern auf. Ruck, zuck bekommen sie Verträge vorgelegt, gehen Verpflichtungen ein und verdienen gutes Geld. Dabei sind viele von ihnen noch Kindsköpfe, bei denen aus dem Spiel über Nacht Ernst geworden ist. Ohne eine qualifizierte und faire Beratung gehen diese jungen Kerle mitunter hoffnungslos baden.«

»Kann ich mir gut vorstellen. Wenn ich einen solchen Traumjob hätte, würde ich auch nicht jeden Euro zweimal umdrehen, bevor ich ihn ausgebe.«

»Das ist kein Traumjob. Die Jungs müssen wahnsinnig viel Zeit, Willenskraft und Durchhaltevermögen investieren, der Beruf ist mit extrem großen Konkurrenzsituationen verbunden, kurzum: Sie müssen viel einstecken können. Und wenn es mal nicht so läuft, wird es schnell schwierig. Das nagt nämlich sofort am noch fragilen Selbstbewusstsein. Die meisten der jungen Talente unterschätzen die negativen Seiten des Jobs.«

Paul konnte sich ein Lächeln nicht verkneifen. »Dafür dürfen sie aber vor 40.000 Leuten Fußball spielen, sich feiern lassen und richtig viel Geld einstreichen.«

Ivonne Wagner nickte. »Wenn dieser Beruf schön ist, ist er besonders schön. Wenn er hässlich ist, ist er besonders hässlich. Mit diesen Extremen müssen die Jungs klarkommen, und dafür benötigen sie fachgerechte Hilfe.«

»Sie sind also eine Art Ersatzmami«, fasste Paul etwas forsch zusammen, woraufhin sie sich reckte und auf Abstand ging.

»Nein, eine Mami bin ich ganz gewiss nicht. Auch keine Seelenklempnerin, falls Sie auf so etwas anspielen. Schon eher eine Finanzberaterin.«

»Es geht also hauptsächlich um die Honorare und weniger ums Psychologische?«

»Ja, und das ist kein Geheimnis. Viele meiner Jungs würden ohne eine fürsorgliche Anleitung ihr Geld binnen kürzester Zeit für teure Autos und schöne Frauen verjubeln. So ist es nun mal, da gibt es nichts zu beschönigen. Und weil wir wollen, dass die Spieler von Finanzproblemen ferngehalten werden und sich voll auf den Sport konzentrieren, gibt es meine Stelle hier beim Club.«

»Alle Achtung«, meinte Paul, »das ist bestimmt nicht immer einfach, einem auftrumpfenden Nachwuchsstar den überstürzten Kauf eines Ferraris auszureden. Und manchmal stoßen Sie ja wohl auf taube Ohren, sonst hätte Dirk Sakowsky nicht so hohe Schulden, wie man hört«, tastete sich Paul an seine eigentliche Absicht heran.

Ivonne Wagner sah ihn mit abschätzigem Blick an. »Ach was, alles halb so schlimm. Nur weil sich die

Boulevardpresse daran aufhängt, dass Dirk den Luxus liebt und ab und zu ins Spielkasino geht, ist er noch lange nicht pleite. Solche Storys sind künstlich aufgeputscht und haben mit der Wirklichkeit wenig zu tun.« Dann erhellte sich ihre Miene. »Aber Sakowsky ist trotzdem ein gutes Stichwort. Mal ganz unter uns: Seine derzeitige Freundin ist das Paradebeispiel einer Spielerbraut, vor der ich meine Jungs gern schützen würde.«

»Sie sprechen von dieser hübschen Russin. Svetlana heißt sie, glaub ich. Durch und durch unsolide, verschwenderisch, aber ziemlich sexy?«, folgerte Paul.

»Genau«, bestätigte Ivonne Wagner, der es offenbar ein Bedürfnis war, sich ihre beruflichen Sorgen und Nöte von der Seele zu reden. »Sakowsky schwebt so hoch auf Wolke sieben, dass er sie in seiner Euphorie glatt ohne Ehevertrag heiraten würde.« Die Spielerberaterin merkte, dass sie ziemlich indiskret geworden war, und schien mit sich zu hadern, ob sie Paul gegenüber weiter so frei heraus sprechen sollte. »Meine Güte, ich rede schon wieder viel zu viel. Das muss ich mir unbedingt abgewöhnen.«

»Wir sind ja unter uns«, meinte Paul reichlich lapidar.

Ihren letzten Worten zum Trotz schmiss sie rasch die eigenen Vorsätze über Bord, grinste ein wenig verstohlen und sagte sehr leise, beinahe flüsternd: »Ich erzähle Ihnen mal einen Witz, der voll und ganz auf das Paar Dirk Sakowsky und Svetlana zutrifft, okay?«

»Nur zu!«, ermunterte Paul sie.

»Also gut.« Ivonne Wagner kicherte: »Sagt ein Typ zu seinem Kumpel: Ich habe drei Frauen zur Auswahl, die mich heiraten wollen, kann mich aber nicht entscheiden. Also gebe ich jeder von ihnen 1.000 Euro, um zu sehen, was sie aus dem Geld machen. Die Erste geht in den Kosmetiksalon, lässt sich stylen und sagt zu mir: ›Schau her, Schatz, das ist alles nur für dich.‹ Die Zweite kauft ein paar Kästen Bier und tütenweise Chips, lädt all meine Freunde zum Fußballgucken ein und sagt: ›Hier, Schatzi, alles bloß für dich.‹ Die Dritte legt das Geld gewinnbringend an und macht aus 1.000 Euro im Nu 8.000. ›Und, für welche entscheidest du dich?‹, fragt der Kumpel. Darauf der Typ: ›Für die mit den dicksten Titten.‹«

Paul schmunzelte. »Ein echter Männerwitz!«

»Ja, nicht mehr ganz zeitgemäß, aber durchaus zutreffend – und das beziehe ich beileibe nicht nur auf Sakowsky. Nun kennen Sie meinen Job und seine besonderen Herausforderungen.«

Paul konnte zufrieden sein über den Verlauf des Gesprächs und freute sich, dass Ivonne Wagner so schnell Vertrauen zu ihm gefasst hatte, obwohl er seinen Charme bislang kaum hatte einsetzen müssen. Er beschloss also, einen Schritt weiterzugehen und nach Motiven für Buggis Tod zu fragen.

Nun aber reagierte sie deutlich verhaltener: »Es steht bislang ja nicht einmal fest, dass es kein natürlicher Tod war«, sagte sie.

»Die Kripo ermittelt. Das würde sie nicht tun, wenn sie keine Anhaltspunkte für eine Gewalttat hätte.«

Ivonne Wagner nickte stumm, fuhr sich mit dem Zeigefinger um die Nase und sagte: »Von Seiten des Clubs halten wir uns mit Spekulationen jedenfalls zurück.«

»Gäbe es denn etwas zu spekulieren?«

»Nein. Wie ich schon sagte: Buggi war ein echt netter Kerl, ein Kumpel. Dem hätte niemand ans Leder gewollt.«

Paul bemerkte, wie Ivonne Wagner blinzelte. Ein Zeichen von Nervosität? »Wenn Buggi so vertraut mit den Spielern gewesen sein soll, hätte er einige Ihrer Stars ja auch leicht in Schwierigkeiten bringen können.«

»Wie meinen Sie das?«, fragte seine Gesprächspartnerin wie aus der Pistole geschossen. »Etwa dass Buggi die Männer mit seinem Wissen erpresst hat?«

»Wäre eine solche Annahme denn weit hergeholt?«

Ivonne Wagners Wangen liefen rot an. »Ja! Das ist an den Haaren herbeigezogen. Wenn Sie Buggi gekannt hätten, würden Sie nicht solche Gerüchte in die Welt setzen.« Sie bereute es jetzt offenbar zutiefst, dass sie sich Paul gegenüber so vertrauensselig gegeben hatte. Jede Freundlichkeit wich aus ihrem Gesicht: »Was wollen Sie eigentlich, Herr Flemming? Wenn es Ihnen wirklich darum geht, Ihr Mitgefühl über den Tod eines von allen geschätzten Club-Mitarbeiters auszudrücken, dann ergibt Ihre Fragerei wenig Sinn.«

»Sie haben natürlich recht«, ruderte Paul zurück. »Entschuldigen Sie bitte, ich wollte Ihre Offenheit nicht ausnutzen. Es will mir nur einfach nicht in den Kopf, wie das mit Buggi geschehen konnte.«

»Ja, mir geht es ähnlich«, sagte Ivonne Wagner. »Warten wir einfach die Ergebnisse der polizeilichen Ermittlungen ab. Danach sind wir – hoffentlich – alle schlauer.«

Paul suchte nach Ansätzen, sie noch ein wenig mehr auszuquetschen, als plötzlich die Zimmertür aufflog und ein stämmiger, graumelierter Mann mit wehender Krawatte hereinrauschte. Das Temperamentbündel umrundete blitzschnell den Schreibtisch, stellte sich an Ivonne Wagners Seite und blaffte Paul an: »Sie sind doch dieser

Fotograf! Haben Sie sich in der Tür geirrt? Sie wollten sicher zu mir!«

Paul registrierte, wie Ivonne Wagner neben ihrem Chef den Kopf einzog, und sagte: »Das ist richtig, Herr Bronski. Ich habe den Weg zu Ihrem Büro nicht auf Anhieb gefunden, und Frau Wagner war so freundlich ...«

»Ist ja auch egal«, unterbrach ihn der Vorstand schroff und streckte beide Hände aus. Eine ungehaltene Geste, die blanke Gier ausdrückte. »Haben Sie sie dabei? Her damit!«

Paul schloss aus der knapp formulierten Aufforderung, dass Bronski nach den Handyfotos trachtete, und stellte klar: »Wenn es Ihnen um die Bilder geht, muss ich Sie enttäuschen. Ich sehe keinen Grund, sie Ihnen zu überlassen, und auch rechtlich ...«

»Rechtlich?«, schrie Bronski. »Das Hausrecht habe ich. Ohne gültige Genehmigung durften Sie Ihre Fotos gar nicht schießen!«

Dass der Club-Vorstand dermaßen in die Luft ging, konnte Paul sich nur mit dessen Persönlichkeit erklären: Max Bronski galt als Choleriker. Als ein Mann, dem schnell mal die Hutschnur platzte. Das etwas steife Erscheinungsbild vom Typ Bankkaufmann machte er durch sein mächtiges Sprachorgan jedenfalls locker wett, dachte Paul, ließ sich aber nicht einschüchtern.

»Wenn Sie laut werden, erreichen Sie bei mir gar nichts. Außerdem liegt die Sache sowieso nicht mehr in meinen Händen. Ich habe die Bilder der Staatsanwaltschaft zur Verfügung gestellt.« Das traf zwar nicht zu, denn Katinka hatte bislang noch gar nicht um die Überlassung der Fotos gebeten – wohl, weil sie diese für nicht relevant hielt –, aber dennoch erzielte er mit dieser Bemerkung die beabsichtigte Wirkung.

Während Ivonne Wagner auf ihrem Stuhl immer mehr zusammensackte und am liebsten unter den Schreibtisch gekrochen wäre, staute sich in Bronski der Dampf für den nächsten Ausbruch auf. Seine Kiefer mahlten, an den Schläfen zeichneten sich dicke Adern ab.

»Wie kommen Sie dazu, die Staatsanwaltschaft ins Spiel zu bringen?«, brüllte er.

Paul war versucht, sich die Ohren zuzuhalten. »Ich sagte doch: Mit Geschrei können Sie mich nicht unterkriegen.« Damit stand er auf, ging gemessenen Schrittes zur Tür und deutete der Spielerberaterin gegenüber eine Verbeugung an. »Vielen Dank, Frau Wagner, dass Sie mich so freundlich aufgenommen haben. Richten Sie Ihrem Chef bitte aus, dass ich sehr gern mit ihm spreche, sobald er bereit ist, sich mit mir wie unter zivilisierten Menschen üblich zu unterhalten.« Im nächsten Moment hatte er das Büro verlassen.

Er zog die Tür hinter sich zu, ohne dass sie ins Schloss fiel. Denn Paul hatte nicht vor zu gehen. Nicht solange er die Chance sah, einige womöglich wesentliche Informationen aufzuschnappen.

Tatsächlich erhob sich Bronskis Stimme, kaum dass Paul seinen Lauschposten im Flur bezogen hatte: »Was hatte der Kerl in Ihrem Büro zu suchen?«, fauchte Bronski.

»Das hat er doch gesagt: Er kannte sich hier nicht aus«, antwortete Ivonne Wagner sehr kleinlaut.

»Da haben Sie sich seiner angenommen und ihm bei der Gelegenheit wahrscheinlich sämtliche Intimitäten aus dem Privatleben unserer Spieler auf die Nase gebunden. Ihr loses Mundwerk bringt uns eines Tages noch in Teufels Küche!«, grollte Bronski, der mit der Schwachstelle seiner Mitarbeiterin offensichtlich vertraut war.

»Habe ich nicht«, protestierte sie zaghaft. »Er hat sich nur für Buggi interessiert, nicht für die Mannschaft.«

»Für Buggi?« Bronski murmelte etwas für Paul Unverständliches. Dann sagte er wieder lauter: »Jedenfalls kommt mir der Typ nicht mehr ins Haus. Solche Leute wie der Flemming bringen nur Ärger, und davon haben wir schon mehr als genug. Erst die Negativschlagzeilen wegen Buggi, die Gerüchte über Modzigs Wechsel zu den Fürthern und dann noch diese Geschichte mit den Wetten.«

Wetten? Das war ein ganz neuer Punkt, dachte Paul und spitzte die Ohren.

»Da ist aber nichts dran, oder?«, piepste Ivonne Wagner unterwürfig.

»Das kann man nie wissen. Wir müssen auf jeden Fall am Ball bleiben, denn wenn irgendwer was Illegales aufzieht, dürfen wir das unter keinen Umständen tolerieren. Ich will den Club nicht noch mal in die Prozessmühlen treiben lassen wie vor 20 Jahren. Und wenn es stimmt, dass Sakowsky seine Hände im Spiel hat, soll es mir egal sein, wie gut er auf dem Feld ist. Dann fliegt er hochkant raus!«

Schon wieder Sakowsky, dachte Paul, den es immer misstrauisch machte, wenn ein Name mehrmals erwähnt wurde.

Da der Flur sich allmählich belebte und er einige skeptische Blicke auf sich zog, musste er seinen Lauschposten aufgeben. Mit mehr Fragen als Antworten im Kopf verließ er die FCN-Verwaltung.

6

Als Paul gegen Abend fast zeitgleich mit Katinka heimkam, hatte er ihr eine Menge zu berichten. Während sie ihre Aktentasche ausräumte und sich etwas Bequemes überzog, hörte sie ihm geduldig zu, lobte seinen detektivischen Ehrgeiz, erkannte jedoch keinerlei Handlungsbedarf für sich oder die Polizei. Und sie machte deutlich: »Verstehe ich das richtig? Du hattest bei deinen Recherchen bislang ausschließlich mit Frauen zu tun? Diese treuherzige Fanklubchefin Rita, die beredsame Spielerberaterin Ivonne Wagner und Sexbombe Svetlana ...«

»Von Svetlana habe ich nur gehört, sie aber nicht getroffen.«

»Wie dem auch sei«, meinte Katinka mit einem Augenzwinkern, das nicht wirklich lustig gemeint war. »Hoffentlich nutzt du meinen Freifahrtschein für deine Recherchen nicht aus, um noch mehr Frauenbekanntschaften zu schließen.«

»Nie im Leben!«, versicherte Paul und blinzelte ebenfalls. Das tat er sicherheitshalber gleich mehrfach. Seine Frau wirkte trotzdem nicht vollends überzeugt.

Katinka hatte sich einen Haufen Arbeit aus dem Justizpalast mit nach Hause genommen und verzog sich nach dem kurzen Small Talk in ihr Arbeitszimmer. Paul tat es ihr gleich und nahm vorm Computer Platz. Weil sich Bronski so sehr über die Fotos aus dem Stadion ereifert hatte, wollte er die Bilder noch einmal ganz genau anschauen. Womöglich hatte er irgendetwas Wesentliches übersehen. Er öffnete das Verzeichnis und rief die Fotos auf.

Viele waren es nicht. Nur drei Mal hatte Paul im Sanitätsbereich den Auslöser seines Smartphones gedrückt, und immer aus derselben Perspektive. Für ihn als Profi war das ein mageres Ergebnis, doch durfte er sich zugutehalten, dass er in der Sorge um seinen Vater und angesichts von Buggis dramatischem Todeskampf einfach nicht die Nerven – oder die Kaltschnäuzigkeit – besessen hatte, wie ein Geier auf seine Beute loszugehen. Er war halt auch nur ein Mensch – und diese Erkenntnis gehörte nicht zu jenen, für die er sich schämen musste.

Die Fotos selbst erschienen ihm – abgesehen von der Szenerie mit den Sanitätern im Einsatz – nach wie vor als belanglos. Nichts war zu sehen außer dem Opfer, den hektisch agierenden Sanis und den Gaffern. Paul konzentrierte sich auf Bronski, der auf allen drei Bildern deutlich zu erkennen war. Tat er irgendetwas, das er später lieber ungeschehen gemacht hätte? Etwas, das sein starkes Interesse an den Bildern rechtfertigen könnte? Aber nein, überzeugte sich Paul: Der Club-Boss starrte entsetzt und sorgenvoll auf den Sterbenden wie alle anderen, mit der gleichen ergriffenen Mimik und Gestik. Lediglich auf dem letzten Foto richtete Bronski seine Aufmerksamkeit auf Paul, mit vorwurfsvollem Blick.

Doch warum auch immer Bronski so scharf auf die Bilder sein mochte, mit seinem Erscheinen auf den Fotos konnte es kaum etwas zu tun haben, folgerte Paul, denn er tat nichts, was in irgendeiner Art und Weise verdächtig wirkte. Handelte es sich also wirklich nur um selbstloses Interesse, um den Versuch, Schaden vom Club fernzuhalten? Paul wollte es nicht so recht glauben und widmete sich den Fotos umso intensiver.

Nun musterte er auch die anderen Umstehenden, blickte in die teilweise verschwommenen und mitunter unterbelichteten Gesichter der Leute in zweiter und dritter Reihe. Die meisten kannte er nicht. Ausgenommen ... ja, sie war es tatsächlich! Auf dem zweiten Bild entdeckte er Spielerberaterin Ivonne Wagner ganz rechts außen am Rand. Auch sie mit entsetzter Miene. Sie teilte die Betroffenheit der Anwesenden.

Paul sah sich weiter um in der anonymen Menge, die er auf seinen Fotografien eingefangen hatte. Dabei wurde seine Aufmerksamkeit durch eine andere Frau erregt: eine hübsche Brünette, die nicht nur wegen ihrer langen Haare und dem niedlichen Gesicht herausstach, sondern auch aufgrund ihrer Körpersprache. Paul mutmaßte angesichts ihrer tadellosen Haltung, dass es ein Model sein könnte oder ein ehemaliges Ballettmädchen. Körperbau, Klamotten, Ausstrahlung – alles vom Feinsten. Und, ja, diese junge Frau wusste, wie man sich in Positur warf. Dieses Wissen um die perfekte Ausstrahlung war ihr so sehr in Fleisch und Blut übergegangen, dass es sogar in einer solch angespannten Situation vorhielt.

Paul dachte an seine letzten Gespräche zurück und reimte sich zusammen, dass es sich bei der Hübschen um Dirk Sakowskys Freundin handeln könnte. Beim näheren Hinsehen meinte er sogar Ähnlichkeiten mit der Spielerbraut zu erkennen, über die er neulich in der Zeitung gelesen hatte. Ja, war er nun ziemlich sicher: Hier musste es sich um Svetlana handeln.

Für einen Moment gab sich Paul zufrieden mit seiner Analyse. Dieses Gefühl der Zufriedenheit hielt aber nicht lange an. Denn etwas wirklich Erhellendes hatte er nicht aus den Bildern herauslesen können. Vor allem hatte er keinen in irgendeiner Form bemerkenswerten Vorgang entdeckt: Niemand verhielt sich auf den Fotos auch nur ansatzweise so, als würde er etwas verbergen, die Flucht ergreifen oder sich mit heimtückischer Freude am Tod des Busfahrers ergötzen.

Paul sah auf die Uhr und geriet in Hektik, weil er noch etwas vorhatte und nicht zu spät kommen wollte. Gleichwohl mochte er sich nicht von seiner Fotoschau losreißen, solange er auf nichts Brauchbares stieß. Er überwand den Interessenkonflikt kurzerhand, indem er seinen Drucker einschaltete. Dann würde er die Fotos eben mitnehmen zum Kochkurs. Und vielleicht könnte er sie Jan-Patrick bei der Gelegenheit mal zeigen. Im *Goldenen Ritter* verkehrten ja etliche Club-Spieler, da konnte es nichts schaden, wenn der Wirt einen Blick auf die Bilder werfen würde.

Der Wirt aber dachte gar nicht daran, sich auf Pauls neuesten Spleen einzulassen und sich die Fotos anzuschauen. Nicht bevor Paul seine heutige Lektion der hausgemachten Gourmetküche absolviert haben würde.

»Lass deine Bilder stecken, Paul«, duldete der wie stets energiegeladene Restaurantchef keinen Widerspruch. In voller Kochmontur hatte er Paul schon in der Tür seines Lokals abgefangen und ihn schnurstracks in die Küche geführt. Während dort seine Gehilfen die Speisen für die Gäste zubereiteten, hatte Jan-Patrick für Paul trotz der beengten Verhältnisse einen Platz freigeräumt, an dem dieser sich austoben sollte: eine blankgeputzte Arbeitsplatte, blitzsaubere Messer jeder Größe in griffbereiter Nähe, ein Berg aus Zutaten wie frisch vom Markt.

»So, mein Lieber«, sagte der kleine Mann mit dem großen Ego. »Du willst deine Kati verwöhnen und am

Herd glänzen wie ein Profi? Dann dürfen wir die nächste Lektion nicht auf die lange Bank schieben!«

Auch das noch, dachte Paul, der auf seinen persönlichen Kochkurs diesmal gern verzichtet hätte. Gerade jetzt, da ihn Katinka frei schalten und walten ließ, durfte er keine Zeit verschenken. Andererseits: War er es Katinka nun nicht erst recht schuldig, für sie neue Fertigkeiten zu erlernen? Mit einem leicht gequälten Lächeln akzeptierte er die Aufforderung.

»An was möchtest du dich heute versuchen?«, wollte Jan-Patrick wissen und sah ihn erwartungsvoll bis ungeduldig an.

Paul schielte auf das große Hälterbecken im hinteren Teil der Küche, in dem Forellen, Karpfen und Waller in sprudelndem Quellwasser schwammen und auf ihren Auftritt warteten.

Der Koch deutete diese Blicke und schlug vor: »Ein Fischgericht also. Was hältst du von roh marinierter Sushi-Makrele mit Streifen der Wassermelone zur Vorspeise, dann Saibling, gegart auf Fenchelstroh, bestreut mit Aniskrokant. Gefolgt von Wurzelfleisch vom Waller mit Rote-Bete-Ricotta-Ravioli an Tafelspitzsud. Und zum krönenden Dessert Früchte mit Eisenkrautsorbet und Keksstreuseln.«

»Dann fangen wir mit den Keksstreuseln an«, meinte Paul und erklärte: »Ich werde heute ganz sicher nicht mein Diplom in deinem Kochkurs ablegen, denn mir gehen ganz andere Gedanken im Kopf herum. Können wir nicht etwas Einfaches ausprobieren?«

Jan-Patrick war unschwer anzusehen, dass er nicht der richtige Mann für einfache Dinge sein wollte. Zumindest nicht, wenn er sich in den heiligen Räumen seiner

Küche aufhielt. Grimmig starrte er auf den Gemüseberg und sagte nach reiflicher Überlegung: »Also gut. Dann lass uns ein Ratatouille anrichten, das geht recht flott. Aber ein gescheites fränkisches!« Wieselflink eilte er zu einem seiner chromglänzenden Kühlschränke und beförderte eine Schale mit Hackfleisch zutage. »Und zwar eine Bratwurstgehäck-Ratatouille-Pfanne. Ein simples Rezept für eine umso köstlichere Speise. Bist du bereit?«

Paul band sich brav eine parat liegende weiße Schürze um. »Aber wenn wir fertig sind, wirfst du einen Blick auf die Bilder, einverstanden?«

Statt zu antworten schob ihm der Koch einen Gutteil des Gemüsebergs herüber. »Die Zwiebeln und den Knoblauch häuten und in kleine Würfel zerteilen. Die Aubergine sowie die Zucchini in Scheiben schneiden. Die Paprika – übrigens eine aus den Knoblauchsländer Gewächshäusern – hackst du.«

Paul tat, wie ihm geheißen, während sein Freund Olivenöl in einer breiten Pfanne mit hohem Rand erhitzte, um die Zwiebeln und den Knoblauch darin glasig zu dünsten.

Jan-Patrick arbeitete mit einer Leichtigkeit, um die ihn Paul beneidete, und erklärte: »Nun gebe ich das Hackfleisch dazu, würze es mit Salz und Pfeffer und lasse es krümelig braten. Anschließend das vorbereitete Gemüse hinein und gute fünf Minuten blanchieren.«

Paul musste sich beeilen, um hinterherzukommen, denn für jeden Handgriff, den Jan-Patrick mit geübter Routine erledigte, brauchte er doppelt oder dreimal so lang. Die Garphase nutzte er daher als willkommene Verschnaufpause, tupfte sich die vom Küchendunst und der ungewohnten Tätigkeit feuchte Stirn mit einem

Taschentuch und meinte: »Was wird bei deinen Gästen denn so geredet über die Club-Sache?«

»Über den toten Busfahrer?«, wusste Jan-Patrick sofort Bescheid.

»Genau. Das ist doch sicher ein Thema bei deiner Kundschaft.«

»Ich belausche meine Gäste nicht«, sagte der Koch mit einem vielsagenden Grinsen. »Aber wenn ich zufällig mal etwas aufschnappe, klingt es schon sehr interessant. In der Gerüchteküche brodelt es ja mehr als in meinen Töpfen!«

»Gehen die Gerüchte in eine bestimmte Richtung?«

»Das kann man so sagen, ja. Wenn die Gespräche um den Fahrer Buggi kreisen, dann fast immer auch um das Lokalderby. Die meisten meiner Stammkunden sind ja eher Club-Fans, und der ein oder andere glaubt, den Schwarzen Peter den Fürthern zuschieben zu können.«

Paul winkte ab. »Habe ich auch schon gehört. Aber was ergäbe das für einen Sinn? Dann hätte sich der Killer besser einen der Nürnberger Kicker vornehmen sollen anstelle des Fahrers.«

»Meinst du? Das sehe ich anders: Durch den Tod von Buggi, der ja überaus beliebt war und von der Mannschaft hoch geschätzt wurde, ist das ganze Team geschwächt worden. Die Trauer und allgemeine Verstörtheit nach Buggis Ableben bremst die Clubberer in ihrem Elan ...«

»... und verpasst den Fürthern genau den Motivationskick, den sie benötigen, um die Nürnberger zu schlagen«, folgerte Paul und schüttelte entschieden den Kopf. »So komplex denkt doch kein normaler Meuchelmörder. Völliger Blödsinn. Abgesehen davon haben die Fürther das gar nicht nötig.«

»Wenn das alles Blödsinn sein soll, wie erklärst du dann die Kleeblätter, die man Buggi in den Rachen gestopft hat?«, fragte Jan-Patrick und wippte dabei auf seinen Zehenspitzen, um mit Paul auf Augenhöhe zu sein.

Der hob die Brauen. »Ach, hat sich das inzwischen herumgesprochen? – Hoffentlich bringt Blohfeld nichts davon in seiner Zeitung. Das könnte einen weiteren Mord auslösen: die Lynchrache der Nürnberger.«

»So weit darf es nicht kommen«, meinte der Koch und rührte im wohlduftenden Ratatouille. Er gab geachtelte Tomaten, Wein und eine hohle Hand Kräuter hinzu. »Jetzt lassen wir das Ganze noch eine Weile schmoren.«

Für Paul bot sich damit die Gelegenheit, seine Fotoprints vorzuzeigen. Dazu wischte er mit dem Zipfel seiner Schürze Gemüsereste von einer Ecke der Arbeitsplatte und legte die Bilder aus, die griffbereit in seiner Hosentasche gesteckt hatten. »Schau mal: Kommt dir eine von den Figuren darauf bekannt vor?«

Dem nicht uneitlen Jan-Patrick schien es etwas peinlich zu sein, eine Lesebrille auf die Nase zu setzen. Zumindest zierte er sich, bevor er das schmale Gestell aus einem Etui nahm. Schließlich beugte er sich über die Fotoauswahl und raunte: »Na sicher. Den Bronski zum Beispiel, hohes Tier beim Club. Und dahinter sind noch andere vom Personal: Der rechts ist Masseur oder vielmehr Physiotherapeut. Den daneben habe ich auch schon mal bei mir im Gastraum gesehen, ich glaube, der Fanbeauftragte ...«

Ein kräftiger Schlag auf seine Schulter riss Paul aus der Konzentration. Als er sich umwandte, blickte er in das wie stets fröhlich freche Gesicht seiner Stieftochter.

»Hannah!«, rief er überrascht. »Was treibt dich denn hierher?«

»Der Hunger«, sagte sie ohne zu zögern. »Es roch so gut, als ich vorbeikam.«

Jan-Patrick nahm das als Kompliment und lud sie spontan ein, gemeinsam mit ihnen das Bratwurstratatouille zu kosten: »In fünf Minuten ist es fertig!«

Paul fühlte jedes Mal so eine Art Vaterstolz, wenn er Hannah sah, auch wenn sie nicht sein leibliches Kind war. »Kind« war sowieso der völlig falsche Ausdruck, denn aus der frechen Göre Hannah war längst eine selbstbewusste und sehr attraktive Frau geworden. Und nun, am Ende ihres Studiums sowie einigen zarten bis harten Erfahrungen mit dem anderen Geschlecht, hatte sie einen großen Schritt in Richtung des Erwachsenwerdens getan und stand fest auf dem Boden der Realitäten. So hübsch sie auch sein mochte mit ihrem weichen Gesicht und den blonden Engelslöckchen, die ihr vor vielen Jahren die Rolle des Nürnberger Christkinds beschert hatten, so wenig sollte sich jemand von ihrer Schönheit blenden lassen und ihre Charakterstärke unterschätzen. Denn auf Hannahs schlankem Hals saß ein ausgesprochener Dickkopf.

Dankend nahm sie Jan-Patricks Einladung zum Essen an, als sie auf Pauls Fotoprints aufmerksam wurde. »Das ist doch ... – weiß Mama, dass du solche Bilder herumzeigst?«, fragte sie Paul entgeistert.

»Sie hat mich sogar dazu ermuntert«, antwortete er mit überlegenem Lächeln. »Na ja, zumindest indirekt.«

Hannah sah ihn zweifelnd an und fegte ein paar verirrte Locken aus ihrer Stirn. »Wer's glaubt, wird selig.« Dann knöpfte sie sich die Bilder vor. »Da hast du ja einen guten Teil der Club-Prominenz abgelichtet. Und die waren alle dabei, als Buggi sein Leben aushauchte?«

Paul bestätigte: »Es verbreitete sich ja wie ein Lauffeuer, dass es mit Buggi zu Ende ging. Und wegen des laufenden Spiels waren ohnehin alle in der Nähe.«

Hannah nickte flüchtig und studierte weiter die Bilder. »Kommst du denn voran mit deiner Detektivarbeit?«, erkundigte sie sich.

»Wie man's nimmt. Ich gehe der ein oder anderen Spur nach und spreche mit verschiedenen Leuten.«

»Auch mit den Kickern?«

»An die kommt man ja so schwer ran«, sagte Paul ausweichend.

»Versuch es doch wenigstens.«

»Nee. Die lassen mich doch abblitzen, wenn die hören, dass ich kein Kripomann, sondern bloß Fotograf bin.«

Hannah blieb still, und es machte den Eindruck, als würde sie ihm zustimmen. Doch dann drückte sie ihren Zeigefinger auf den Kopf einer Frau, die ganz am Rand eines der Bilder zu sehen war. »Dann probier es mal bei der!«, bestimmte sie. »Das ist Svetlana. Ein heißer Feger und nebenbei die Flamme von Sakowsky.«

»Ich habe von ihr gehört«, meinte Paul, der Sakowskys Braut ja selbst schon auf dem Foto identifiziert hatte, äußerst verhalten.

»Mach dich an sie ran!«, stachelte seine Stieftochter ihn an. »Ich meine natürlich nicht zu sehr, sondern nur so platonisch. Jedenfalls findest du über die Spielerfrauen am leichtesten den Zugang zu den Spielern selbst.«

»Meinst du?«

»Na sicher!«

»Wie, wo und wann soll ich diese Svetlana denn treffen?«

Hannah brauchte nicht lange, um auch auf diese Frage eine Antwort zu finden: »Svetlana hängt dauernd im *Mach 1* rum. Sie ist eine waschechte Discomieze. Es würde mich sehr wundern, wenn sie nicht auch heute dort abhängen würde.«

»Heute?« Paul fühlte sich überfahren. Hannahs jugendliches Tempo kam ihm wieder mal viel zu flott vor.

»Na klar! Das ist deine Chance, Paul Flemming! Außerdem wirst du zu Hause eh nicht gebraucht, denn ich gehe mit Mama ins Kino. Du kannst also ungestört Detektiv spielen und Svetlana aushorchen.«

»Ich weiß nicht, ob das wirklich eine gute Idee ist«, maulte er mit eingezogenem Kopf.

»Aber sicher! Jetzt denk dir keine Ausreden aus, sondern ran an den Speck!«

»Nein, nicht an den Speck, sondern ans Ratatouille«, mischte sich Jan-Patrick ein. »Das ist nämlich fertig.«

7

Gut, für einen Abstecher ins *Mach 1* sprach, dass Nürnbergs Pendant zum Münchner *P1* in fußläufiger Nähe lag, denn bis in die Kaiserstraße brauchte er keine zehn Minuten.

Nachdem Paul sich ausgiebig bei Jan-Patrick gestärkt und noch eine halbe Flasche Iphofener Silvaner genossen hatte, um die Zeit bis zum späten Abend zu überbrücken, reihte er sich in die Schlange der Wartenden ein, die um Einlass in den angesagtesten Club der Stadt baten. Dieser musste nach Pauls Empfinden bald so alt sein wie das Dürerhaus. Zumindest gab es das *Mach 1* schon ewig, aber etliche Verjüngungskuren, der Einsatz von namhaften DJs sowie ein stabil hoher Promianteil unter den Gästen sorgten dafür, dass es nach wie vor eine »hippe Location« war, wie es Hannah ausdrücken würde.

Entgegen seiner Befürchtung fiel Paul in der Schlange nicht weiter auf, denn sein obligatorischer Style – schwarze Jeans, schwarzes Poloshirt – galt als zeitlos modisch und das Silber, das sich unübersehbar in sein Haar gemischt hatte, trugen auch einige andere, die im Gegensatz zu ihm allerdings in – junger – weiblicher Begleitung auftraten.

So fragte ihn der Türsteher auch prompt nach »dem Mädel«: »Oder willst du hier etwa allein rein?«

Paul setzte das Pokerface auf, das er bei George Clooney in *Ocean's 11* abgeschaut hatte und sagte: »Ja. Was dagegen?« Als das nichts nutzte, zückte er seinen Ausweis, der ihn als Pressefotografen legitimierte. Sofort kuschte der bullige Securitymann und ließ ihn passieren.

Wummernde Bässe, Stroboskop- und LED-Lichtkaskaden, vorbeiziehende Schönheiten mit perfekten Gesichtern und Körpern, die allgegenwärtige Jugend. Immer wenn Paul Orte wie diesen betrat, was eigentlich nur noch passierte, wenn er auf Verbrecherjagd war, fühlte er sich fehlplatziert. Nicht, dass ihn irgendjemand schief ansah oder er sich Sprüche anhören musste wie »Was hat denn der Opa hier verloren?«, aber dennoch kam er sich wie ein Fremdkörper vor.

Das mochte am Alter liegen, denn die 40 hatte er ja nun schon eine Weile hinter sich. Mehr noch ins Gewicht fiel die Erfahrung: Er hatte inzwischen einfach zu viel erlebt. Die meisten Dinge wiederholten sich, ursprünglich reizvolle Momente verloren von Mal zu Mal mehr an Glanz, und schließlich hatte nach dem Jawort im Standesamt auch sein Jagdinstinkt nachgelassen. Denn was war und blieb denn die stärkste Triebkraft, sich in einer Disco herumzutreiben? Doch wohl die Suche nach einem Partner, einem One-Night-Stand, oder zumindest nach einem Flirt.

All das reizte Paul hier und jetzt überhaupt nicht. Er konnte froh sein, wenigstens zeitweise über den Dingen zu stehen und genoss das Privileg, den geballten sexuellen Reizen, die von allen Seiten auf ihn einwirkten, nicht zu erliegen, sondern sie ob der allzu plumpen Übertreibungen zu belächeln.

Ehe er allerdings doch wieder in alte Gewohnheiten verfallen konnte, machte er sich ans Werk und hielt nach seinem Zielobjekt Ausschau. Dies war nicht ganz so einfach, wie Hannah es ihm weisgemacht hatte. Denn das *Mach 1* erwies sich mit all seinen Rückzugsmöglichkeiten, Nischen und Lümmelecken als labyrinthisches

Jagdrevier, zumal es ihm die diffuse Beleuchtung nicht leichter machte.

Nach einer erfolglosen halben Stunde lehnte er sich an die Bar, bestellte ein Jever Fun und rief dem Barkeeper im Wettstreit gegen den dezibelsatten Beat zu: »Ist Svetlana hier?«

»Sveety?«, fragte der blondierte Beau im Seidenhemd. »Die Braut von Sakowsky?«

»Genau die!«, bestätigte Paul und schob einen Fünfeuroschein über den Tresen.

»Na sicher.« Der Barmann schnappte sich begehrlich das Geld und streckte den Finger aus. »Da hinten im Eck. Hat gerade eine zweite Flasche Schampus geordert.«

Pauls Blick folgte der Richtung, in die der Barkeeper zeigte. Hinter der im Rhythmus wabernden Menge auf der Tanzfläche erkannte er eine Gruppe junger Frauen, die sich auf flauschigen Sesselkissen räkelte. Sie war zu weit weg, als dass Paul einen Vergleich zu seinem Foto ziehen konnte.

»Macht es dir was aus, wenn ich den Schampus serviere?«, fragte er den verblüfften Thekenmann.

Dieser zuckte mit den Achseln, schob den Geldschein zurück und sagte: »Nichts dagegen. Aber dann kannst du dein Trinkgeld selbst behalten.«

Das Mädchen musste so um die 1,80 m sein – was schwer zu schätzen war, da sie ja saß – mit brünettem, schulterlangem, leicht zerzaustem Haar, einem großen vollen Mund und einem hübschen Hauch Rosa auf den markanten Wangenknochen. Gewichtsprobleme hatte sie bestimmt nicht, stellte Paul mit einem Blick auf ihre schlanken Waden fest, die aus einem hauchdünnen weißen Sommerkleidchen ragten. Ihre Füße steckten in Stilettos mit dünnen Riemen und gefährlich hohen Absätzen. Mit einem zweiten Blick erkannte er, dass sie nicht viel von BHs hielt.

Als Svetlana ihren Champagnerkelch hob und sich von Paul einschenken ließ, lieferte sie gleich das nächste Klischeebild ab, und zwar in unverfälschter Perfektion. Sie sprach mit genau dem russischen Akzent, den Paul aus diversen Filmen kannte. Und auch was sie sagte, traf bei seinen Erwartungen voll ins Schwarze: »Du biiist ein netter, großer Maaann. So süüüß, dass du machst die ganze Arbeit von Barkeeper.« Sie klopfte auf das Lederpolster neben sich. »Du magst dich setzen zu uuuns? Ein Gläschen mittrinken?«

Prompt rutschte Svetlanas Nachbarin ein Stück beiseite, sodass Paul nur noch Svetlanas ausgestreckte Hand ergreifen und sich zwischen den beiden Beautys auf die Bank fallen lassen musste. Kaum dass er saß, rückte die Russin wieder näher heran. Er spürte die Wärme ihres Schenkels.

Paul schnupperte ihren Duft – sinnlich und intensiv. »Ein gefährliches Parfüm – aus dieser Nähe.«

Svetlana betrachtete ausgiebig sein Gesicht. »Nuuur ein gefährliches Parfüm?«

»Sicher auch ein gefährliches Mädchen.«

Mit diesem Gesprächsauftakt schien sie zufrieden zu sein. »Warum du willst uns kennenlernen, schöner Fremder?«, gurrte sie. »Du kannst chaben viele andere Frauen.«

Paul hüstelte in seine Faust. »Ich möchte niemanden haben, sondern nur ein wenig plaudern.«

Die Damenrunde verfiel in einvernehmliches Kichern.

»Du bist schiiichtern?«, fragte Svetlana überbetont. »Das du gar nicht nötig chast. Siehst aus wie aus Hollywood. Uuund ...« Sie umfasste unvermittelt seinen Bizeps. »Und gute Muskeln, guter Booody.«

»Danke, danke«, sagte Paul und merkte, wie ihm warm wurde. Mit Svetlanas sehr direkter Art konnte er nicht umgehen, zumal er nicht wusste, ob sie ernst meinte, was sie sagte, oder ob sie sich auf seine Kosten einen Spaß erlaubte. Die diversen, durchweg süßlichen Parfümwolken, die ihn von allen Seiten umfingen, trugen auch nicht gerade zu seiner Entspannung bei.

»Über was wiiillst du reden, starker Mann?«

Paul grinste schief. »Wie wäre es mit ... – Fußball?«

Svetlanas Zahnpastareklamelächeln verlor ein wenig an Glanz. »Du gemein. Bist gar nicht scharf auf miiich, sondern willst Autogramm von Dirk.«

»Nein, nein, kein Autogramm.« Paul löste sein Bein vorsichtig von dem seiner Nachbarin. »Ich möchte einfach nur über ihn sprechen. Ich bin Fan und würde ihn gern mal persönlich kennenlernen.«

»Iiimmer nur Dirk, Dirk, Dirk.« Svetlana streckte ihren Rücken durch und betonte damit ihre beachtliche Oberweite. »Dabei ich chabe auch viel zu bieten.«

»Das weiß Dirk Sakowsky sicherlich zu schätzen.« Paul gab sich Mühe, ihr weiter in die Augen zu sehen und keinen Deut tiefer. »Bei euch sollen ja demnächst die Glocken läuten.«

»Glooocken?«, fragte Svetlana und betrachtete besorgt ihr Dekolleté.

»Er meint Kirchenglocken«, klärte ihre wasserstoffblonde Freundin auf. »Eure Hochzeit.«

»Ah, die Weddingparty!«, fiel bei Svetlana der Groschen. »Ja, das ein Meeegaevent wird. Iiich schon schreiben die Gästeliste. Mehr als 500 Namen ich schon chaben. Dann noch kommen die Familie aus Ruuussland.«

»Schade, dass Buggi nicht dabei sein wird«, brachte Paul wie beiläufig ein.

Svetlana zog einen Schmollmund. »Du nicht erzählen solch traurige Sachen chier ins Diiiisco. Chier wir fröhlich sein.« Dann dachte sie kurz nach und fügte hinzu: »Aber ich sowieso nicht würden einladen Busfahrer zu Weddingparty. Nur Prooomis kommen und Preeesse.«

Paul wollte nichts unversucht lassen und legte seine Karte auf den Tisch. »Falls noch ein Hochzeitsfotograf gesucht wird: Ich würde meine Dienste gern anbieten.«

Svetlana nahm sie mit spitzen Fingern entgegen, klimperte mit ihren durch Mascara überbetonten Augenlidern und verstaute die Karte in einem winzigen, mit Glitzersteinen besetzten Handtäschchen. Quasi in der gleichen Bewegung erhob sie sich, was einem Schauspiel gleichkam. Denn trotz oder gerade wegen ihres megakurzen, knallengen Kleidchens stand sie sehr langsam und mit zahlreichen kurzen Hüftbewegungen auf, während ihre zierlichen Hände unentwegt am Saum zupften. Dadurch machte sie erst recht darauf aufmerksam, dass sie viel Bein zeigte. Sehr viel Bein. »Du miiich jetzt entschuldigen. Ich müssen zu уборная.«

»Aufs Klo«, übersetzte die Blonde.

Auf stelzenhohen Absätzen trippelte Svetlana davon und ließ Paul im Kreise ihrer sehr jungen, sehr hübschen und sehr wortkargen Freundinnen zurück. Paul lächelte in die Runde, goss allen vom Champagner nach und versuchte eine Konversation zu starten, was gnadenlos danebenging und bloß gelangweilte Gesichter hervorrief.

Svetlanas Toilettengang zog sich mehr in die Länge, als zu erwarten stand, selbst wenn Paul eine angemessene Zeit vorm Schminkspiegel miteinrechnete. Da der Schampus mittlerweile zur Neige ging und die Mädels an seiner Seite den Eindruck erweckten, als würden sie ihn allmählich gern wieder loswerden, rutschte er unruhig auf dem Polster hin und her. Immer wieder wanderten seine Blicke in Richtung der Waschräume, doch die russische Perle ließ sich nicht blicken.

Dafür ihr Zukünftiger. Plötzlich, aufgetaucht wie aus dem Nichts, stand Dirk Sakowsky vor ihm. Breitbeinig, mit in die Hüften gestemmten Fäusten!

Als Paul zu ihm aufsah, mochte er erst gar nicht glauben, dass sich tatsächlich einer der Stars des FCN die Ehre gab. Paul registrierte, dass Sakowsky größer und kräftiger war, als er nach seinen Eindrücken von der Zuschauertribüne und auch von den Fernsehbildern her angenommen hatte.

Paul erhob sich, um den Neuankömmling zu begrüßen, ahnte angesichts von Sakowskys Haltung und dessen finsterer Miene jedoch, dass es sich um keinen Freundschaftsbesuch handelte. Trotzdem streckte Paul ihm seine Hand entgegen, die Sakowsky aber ausschlug.

Stattdessen tippte er Paul mit dem ausgestreckten Zeigefinger auf die Brust und sagte: »Hör mal, Sportsfreund. Ich kann es nicht ausstehen, wenn man meine Freundin anbaggert. Jeder weiß, dass Svetlana meine Braut ist. Also such dir gefälligst eine andere.«

Paul schob Sakowskys Finger beiseite. »Ich habe nicht gebaggert.«

»Da hat mir Sveety am Telefon aber gerade etwas ganz anderes geschildert«, presste Sakowsky zwischen seinen vor Wut zusammengebissenen Zähnen hervor.

Nachdem Paul nicht entgangen war, dass ihr Disput die Aufmerksamkeit anderer Gäste auf sich zog und er eine Eskalation vermeiden wollte, machte er einen Vorschlag: »Können wir das nicht draußen klären? Es ist doch bloß ein Missverständnis!«

»Draußen?«, fragte Sakowsky und schob die Ärmel seines weißen Hemdes zurück. »Nur zu!«

Beide drängten sich durch die nach den Beats zuckende Menge und gingen die Treppe zum Ausgang hinauf. Das dauerte eine Weile und gab Paul die Gelegenheit zum Nachdenken. Mittlerweile fand er seinen eigenen Vorschlag, die Sache unter freiem Himmel auszutragen, gar nicht mehr so gut.

Vor der Tür erwartete sie nächtliche Kühle. Paul wollte versuchen, Sakowsky zu erklären, dass er absolut nichts von dessen Flamme wollte, sondern nur an einem Gespräch mit ihm interessiert war. Doch Sakowsky sah eher so aus, als stände ihm nicht der Sinn nach einer Diskussion, sondern als würde er den Konflikt gern klassisch mit einem Faustkampf austragen.

Kaum standen sie sich auf der Kaiserstraße gegenüber, hob der Fußballer seine rechte Hand. Statt Paul damit jedoch einen Kinnhaken zu verpassen, deutete er auf ein Auto, das trotz Durchfahrtsverbots mitten in der Fußgängerzone parkte. »Auto« war vielleicht nicht der passende Ausdruck, schon eher »Luxusschlitten« oder »Rakete«. Trotz der schummrigen Straßenbeleuchtung war das charakteristische Rot des Ferraris deutlich zu erkennen.

Sakowsky drückte auf einen Schlüssel, den er aus seiner Hemdtasche gefischt hatte, woraufhin sich Blinker und Innenbeleuchtung regten. Er winkte Paul, ihm zu folgen. Gleich darauf ließ er die Fahrertür nach oben aufschwingen.

»Lust auf eine Spritztour?«, fragte er.

Paul – verwirrt ob der unvorhergesehenen Wende in ihrem Disput – nickte und stieg als Beifahrer in das Auto.

Sakowsky legte den Rückwärtsgang ein, trat das Gaspedal und erweckte den Motor zum Leben. Ein kerniges, basslastiges und ungemein voluminöses Brummen und Brausen füllte das futuristische Cockpit. Gleichzeitig spürte Paul die Vibrationen der starken Maschine, die sich über den Sitz bis in seinen Körper fortpflanzten.

Paul kam sich beinahe vor wie in einem Flugzeug, als sie kurz darauf die Fußgängerzone verließen und am Hauptmarkt vorbei über die Waaggasse und den Maxplatz aufs Hallertor zuflogen. Sie bogen zum Westtorgraben ab, und das mit einer Beschleunigung, die Pauls Renault nicht einmal nach dem nachträglichen Einbau eines Turboladers geleistet hätte.

Ihre rasende Fahrt setzte sich im nächtlich dünnen Verkehr über Plärrer, Frauentorgraben und Bahnhofsplatz fort. Das Tempo war für den Stadtverkehr viel zu hoch. Paul, der zwar angeschnallt war, sich aber dennoch mit beiden Händen am Rand des Schalensitzes festhielt, kam der Gedanke, dass sein spontanes Einsteigen in Sakowskys Ferrari keine gute Idee gewesen sein könnte. Der Kicker wollte ihm wohl imponieren mit seiner Raserei. Oder ihm Angst machen.

Das gelang ihm spätestens, nachdem sie den Süden der Stadt erreicht hatten und Paul die Umrisse der Steintribünen auftauchen sah, die blitzschnell näherkamen und wegen der harten Federung des Sportwagens vor seinen Augen zitterten wie bei einem Erdbeben. Paul ahnte: Sakowsky wollte auf die Piste des Norisring-Rennens einschwenken. Ein Eldorado für Möchtegern-Formel 1-Piloten.

Während Sakowsky den Wagen in die engen Kurven der Rennstrecke trieb, breitete sich ein böses Lächeln in seinem Gesicht aus. Keine Frage: Der Mann beherrschte sein Auto. Aber taten das andere Fahrer auch, die arglos durch die Nacht kutschierten und nicht damit rechnen konnten, dass der Norisring auch außerhalb der Saison als Rennpiste benutzt wurde? Paul war himmelangst, denn jederzeit konnten sie von einem anderen Fahrzeug geschnitten werden, das ihr Tempo unterschätzte.

»Machen Sie mal halblang!«, forderte er Sakowsky auf. »Sie könnten geblitzt werden.« Das zählte zwar zu Pauls kleinsten Sorgen, doch hoffte er, dass dieses Argument bei Sakowsky ziehen und ihn zur Vernunft bringen würde.

Doch der gab nur noch mehr Gas. Röhrend schoss der Ferrari in die gefürchtete Haarnadelkurve, die während der offiziellen Rennen mit hohen Leitplanken und Reifenstapeln ausgestattet war, um die schlimmsten Folgen von Kollisionen abzumildern, nun aber erschreckend ungeschützt vor ihnen lag.

Pauls Hemd klebte ihm schweißnass am Körper, während Sakowskys Spaß an der Kamikazefahrt immer mehr zu wachsen schien. Er lachte auf wie ein Kind vor der Playstation, als er einem VW-Bus auswich, der plötzlich vor ihnen auftauchte. Mit quietschenden Reifen überholten sie den Transporter und donnerten in die nächste Runde.

»Hören Sie auf damit!«, befahl Paul, der nun ernsthaft um Leib und Leben bangte. »Sonst erwischt Sie die Polizei und Ihr Lappen ist weg!«

Sakowsky ignorierte ihn, schaltete in schneller Folge, um die nächste Kurve zu nehmen. Es war lediglich der guten Bodenlage des Sportflitzers zu verdanken, dass sie nicht mit zwei Rädern abhoben und sich womöglich überschlugen, dachte Paul.

»Was wollen Sie mir mit diesem Irrsinn beweisen?«, schrie er gegen den Motorenlärm an.

Diesmal erreichte er eine Reaktion: Kaum hatte er die Frage gestellt, ging Sakowsky vom Gas. Er setzte den Blinker und fuhr rechts ran.

Während Pauls Herz noch wie ein Trommelwirbel schlug und er hektisch atmete, war der Fußballer die Ruhe in Person. Er sah Paul aufmerksam an und sagte: »Ich wollte beweisen, dass ich ernst mache, wenn's drauf ankommt. Ich dulde keine Nebenbuhler. Du lässt Svetlana ab jetzt in Ruhe, haben wir uns verstanden?«

»Ja«, keuchte Paul. »Klar und deutlich.«

Sakowsky nickte mit grimmiger Zufriedenheit und gab Paul die Gelegenheit, sich aus dem Schalensitz zu hieven. Sobald er ausgestiegen war, trat Sakowsky wieder aufs Pedal und ließ Paul in einer Wolke schlecht verbrannten Benzins und Gummiabriebs stehen.

8

Der Duft nach frischem Bohnenkaffee weckte ihn und entschädigte Paul zumindest ein kleines bisschen für das verkorkste Ende des gestrigen Abends im Abgasnebel. Katinka zeigte sich bereits fertig für den Arbeitstag, tipptopp sah sie aus in ihrem Kostüm, das gleichzeitig businesslike und figurbetont war. Sie hatte den Frühstückstisch gedeckt, und als sich Paul – unrasiert und im Schlabberpyjama – gähnend setzte, huschte ihr ein Lächeln über die Lippen.

»Eigentlich wollte ich dir eine Standpauke halten, so spät, wie du gestern Nacht heimgekommen bist. Doch wenn ich dich jetzt so sehe – mein großer, alter Teddybär: einfach zum Knuddeln.« Sie beugte sich vor und kniff ihm in die Wange.

Teddybär? Paul fand diesen Vergleich wenig schmeichelhaft, konnte aber damit leben, wenn ihm das ein Kreuzverhör ersparte. Denn er hatte wenig Lust, die Einzelheiten seiner unergiebigen Recherchetour vor Katinka auszubreiten. Also griff er in den Brötchenkorb, dann zu Butter, Marmelade und zum Kaffee.

Das gemeinsame Frühstück verlief friedlich, denn die Themen blieben unkritisch. Kurz plauderten sie über Hannah, anschließend über seine Eltern. Hertha ging es allmählich wieder besser, was beide beruhigte. Denn Mutti und Vati hatten mittlerweile ein Alter erreicht, in dem man darüber nachdenken musste, wie es auf Dauer weitergehen sollte. Dank der schnellen Genesung seiner Mutter konnten sie Planspiele in diese Richtung aufschieben bis zur nächsten Krise und sich ihr Frühstück schmecken lassen.

Die Stimmung begann erst zu kippen, als Katinka nach Pauls Plänen für den Tag fragte: »Hast du Aufträge reinbekommen? Stehen mal wieder ein paar Shootings an? Hoffentlich was Lukratives. Du bist immer viel zu gutmütig beim Aushandeln deines Honorars. Wo bleibt dein Geschäftssinn?«

Paul verneinte und sagte, dass er sich noch einmal mit dem toten Busfahrer beschäftigen wollte. Hatte sein Interesse an diesem Fall bei Katinka bislang nur wohlwollende Zustimmung ausgelöst, reagierte sie heute anders. Eine senkrechte Stirnfalte zerstörte das harmonische Bild ihres Gute-Laune-Gesichts, als sie entgegnete: »Bei aller Liebe: Ich gönne dir deinen Spaß, wirklich. Aber wir sollten die Kirche im Dorf lassen. All das Gerede und die vielen Gerüchte bringen eine enorme Unruhe in die Angelegenheit.«

»Für Unruhe hat der Mord selbst gesorgt«, hielt Paul dagegen.

Doch Katinka winkte ab: »Es ist schlichtweg nicht korrekt, wenn du immer wieder von Mord sprichst. Ja, es gab einen Toten. Und ja, wir ermitteln in dieser Sache. Aber nur, weil es die Ärzte bisher nicht zustande gebracht haben, einen Beweis für ein natürliches Ableben zu liefern. Womit ich im Übrigen fest rechne.«

Paul sah sie zweifelnd an. »Aber Kati, ist dir eine Handvoll Kleeblätter in Buggis Rachen nicht Grund genug?«

»Ach, jetzt hör aber auf!«, fuhr Katinka ihn an und knallte die Kaffeetasse so heftig auf den Tisch, dass sie überschwappte. »So ein Blödsinn! Der arme Mann hat sich kurz vor seinem Tod erbrochen, ja, das ist richtig. Aber es handelte sich um ganz normale Essensreste. Vorverdautes, das vielleicht in Grünliches tendierte, darunter wohl auch Salat, aber gewiss keine Kleeblätter. Diese Versuche, krampfhaft eine Verbindung zu den Fürthern herzustellen, sind töricht, dumm und sogar gefährlich. Denn so etwas kann schneller, als man glaubt, in einen handfesten Fankrieg münden. Im Präsidium machen sie sich fürs Derby ohnehin schon auf den größten Polizeieinsatz des Jahres gefasst. Die Horrorstorys über Buggi tragen nicht gerade zu einer Entschärfung der Lage bei.«

»Du bist sicher, dass man das mit den Kleeblättern ausschließen kann?«

»Absolut sicher. Es steht auch fest, dass der Mann nicht erstickt ist. Ich tippe darauf, dass die Ärzte ein Herz-Kreislaufversagen feststellen. Ausgelöst durch falsche Ernährung, Bewegungsmangel, erbliche Vorbelastung oder was auch immer.«

»Also kein Mord«, folgerte Paul beinahe enttäuscht.

»Es scheint so. Außerdem sehe ich weit und breit keinen Täter und erst recht kein Motiv.«

Paul dachte an seine bisher geführten Gespräche und sagte: »Beim Motiv könnte ich eventuell aushelfen. Ich bin da an etwas dran.« Er sah Katinka an und fragte fast bittend: »Bist du denn einverstanden, dass ich mich weiter umhöre, solange die Todesursache nicht definitiv feststeht?«

»Solange du selbst keine Gerüchte streust, soll's mir recht sein.« Dann fasste sie sich an die Stirn. »Apropos, beinahe hätte ich es vergessen: Da ist eine Nachricht für dich auf dem Anrufbeantworter. Diese Frau vom Fanklub, bei der du neulich warst, hat sich gemeldet. Du sollst dich bei ihr rühren. Aber bitte, Paul, lass dir von ihr nicht noch mehr Flöhe ins Ohr setzen.«

Er hatte es jetzt eilig, die Nachricht abzuhören: Rita Frenzel bat ihn zu einem Treffen.

»Club Treff« und »Fanshop« stand in vereinsfarbenen Lettern über dem Laden in der Ludwigstraße, keine 20 Gehminuten von ihrer Wohnung entfernt. Untergebracht im Erdgeschoss eines schlichten Fünfzigerjahrebaus mit großen Schaufenstern und orangeroten Markisen, verströmte er nach Pauls Empfinden einen Hauch von Nostalgie. Im Gegensatz zur neuen, auf Hochglanz polierten Club-Verwaltung am Valznerweiher drückte der Shop durch seine sympathische Schlichtheit eine Authentizität aus, die Paul gefiel. Dieser Laden war für die wahren Fans gemacht und konnte auf überzogene Marketingspielereien gut und gern verzichten.

Da er einige Minuten zu früh dran war, schaute er sich die Fenster an, wo neben Trikots, Käppis, Schals und Bechern mit FCN-Logo auch Bestecke, Grillutensilien und Partyausstattungen zu sehen waren. Sogar einen eigenen Club-Energydrink entdeckte Paul in der Auslage, und er fragte sich, ob die Clubberer vor ihren Spielen selbst eine Dose von dem Zeug tranken oder es wohlweislich sein ließen.

Rita Frenzel erschien pünktlich auf der Bildfläche. Paul begrüßte sie freundlich und war neugierig auf das, was ihm die kernige Fußballfreundin zu berichten hatte.

Zu seiner Verwunderung lotste sie Paul nicht in den Fanshop hinein, sondern einige Meter vom Eingang weg. Obwohl sie unter freiem Himmel und weit genug entfernt von anderen Menschen standen, sprach sie leise: »Neulich, bei uns in der Vereinsgaststätte, konnte ich nicht offen sprechen«, gab sie sich gleich zu Anfang des Gesprächs betont konspirativ. »Ich möchte nicht, dass meine Leute mitkriegen, worüber ich mit Ihnen rede.«

Das wunderte Paul, hatte die eloquente Vereinschefin ihm gegenüber doch den Eindruck gemacht, dass sie mit den vorwiegend männlichen Fans aus dem *Seitzengarten* einen herzlichen und offenen Umgang pflegte. Doch die robuste Rita hatte ihre Gründe:

»Das, was ich Ihnen zu sagen habe, könnte der ein oder andere in den falschen Hals bekommen. Man könnte meinen, ich würde Sie gegen die Fans aufwiegeln, gegen meine eigenen Freunde.«

Paul sah der Frau an, dass ihr allein die Vorstellung, man könnte sie falsch verstehen, schwer zu schaffen machte.

»Keine Sorge«, sagte er, »ich werde Ihnen nicht das Wort im Mund umdrehen, versprochen.«

Rita Frenzel schien für den Moment beruhigt. »Also gut«, sagte sie und guckte sich um. »Was Sie nicht wissen können: Buggi hat sich kurz vor seinem Tod in Fankreisen ziemlich unbeliebt gemacht. Das hat niemand an die große Glocke gehängt, aber hinter vorgehaltener Hand haben viele über ihn geschimpft.«

»Ach ja?«, fragte Paul interessiert. »Was hat er denn Schlimmes angestellt?«

Rita schniefte, bevor sie mit ihrem Insiderwissen rausrückte: »Er hat quasi die Todsünde schlechthin begangen, zumindest für einen Mann in seiner Position. Er hatte vor, seine Erfahrungen als Club-Chauffeur in bare Münze umzuwandeln, indem er sie der Presse verkaufen wollte. Stellen Sie sich das mal vor: All die kleinen und großen Marotten unserer Spieler und intimste Details aus ihrem Privatleben wären in der Zeitung erschienen. Das hätte ganz übel werden können.«

»Hätte er das denn gedurft? In seinem Vertrag stand sicherlich eine Verschwiegenheitsklausel«, meinte Paul. Auf jeden Fall würde er bei nächster Gelegenheit Victor Blohfeld danach fragen, denn ganz sicher hatte dieser Fuchs Wind von der Sache bekommen, wenn wirklich etwas dahinterstecken sollte.

»Klausel hin, Klausel her: Buggi war angeblich drauf und dran, seine Geschichten an den Meistbietenden zu verhökern. Sie ahnen bestimmt, wie man darüber bei uns im *Seitzengarten* denkt.«

Ja, das konnte Paul durchaus. Sicherlich wurde an den Stammtischen heftig über den Busfahrer hergezogen, wodurch seine ursprüngliche Beliebtheit stark gelitten haben dürfte. Wahrscheinlich hatten sich einige Hitzköpfe auch in den vermeintlichen Skandal hineingesteigert, sodass sie nach dem dritten oder vierten Bier eine ordentliche Abreibung für den illoyalen Buggi forderten. Aber Mord? Nein, so weit wäre nach Pauls Dafürhalten wohl keiner gegangen. Zumindest keiner derjenigen Fans, die er bislang kennengelernt hatte.

Ihm kam die Frage in den Sinn, weshalb sie sich ausgerechnet vorm Fanshop mit ihm verabredet hatte, wenn sie doch so auf Vertraulichkeit bedacht war. Denn hier war die Wahrscheinlichkeit, andere Club-Fans zu treffen, ja am allergrößten!

Rita Frenzel selbst lüftete das Geheimnis, als sie sagte: »Meine Leute mischen immer ganz vorn mit, wenn es darum geht, eine Meinung zu äußern. Dabei sind sie nicht zimperlich, ganz gewiss nicht. Aber sie würden nicht handgreiflich werden. Dafür kann ich mich als

Mutti des Fanklubs verbürgen.« Ihr Blick wanderte in Richtung des Shops, als sie weitersprach: »Den Bad Boys aber würde ich es zutrauen.«

»Den Bad Boys?«

»Ein radikaler Ableger der Ultras. Das sind die Fans, die eine Entscheidung außerhalb des Spielfelds suchen und keinen Respekt vor Grenzen haben. Sie schlagen gern über die Stränge, etwa wenn es darum geht, im Stadion ein Silvesterfeuerwerk zu zünden oder das Spielfeld zu stürmen. Sie sind begeistert bei der Sache, aber leider auch …«

»… extremistisch«, vollendete Paul den Satz.

Rita Frenzel nickte, ohne den Blick vom Fanshop zu lassen. »Einen ihrer Köpfe treffen Sie meistens drüben im Laden an: Frank Paschwitz, genannt ›Fränki‹, hat bei denen das Sagen. Wenn die Bad Boys hinter Buggis Tod stecken, dann war Fränki einer der Strippenzieher. Ganz gewiss!«

»Ein Ultra im Fanshop? Ich dachte immer, die meiden offizielle Läden und Kommerz«, wunderte sich Paul.

Rita schmunzelte. »Offiziell, ja. Aber Fränki hat ein Faible für alles, wo ein Club-Logo draufklebt.«

Paul wandte sich nun ebenfalls dem Fanshop zu und ließ ihre Worte auf sich wirken. Sollte er soeben auf die erste heiße Spur im Fall Buggi gestoßen sein? Zumindest dürfte es die Polizei interessieren, sich Fränki einmal vorzuknöpfen. Paul beschloss, Katinka diesen Vorschlag zu unterbreiten, aber selbst im Hintergrund zu bleiben. Denn eigenmächtig in die Ultraszene einzutauchen, erschien ihm nicht ratsam.

Mitten in seine Abwägungen platzte Rita Frenzel mit einem aufgeregten Fingerzeig auf die Tür des Ladens:

»Das ist er!« Als Paul nicht sofort reagierte, wiederholte sie: »Das ist er! Fränki!«

Paul, der einen schwarz gekleideten Kerl erwartet hatte, sah einen mittelgroßen Mann mit Jeansjacke und einem Käppi in Vereinsfarben. Eine Kippe im Mund, entfernte er sich lässig schlendernd.

»Wollen Sie denn nichts unternehmen?«, fragte Rita unruhig.

Paul hob unschlüssig die Schultern. »Unternehmen? Was denn?«

»Verfolgen! Sie müssen ihn verfolgen und an ihm dranbleiben!«

Für den Moment glaubte Paul, dass ihn Rita auf den Arm nahm. Denn wen glaubte sie vor sich zu haben? Etwa einen Polizisten oder Detektiv? Ihm wurde jedoch sehr schnell klar, dass sie ihm bloß einen Gefallen tun wollte.

Ehe Fränki um die nächste Hausecke verschwinden und sich seinem Blickfeld entziehen konnte, rief Paul der Informantin ein flüchtiges »Danke!« zu und eilte dem Mann hinterher.

Von der Ludwigstraße bog Fränki auf den Jakobsplatz ab, trottete betont langsam an einem Gemüsestand vorbei, kaufte jedoch nichts, sondern setzte seinen Weg durch die Engelhardsgasse fort. Paul folgte ihm, wobei er den Abstand mehr und mehr vergrößerte. Denn hatte er sich auf dem Jakobsplatz noch zwischen den vielen Passanten verbergen können, trafen sie nun nur noch vereinzelt auf Fußgänger. Glücklicherweise schaute sich Fränki nicht um, sodass Paul vorläufig nicht als heimlicher Schatten auffiel.

Fränki wandte sich nach links in Richtung Färberstraße. An der Frauentormauer wurde es für Paul als

Verfolger heikel, denn in diesen bereits zum Rotlichtmilieu zählenden Teil der Altstadt verirrten sich nur sehr wenige. Wenn überhaupt, dann waren es Touristen auf Abwegen oder Freier. Paul entschied sich zwecks eigener Tarnung für letztere Personengruppe und glotzte demonstrativ in die Fenster der Mietshäuser, hinter denen einige eher gelangweilt als betörend wirkende Liebesdamen auf Kundschaft warteten. Sollte sich Fränki jetzt nach ihm umdrehen, müsste er Paul für einen Freier halten.

Seine Rolle mimend schlenderte Paul weiter und lächelte einer mindestens Fünfzigjährigen mit stark geschminktem Gesicht zu, die sich samt ihrer üppigen Oberweite auf einen Fenstersims lehnte. Sie fasste seine gespielte Freundlichkeit offenbar als Interesse auf und rief mit rauchiger Stimme: »Na, Süßer, wie wär's mit uns beiden?«

»Heute nicht«, bemühte sich Paul um eine höfliche Absage.

»Für dich mache ich es sogar zum halben Preis«, versuchte sie ihn zu ködern und wedelte mehr oder weniger verführerisch mit ihrer Lockenperücke. »Na, was sagst du? Ist das ein Angebot?«

»Sehr schmeichelhaft, aber danke, nein.«

Nichts wie weg, dachte er sich, sah wieder nach vorn – und fand die schmale Straßenschlucht menschenleer vor! Paul hatte im Gespräch mit der Frau schätzungsweise fünf Sekunden nicht auf Fränki geachtet, nun war er verschwunden.

Das gibt es doch nicht!, ärgerte sich Paul über die eigene Nachlässigkeit. Wo konnte Fränki so schnell hingegangen sein? Bis zum Färbertor hätte er es in der kurzen

Zeit nicht geschafft. Und über die Stadtmauer war er gewiss nicht geklettert. Blieb nur die Möglichkeit, dass er eines der Häuser betreten hatte. Wahrscheinlich, um eine Nummer zu schieben.

Mit dieser vagen Annahme im Hinterkopf schritt Paul die Häuserzeile langsam suchend ab. Beim ersten Eingang hielt er inne, drückte die Klinke und öffnete sie. Er warf einen Blick in einen halbdunklen, schäbig wirkenden Flur. Aus den Wohnungen drangen gedämpfte Geräusche wie Musik, Stimmen und das Klirren von Geschirr an sein Ohr. Zu sehen war niemand.

Also versuchte Paul sein Glück beim nächsten Haus. Auch hier fand er die Tür unverschlossen vor. Er stieß sie auf und sah sich in dem Foyer um, das seine besten Jahre lange hinter sich hatte. Paul wollte sich schon umdrehen, um seine Suche im Nachbargebäude fortzusetzen, als er aus den Augenwinkeln eine Bewegung wahrnahm.

Für eine Abwehrreaktion irgendeiner Art war es zu spät. Paul spürte den Luftzug der heranschnellenden Faust, noch ehe er die eigenen Hände heben konnte. Ein saftiger Kinnhaken traf ihn mit erdbebenähnlichen Auswirkungen. Paul hörte das Krachen seines Kiefers. Rückwärts prallte er gegen die kalte, gefliese Flurwand und sank daran herab.

Nur wenig trennte ihn von einer Ohnmacht. Und so blieb er bei Bewusstsein, als ihn die nächste Attacke ereilte: diesmal mit den Spitzen von einem Paar Herrenslipper, gnadenlos in den Bauch, vor die Brust, an den Kopf. Es gab für ihn nicht die geringste Chance, zu einem Gegenangriff auszuholen. Er hatte seine liebe Not damit, sich mehr schlecht als recht zu schützen.

Endlich, nach einer gefühlten Ewigkeit, ließen die Tritte und Schläge nach. Sein Angreifer hatte sich offenbar genug abreagiert. Und so wie es Paul nach einer groben Selbsteinschätzung einstufte, hatte der Mann ihm keine schweren Verletzungen zugefügt. Prellungen, den ein oder anderen Bluterguss. Aber das müsste es gewesen sein.

Mühsam rappelte er sich auf und sah seinem Peiniger ins Gesicht. Wie nicht anders zu erwarten, handelte es sich um Fränki. Ein Typ mit pockennarbigem Gesicht und kleinen, sehr dunklen Augen, die ihn fies und heimtückisch fixierten. Niemand, den man auf Anhieb ins Herz schloss.

»Was soll der Scheiß?«, fragte Paul und wischte das Blut von der Lippe.

Fränki fuhr sich mit der Hand ums Kinn. Dabei gaben seine Bartstoppeln ein knisterndes Geräusch von sich. »Was glaubst du denn, hä?«

»Keine Ahnung«, gab Paul patzig zurück und unterdrückte ein schmerzerfülltes Stöhnen. »Sag du's mir!«

Fränki holte Luft, und es sah ganz danach aus, als wollte er Paul einen Haufen triftiger Gründe nennen, warum dieser die Prügel verdient hätte. Doch mit Worten hatte es Fränki wohl nicht so, und er schob stattdessen demonstrativ den Ärmel seiner Jeansjacke zurück: Auf seinem Arm prangte unübersehbar das eintätowierte, kreisrunde Logo des 1. FCN.

»Du schlägst dich für den Club?«, interpretierte Paul die Geste.

Fränki nickte zunächst heftig, um gleich darauf den Kopf zu schütteln. »Ich habe dir eine verpasst, weil du mir hinterherschleichst. Und weil du unserm Club schadest durch deine Schnüffelei.«

»Ich habe nichts gegen den FCN. Ganz im Gegenteil. Ich versuche, ihn zu schützen, indem ich mich um die Aufklärung des Mordes an dem Busfahrer kümmere.«

»Ja, schon klar«, sagte Fränki abfällig. »Alle wissen, dass du rumläufst und blöde Fragen stellst. Aber darauf können wir verzichten. Wir regeln unser Zeug selbst. Wir brauchen keine Wichtigtuer wie dich.«

»Ist es nicht angenehmer für dich und deine Kumpels, wenn *ich* ein paar Fragen stelle, als wenn es die Polizei tut?«

Pauls Provokation zeigte Wirkung, denn Fränki ballte die Fäuste: »Willst du mir drohen? Soll ich dir noch eine aufs Maul geben?«

Doch mittlerweile hatte sich Paul zu seiner vollen Größe aufgerichtet. Er überragte Fränki beinahe um Kopflänge. »Wir können das Spielchen zur Abwechslung auch mal umgekehrt versuchen«, sagte er.

Statt sich – wie erhofft – auf ein Gespräch mit Paul einzulassen, reagierte Fränki angesichts von Pauls Drohgebärde mit einem beherzten Sprung zur Seite. Gleich darauf schmiss er sich gegen die Tür und flüchtete. Paul, dem noch immer Bauch und Kinn schmerzten, sah davon ab, ihm nachzulaufen. Jedenfalls fürs Erste.

9

»Oh Mann, Paul! Das kannst du dir nicht bieten lassen!«

Hannah hatte ihn auf dem Weinmarkt abgefangen, wohin er sich verkriechen wollte, um im Atelier allein und unbehelligt seine Wunden lecken zu können, bevor er sich wieder nach Hause traute. Doch natürlich ließ sie ihn nicht ziehen, nachdem sie seine – wenn auch nur äußerlichen – Verletzungen bemerkt und ihn nach dem Grund der Blessuren gefragt hatte.

Was noch schlimmer war: Auch Victor Blohfeld kreuzte wenig später auf, sodass sie nun zu dritt in seiner ehemaligen Loftwohnung saßen und Paul sich diverse kluge Ratschläge anhören musste.

»Die Wunde über deiner Augenbraue muss genäht werden. Das gibt sonst eine ganz üble Narbe«, diagnostizierte Hannah, nachdem sie ihn in die Waagerechte auf sein altes Sofa gezwungen hatte.

»Ach was, ist bloß ein Kratzer«, hielt der Reporter dagegen, der einen flüchtigen Blick auf Pauls Wehwehchen warf, um sich gleich darauf dem Kühlschrank zuzuwenden, in der Hoffnung, dort ein kühles Bier zu finden.

»Auf jeden Fall brauchen wir etwas zum Desinfizieren und Verbinden«, beharrte Hannah. »Hast du ein Erste-Hilfe-Set im Haus, Paul?«

Hatte er nicht. Daraufhin bot sich Blohfeld als Helfer in der Not an, indem er eine aus dem Kühlschrank genommene Flasche Hefeweizen hin und her schwenkte. »Wie wäre es mit ein paar Tropfen Alkohol? Tötet die Keime ab.«

Hannah sah ihn finster an. »Ich geh rüber in die Kugel-Apotheke und besorge das Nötigste.« Sie strich Paul zum Abschied übers Haar. »Bleib solange einfach still liegen.« Und dann, sorgenvoll: »Wenn Mama das erfährt, springt sie im Karree. Sie hat gedacht, dass du dich mit einer Bagatelle beschäftigst. Wenn sie gewusst hätte, dass dir so was passieren könnte, hätte sie es dir nie im Leben erlaubt.«

Damit eilte sie aus der Wohnung und ließ einen derangierten Paul Flemming an der Seite eines höhnisch feixenden Victor Blohfeld zurück. Der grinste über beide Backen, als er Hannah nachäffte: »Hätte sie nie im Leben erlaubt.« Der hagere Reporter lachte laut auf. »Sie scheinen ja ganz schön unterm Pantoffel zu stehen, Flemming. Nach kaum einem Jahr Ehe schon kapituliert?«

»Davon kann nicht die Rede sein«, wehrte sich Paul, dem noch immer jeder Knochen wehtat.

Blohfeld umrundete das Krankenlager mit einem süffisanten Lächeln in seinem fahlen Gesicht. »Ich hatte Sie ja gewarnt«, sagte er ohne jede Betonung, sodass es wie eine beiläufige Bemerkung klang.

»Vor was gewarnt?«, fragte Paul und dachte, dass der Reporter auf seine Club-Recherchen anspielte.

»Nun ja. Vor der Ehe an sich. Und insbesondere vor Ihrer Ehefrau.«

»Blohfeld!«, stieß Paul entnervt aus. Dieses Thema und Blohfelds ganz spezielle Auffassung darüber hatte ihm jetzt gerade noch gefehlt.

Doch der Reporter ließ sich nicht bremsen: »Ich habe mich ja lange gefragt, was mit dieser Frau nicht stimmt – ich meine abgesehen davon, dass sie Staatsanwältin ist.

Nun weiß ich es: Sie ist nicht nur blond, sondern auch blind.«

»Blind? Was soll der Unsinn?«

»Blind nicht im landläufigen Sinn, sondern was ihre Sicht auf Sie betrifft, Flemming. Ihr Blick auf Sie ist verzerrt. Sie denkt, Sie würden sich zum guten Ehemann eignen, was eine völlige Fehleinschätzung ist. Sie kennt zwar Ihren Lebenslauf, hat somit ausreichend Beweismaterial und Verdachtsmomente, und doch glaubt sie felsenfest, sie könnte Sie umkrempeln und zum ehrlichen, liebenden und vor allem treuen Ehegatten machen.«

»Ich bin ein guter Ehemann«, hielt Paul dagegen und richtete sich auf seinem Sofa unter Schmerzen auf. »Zumindest gebe ich mir alle Mühe.«

»Dafür würde ich meine Hand lieber nicht ins Feuer legen.«

»Katinka findet auch, dass es mit uns gut läuft«, behauptete Paul und ärgerte sich im selben Moment darüber, dass er sich Blohfeld gegenüber rechtfertigte.

»Ihr unerschütterlicher Optimismus ist rührend.«

Paul schwieg, denn insgeheim musste er Blohfeld zugestehen, dass sich das fortwährende Durcheinander in seinem Leben durch die Ehe nicht wirklich gelegt hatte. Er hatte erwartet, dass allein schon durch den gemeinsamen Haushalt ein grundlegender Wandel in seinen Lebensabläufen eintreten würde und er insgesamt ruhiger, besonnener und – ja – bodenständiger werden würde. Doch nichts dergleichen war bisher geschehen. Das Chaos war immer noch da. Allmählich begann er zu begreifen, dass das Leben – abgesehen von Schicksalsschlägen – immer ähnlich blieb. Es war ein Trugschluss, zu glauben, dass er eines Tages bei einer Art Zieleinlauf ankommen würde, wo er alle Fähigkeiten, mit dem Alltag und seinen Herausforderungen zurechtzukommen, beherrschen würde und schlicht vor sich hinleben könnte. Dass er die mitunter recht wilde Vergangenheit hinter sich lassen und an Katinkas Seite im Einklang mit sich selbst ein geordnetes, ruhiges bis heiteres Privatleben führen könnte. Eine solche Ruheoase war sein Leben lang nie in Sicht geraten. Und sie war es auch jetzt nicht. Insofern mochte Blohfeld recht behalten: Paul war und blieb ein Reisender, bei dem nicht das Ziel, sondern die Reise selbst das Leben bestimmte.

Ein beherzter Klopfer auf die Schulter riss ihn aus seiner Selbstanalyse. »Na? Waren meine Ablenkungsmanöver erfolgreich?«, fragte Blohfeld.

»Wie? Was?«

»Habe ich mit meiner Plauderei die Schmerzen gelindert? Mehr wollte ich nämlich gar nicht erreichen. Denn in Ihrer Ehe läuft es in Wirklichkeit doch rosig – oder?«

Paul stutzte, erkannte die Falle und sagte: »Ja, es läuft mehr als nur rosig.« Er setzte eine ernste Miene auf, als er anschloss: »Weniger rosig könnte es für Sie laufen, Blohfeld, wenn sich herausstellen sollte, dass Ihre Zeitung in den Tod von Busfahrer Buggi verwickelt ist.«

Nun war es der Reporter, der in die Defensive geriet. Für ihn ein ungewohnter Zustand: »Worauf spielen Sie an?«, fragte er verhalten.

»Mir ist zu Ohren gekommen, dass Buggi seine Lebensgeschichte an die Presse verkaufen wollte.«

»Verkaufen?« Blohfeld kräuselte die Stirn. »Wer sollte für das langweilige Leben eines Busfahrers auch nur einen Cent ausgeben?«

»Sie wissen genau, was ich meine! Es geht natürlich nicht um die privaten Erinnerungen des Mannschaftsbusfahrers, sondern um brisante Details aus den Spielerleben. Buggi kannte die persönlichsten Geheimnisse aller Club-Kicker. Das müsste einer Zeitung wie Ihrer doch Tausende, wenn nicht Zehntausende wert sein.«

»Wie wäre es gleich mit Hunderttausenden?« Blohfeld ließ sich neben Paul auf das Sofa sinken. »Ist ja nett, dass Sie unserem Blatt so etwas zutrauen. Aber ehrlich gesagt könnten wir nicht einmal ein paar Hunderter für Informanten aufbringen. Es steht schlecht um die klassischen Printmedien. Wer weiß, ob es uns Ende des Jahres überhaupt noch gibt.«

»Was? Die älteste Boulevardzeitung Deutschlands wird doch nicht Pleite gehen«, amüsierte sich Paul über Blohfelds Märchenstunde.

Dieser wirkte unverändert ernst. »Wenn die Gesellschafter uns den Geldhahn zudrehen, dann ist Zapfenstreich. Die Exklusivstory über Buggi könnten wir uns definitiv nicht leisten. Ein solches Budget hat höchstens die Konkurrenz mit den vier großen Buchstaben.«

Hannah stürmte atemlos zurück ins Atelier und schüttete den Inhalt einer kleinen Plastiktüte mit Apothekenlogo auf den Couchtisch. Heraus purzelten Verbandzeug, eine Tube Wundgel, Klammerpflaster und als Zugabe Traubenzuckerbonbons und Tempotaschentücher.

»Jetzt übertreibst du aber«, wehrte sich Paul vor allem gegen die Klammerpflaster. »Ist doch alles halb so schlimm.«

»Von wegen!«, widersprach Hannah, beugte sich über ihn und begann sogleich, das Gel auf seiner malträtierten Stirn zu verstreichen. Weil ihr bei der eifrigen

Ersten Hilfe warm wurde, öffnete sie den Reißverschluss ihrer Jacke.

Paul und Blohfeld machten gleichermaßen Stielaugen, als sie sahen, was Hannah drunter trug.

»Das ist ja ganz schön grün, dein T-Shirt«, meinte Paul, nur wenige Zentimeter von ihrer Brust entfernt.

»Kein T-Shirt«, verbesserte ihn Blohfeld, »sondern Trikot.«

»Ist das etwa eins von den Fürthern?«, fragte Paul.

»Ja. Was dagegen?«, konterte Hannah. »Ich bin es leid, dass ich hier ständig nur mit Club-Freunden zu tun habe und die Fürther die zweite Geige spielen. Und du willst ihnen sogar noch einen Mord in die Schuhe schieben.«

»Will ich nicht«, entgegnete Paul. »Es gibt lediglich eine Spur, die in Richtung Fürth weist.«

»Eine, die leider so dünn ist, dass man nicht drüber schreiben darf«, bedauerte der Reporter.

»Sie würden die Spielvereinigung und ihre Fans wohl liebend gern in Ihrem Blatt verreißen, was?«, fragte Hannah und sah ihn zornig an.

Doch Blohfeld ließ sich nicht provozieren. »Ich bin halt ein alter Clubberer. Für mich bleiben die Nachbarn aus der Westvorstadt immer zweitrangig, selbst wenn sie jetzt zufälligerweise mal in der Ersten Liga spielen.«

»Regt euch beide wieder ab«, forderte Paul. »Sonst mache ich von meinem Hausrecht Gebrauch und setze euch vor die Tür. Euer Gezanke hat mir gerade noch gefehlt. Ich habe sowieso schon Kopfschmerzen.«

»Vielleicht ist es sogar eine Gehirnerschütterung«, meinte Hannah und legte wieder ihren fürsorglichen Blick auf.

»Ach, Quatsch …«

»Auf jeden Fall solltest du die Sache nicht einfach auf sich beruhen lassen«, empfahl sie. »Du musst den Kerl anzeigen! Seinen Namen kennst du, oder?«

Paul bejahte das, hatte aber keine Lust, zur Polizei zu gehen. Die Blöße wollte er sich nicht geben.

Doch Hannah bestand darauf: »Wenn du es nicht machst, sag ich es Mama. Und dann hetzt sie dir ihre Ermittler an den Hals. Ist dir das lieber?«

Das saß! Dann kümmerte er sich doch lieber selbst darum.

10

An der Pforte kannte man ihn bereits. Kein Wunder, schließlich ging Paul im Nürnberger Polizeipräsidium aufgrund seiner kriminalistischen Neigungen – und inoffiziell legitimiert durch die Ehe mit Katinka – ein und aus.

»Sie wissen ja, wo ihr Büro ist«, meinte der als Wachmann abgestellte Beamte in schnodderigem Ton, nachdem er Pauls Personalausweis pro forma entgegengenommen und ihm stattdessen eine Besucherkarte ausgehändigt hatte.

Kommissarin Jasmin Stahl, wie meistens sportlich salopp in engen Jeans und locker fallendem, grauem Sweatshirt gekleidet, erwartete ihn, wohl vorgewarnt durch den Pförtner. Ihr Büro war eng und wenig repräsentativ. Ebenso bescheiden fiel der Blick aus den beiden Fenstern aus, der nicht etwa zum belebten Jakobsplatz oder auf die monumentale St. Elisabethkirche führte, sondern in den wenig ansehnlichen Innenhof, in dem der Fuhrpark untergebracht war. Früher, wusste Paul, hatte Jasmin in einem schöneren Raum arbeiten dürfen, doch seit ihr Chef, der alte Kripoleiter Konrad Keller, vor einem Jahr in den Ruhestand gegangen war, hatte sich viel verändert. Mit einem neuen Mann an der Spitze, dem ebenso selbstverliebten wie – Pauls Meinung nach – unfähigen Winfried Schnelleisen, wehte ein anderer Wind durch die Flure des Kommissariats. Nicht unbedingt ein frischer – auf jeden Fall einer, der Jasmin nicht bekam. Ihren Karriereambitionen wurde seit Schnelleisens Amtsantritt ein Riegel vorgeschoben, und auch das miese neue Büro hatte sie ihm zu verdanken. Der Grund dafür? Paul konnte es sich denken: Jasmin war dem eher trägen und begriffsstutzigen Schnelleisen ganz einfach zu pfiffig, intelligent, professionell und somit brandgefährlich für seine eigenen Aufstiegspläne. Schnelleisen wollte mit allen Mitteln verhindern, dass jemand auf die Idee kommen könnte, an seinem Stuhl zu sägen.

»Was gibt's denn, Paul?«, fragte sie ihn, wobei ihr sommersprossiges Gesicht eine gehörige Dosis Skepsis aufwies. »Magst du mich zum Kaffee beim *Beck* am Weißen Turm einladen?«

Paul trat näher, denn offensichtlich hatte Jasmin ihm seine Blessuren noch nicht angesehen. Er hielt den Kopf schräg ins Neonlicht der Deckenlampe, damit seine geschwollene Augenbraue besser zur Geltung kam.

»Ja, und?«, fragte sie wenig beeindruckt. »Bist du wo gegengerannt? Traue ich dir zu, so vergeistigt, wie du manchmal herumläufst.«

»Nein, ich bin nirgendwo gegengerannt. Schon eher angeeckt«, stellte Paul leicht verärgert klar. »Jemand hat mich verprügelt. Und zwar ziemlich heftig. Deswegen will ich Anzeige erstatten.«

»Lass mal sehen«, sagte sie und zog sein Haupt bis auf Augenhöhe zu sich heran. Dann drückte sie unvermittelt mit dem Zeigefinger auf seine bepflasterte Braue. »Tut das weh?«

Paul stieß ein lautes »Aua!« aus und riss seinen Kopf nach oben. »Was soll das? Denkst du, ich spiele dir was vor? Ich bin wirklich vermöbelt worden. Ich habe blaue Flecken am ganzen Körper.«

»Du Armer«, meinte Jasmin, und Paul hatte den Eindruck, sie würde ihn verhöhnen. Doch ganz sicher war er nicht. »Du möchtest also Anzeige erstatten«, sagte sie.

»Ja, das will ich.«

»Anzeige wegen Körperverletzung. Oder versuchten Totschlags?«

Jetzt war er sich sicher: Sie nahm ihn auf die Schippe!

»Nein, nur Körperverletzung. Das ist ja wohl schlimm genug«, sagte er und sah sie böse an.

»Bist du ganz sicher?«, wollte sie wissen.

»Ja, natürlich, sonst wäre ich nicht hier.«

Sie schlug mitleidig die Augenlider nieder. »Tja, dann tut es mir leid. Für so was Profanes wie Körperverletzung – noch dazu in minder schwerem Fall – bin ich nicht zuständig. Da muss ich dich an meine Kollegen von nebenan verweisen.«

Paul trat kraftvoll mit dem Fuß auf den Boden. »Hör endlich auf, mich zu verarschen! Ich habe wirklich Schmerzen und möchte nicht, dass dieser Typ ungeschoren davonkommt.«

Jasmin musterte ihn und nickte in Richtung eines Stuhls. »Setz dich«, forderte sie ihn auf und nahm ihm gegenüber an ihrem Schreibtisch Platz. »Lass mich raten: Du bist nach wie vor an dieser FCN-Sache dran und hast dich mit den falschen Leuten angelegt.«

»Richtig. Genau genommen mit einem etwas kuriosen Ableger der Ultras, sie nennen sich selbst Bad Boys. Ihr Anführer heißt Frank ›Fränki‹ Paschwitz ...«

»Und der hat dir ein paar schlagkräftige Argumente dafür geliefert, dass du deine Schnüffeleien lassen sollst?«

»Nein ... – äh, ja.«

Jasmin verschränkte ihre Finger und legte die Hände auf der Schreibtischplatte ab. »Aber Paul, dir muss klar gewesen sein, dass es in Sachen Fußball emotional zugeht, manchmal auch ein wenig raubeinig.«

»Raubeinig?« Paul sah sie vorwurfsvoll an.

»Na ja, nach vielen Spielen gibt es Rangeleien. Echte Fans sind eben heißblütig und voller Leidenschaft, da bleibt es nicht aus, dass mal die Fetzen fliegen.«

Paul konnte es nicht fassen. War es schon so weit, dass er sich als Opfer verteidigen musste, während die Polizei die Täter in Schutz nahm? »Das war keine belanglose Rauferei. Der Kerl hat mich in einen Hinterhalt gelockt und gezielt attackiert.«

Jasmin nickte, machte aber keine Anstalten, Papier oder Stift hervorzukramen, um ein Protokoll aufzunehmen. »›Hinterhalt‹, sagst du? Das klingt tatsächlich übel. – Wo hat der Überfall denn stattgefunden?«

Paul wollte sogleich antworten, doch er zögerte. Er suchte nach Möglichkeiten, den exakten Ort des Geschehens nicht benennen zu müssen: »Mitten in der Altstadt«, redete er um den heißen Brei herum. »Am helllichten Tag!«

Jasmin sah ihn prüfend an. »Wo genau? Du weißt, dass wir jedes Detail kennen müssen, wenn wir ermitteln sollen.«

Paul zauderte abermals. »Ähm, es war an der Stadtmauer.«

»Paul!« Jasmin trommelte mit den Fingerspitzen auf den Tisch. »Wo *genau*?«

»Frauentormauer«, sagte er kurz angebunden.

Nun war es gelaufen. Das erkannte er selbst. Aber Jasmin fühlte sich bemüßigt, seine Niederlage genüsslich auszuweiden: »Dir ist hoffentlich klar, wie absurd dein Anliegen ist, eine Anzeige zu erstatten. Da rückst du einem Mann auf den Pelz, der als gewaltbereiter Fan stadtbekannt ist, treibst dich mit ihm im Rotlichtviertel herum und bist am Ende erstaunt darüber, wenn du eins auf die Nüsse kriegst?«

»Kopf und Bauch«, verbesserte Paul.

»Ist doch völlig wurscht, wohin er dich geschlagen hat.«

Jasmin stand auf. »Du kannst froh sein, dass Paschwitz nicht dich anzeigt. Wegen Belästigung. Immerhin hast du ihn vor eurer Prügelei verfolgt, oder?«

»Ja«, räumte Paul ein.

»Du darfst von Glück reden, wenn er sich nicht bei uns meldet. Es könnte dich sonst weitaus schlimmer treffen.«

Paul, enttäuscht vom Verlauf des Gesprächs mit seiner langjährigen Vertrauten, hätte es nicht gewundert, wenn sie ihm den Tipp »Lass dir das eine Lehre sein« mit auf den Weg gegeben hätte. Doch so weit ging sie nicht. Im Gegenteil: Während sie sich nun gegenüberstanden, wandelten sich Jasmins Gesichtszüge und wurden offener, wohlwollender: »Wir verfolgen im Fall Weinfurther ein paar recht vielversprechende Spuren«, ließ sie anklingen. »Sie führen aber nicht in Fankreise, sodass du dir weitere schmerzhafte Erfahrungen bei denen ersparen kannst.«

»Verrätst du mir, was das für Hinweise sind?«, bat Paul.

Jasmin sah zur Tür hinüber, um sich zu vergewissern, dass sie wirklich geschlossen und nicht nur angelehnt war. Erst danach sagte sie: »Es geht in Richtung illegaler Sportwetten. Hier ermitteln meine Kollegen schon eine Weile, was gewisse Managerkreise ziemlich nervös macht und unsere Verdachtsmomente indirekt bestätigt.«

»Die wären?«, gab sich Paul pelzig, denn er vertrat die Meinung, dass ihm Jasmin etwas schuldete, nachdem sie sein Gesuch um Anzeigenerstattung so schmählich abgelehnt hatte.

Die Kommissarin geizte nicht mit ihrem Wissen: »Dass Geld damit verdient wird, unterm Tisch auf den Ausgang von Spielen zu setzen und dabei hohe Einsätze zu riskieren. Buggi Weinfurther könnte dabei eine Rolle gespielt haben, indem er etwa als Drahtzieher oder Informant fungierte.«

Paul horchte auf. Jasmins Ausführungen klangen in seinen Ohren plausibel, doch er wollte es genau wissen: »Wenn es wirklich ein Wettkartell gibt, wieso sollte ausgerechnet ein Busfahrer die Fäden gezogen haben?«

»Weil er ganz dicht dran war am Geschehen. Er kannte die Stärken und Schwächen jedes einzelnen Spielers. Er wusste, wie sie ticken, ob sie fit waren oder nicht, wie ihr Privatleben lief – und ob sie mit ihrem Geld zurechtkamen.«

»Du meinst ...«

»Ja, sicher: Ein verschuldeter Kicker ist eher empfänglich für gewisse Angebote und erklärt sich eventuell bereit dazu, den Spielausgang zugunsten der höchsten Wettquoten zu beeinflussen.«

»Wow! Ganz schön starker Tobak, was?« Paul kratzte sich am Kinn. »Ihr geht davon aus, dass Buggi die Spieler und somit die Spiele manipuliert hat, um an das große Geld zu kommen?«

»Möglicherweise. Aber er war ganz bestimmt nicht die treibende Kraft, sondern nur ein Rädchen im Getriebe. Eines, das am Ende vielleicht nicht mehr so rundlief, wie es die Bosse des Kartells gewünscht hatten. Darum musste er abtreten.«

»Das heißt«, triumphierte Paul, »es steht nun definitiv fest, dass Buggi doch ermordet wurde?«

Nun war es an Jasmin, bei der Antwort zu zaudern: »So direkt lässt sich das nicht sagen.«

Paul sah sie schief an. »Dann ist er also indirekt ermordet worden?«

»Blödmann.« Jasmin zog eine Schnute. »Du weißt genau, dass die Gerichtsmedizin in Verzug ist und nicht mit der Todesursache rüberkommt. Das hat dir deine Kati gewiss nicht vorenthalten. Solange die Option besteht, dass es sich um einen gewaltsamen Tod handeln könnte, ermitteln wir weiter. Und zwar in alle Richtungen.«

»Schon gut, ich kenne das Problem. Aber lassen wir Buggis Tod mal außen vor: Wie belastbar ist denn diese Geschichte mit den illegalen Sportwetten?«

»Sagen wir mal so: Ich würde nicht großartig darauf herumhüpfen. Dafür ist unsere Wissenslage noch zu dünn. Aber das kann sich schnell ändern. Schließlich ist ja auch schon die Presse dran.«

Paul war sofort alarmiert: »Etwa Blohfeld?«

»Nicht dass ich wüsste. Der hat ja mit Sport nicht viel am Hut. Ich denke da eher an Günter Bäcker.«

»Der Moderator vom Funkhaus Nürnberg?«, fragte Paul.

»Ja, er macht dort seit etlichen Jahren diverse Sendungen, ist aber auch Stadionsprecher bei den wichtigen Club-Begegnungen und damit immer vor Ort.«

Paul erinnerte sich an das Spiel gegen Hannover 96, das er gemeinsam mit Hermann besucht hatte, und daran, wie Bäckers markante Stimme durchs Stadion gehallt hatte. Begegnet war er Bäcker bislang jedoch nicht.

Aber vielleicht sollte sich diese Lücke in seinem Lebenslauf bald schließen.

11

Günter Bäcker machte sich rar. Zumindest dann, wenn ihn jemand persönlich sprechen wollte. Das musste er wohl auch, dachte Paul, der von einer resolut klingenden Telefonistin sogleich abgewimmelt wurde, kaum dass er seinen Wunsch nach einer privaten Unterredung mit dem beliebten Moderator und Sportjournalisten geäußert hatte. Denn sowohl in seiner Funktion als Radiomann als auch in der des Stadionsprechers gab es viele Berührungspunkte mit Fankreisen. Die musste Bäcker eingrenzen, wenn er nicht den lieben langen Tag mit diversen Club-Jüngern diskutieren wollte. Das sah Paul ein und hätte beinahe aufgelegt, als die Telefondame plötzlich doch noch nachhakte: »Wie war gleich Ihr Name?«

»Flemming, Paul Flemming«, antwortete er und erntete ein entzücktes Jauchzen.

»Etwa *der* Paul Flemming? Der Fotograf?«

»Ja, genau der.«

»Na, das ist ja schön, dass ich Sie mal in der Leitung habe! Sie sind es doch, der letztes Jahr diesen Knoblauchslandkalender gestaltet hat, mit Jungbäuerinnen in ihrem Element.«

»Ja«, sagte Paul in Erinnerung an die anstrengenden Fotoarbeiten.

»Meine Nichte, die Lotte, war auch dabei.«

»Lotte ...« Paul dachte angestrengt nach, um welches der zwölf Kalendergirls es sich handeln könnte.

»Miss Oktober«, präzisierte die Frau.

»Ach, das Mädel im Karottenfeld«, erinnerte er sich.

»Ihre Bilder sind wunderschön geworden. Fantastisch!«

»Danke. Freut mich, wenn sie Ihnen und Ihrer Nichte gefallen.«

»Und wie! Super!« Die Telefonistin räusperte sich. »Sie wollten den Günter sprechen, sagten Sie?«

»Ja, aber ...«

»Klitzekleinen Moment bitte, ich verbinde.«

Fünf Sekunden später hatte Paul den Moderator an der Strippe. Bäcker klang genau wie im Radio, zeigte sich interessiert an Pauls Anliegen und war ihm auf Anhieb sympathisch. Bäcker sagte, dass er gleich eine Moderation hätte, sie aber danach gern ein bisschen über Buggi, den Club und die Wettgerüchte quatschen könnten.

»Wenn unsere Telefonistin, Frau Riethmüller, jemanden zu mir durchstellt, dann muss es ja wichtig sein«, flachste der Radiomann. »Also, wo wollen wir uns treffen?«

Paul schlug vor, im Funkhaus an der Ulmenstraße vorbeizukommen. Doch Bäcker bevorzugte einen anderen Ort, wo sie frei reden konnten, ohne gestört zu werden.

Ein Dorf in der Stadt: Bei dem Viertel mit dem für Außenstehende schier unaussprechlichen Namen Zerzabelshof traf dieses Bild voll und ganz zu. Obwohl fest in die Großstadt integriert, hatte sich »Zabo« seinen dörflichen Charme bewahrt und bot im Ortskern neben zwei Gaststätten mit legendären Biergärten allerlei kleine Lädchen für den täglichen Bedarf, eine Sparkasse und sogar einen Feinkosthändler. Selbst solche Läden, die in vielen anderen Quartieren längst ausgestorben waren, fanden sich hier: das Bekleidungshaus, das Schuhgeschäft, die Buchhandlung. Frisches Obst und Gemüse gab es immer mittwochs, denn dann war Markttag auf dem Johann-Adam-Reitenspieß-Platz. Gleich vor den Toren Zabos lagen Reichswald und Tiergarten. Aber den größten Reiz des Viertels machte nach Pauls Erfahrung die Tatsache aus, dass die Zaboraner feiern konnten. Das bewiesen sie bei der Kirchweih ebenso wie beim Stadtteilfest, das Paul erst letztes Jahr gemeinsam mit Katinka und Hannah besucht hatte.

Wohl der eigentliche Grund dafür, warum Bäcker diesen Treffpunkt gewählt hatte, war die Nähe zum Stadion. Als Paul ihn, wie verabredet, an der Jochensteinstraße, einem reinen Wohngebiet, traf, legte dieser auch gleich los: »Hier haben wir Ruhe vorm Verkehrslärm des Rings«, meinte der schlanke Mittdreißiger mit der markanten Bogennase und der blonden Tolle. »Kaum vorstellbar, dass der 1. FCN hier ein halbes Jahrhundert lang seine größten Erfolge gefeiert hat.« Nachdem sich Paul suchend umgesehen hatte, streckte Bäcker seine Hand aus und wies mit dem Zeigefinger die Richtung. »Da hinten war der Alte Zabo, ein Sportpark, Vorläufer des heutigen Stadions. Nach den meistens gewonnenen Spielen ging in diesen Straßen die Post ab.«

»Warum hatte man das alte Stadion denn mitten in Zabo gebaut?«, erkundigte sich Paul, während beide Männer in Richtung Hauptstraße schlenderten.

»Die Spielstätte in Schweinau platzte aus allen Nähten, das wurde schon um 1910 deutlich. 1913 also der Umzug nach Zabo, denn hier gab es ein Gut, das zum

Verkauf stand und ausreichend Platz bot. Hinzu kam: In Nürnberg wurde bei Fußballspielen die sogenannte Lustbarkeitssteuer fällig, im seinerzeit noch unabhängigen Zabo aber nicht.«

»Wie viele Zuschauer haben denn reingepasst in den Alten Zabo?«

»Ungefähr 8.000. Nachdem der Club in den Zwanzigerjahren aber so richtig abgeräumt hat und einer der erfolgreichsten Vereine der Weimarer Republik wurde, hat man erweitert. Zuletzt auf 25.000. Im Zweiten Weltkrieg fiel eine Bombe auf die Haupttribüne, aber bis 1950 war alles wieder ganz, und es hatten danach sogar 35.000 Gäste Platz.«

Paul suchte nach Resten des Alten Zabo, wurde aber nicht fündig. Bäcker erklärte:

»Die Haupttribüne des Alten Zabo ist 1966 gesprengt worden. Der Club baute am Valznerweiher sein neues Trainingsgelände, 1963 fand zum Bundesligastart der Umzug ins ›Städtische Stadion‹ statt. Und an der Jochensteinstraße spuckten sich die Maurer in die Hände: Fast 1.000 neue Wohnungen sind dort entstanden, wo der FCN seine ruhmreichen Jahre feierte.«

Bäcker erhöhte das Tempo. Bald verließen sie den historischen Kern des Stadtteils und steuerten auf das Club-Gelände zu, das Paul erst kürzlich besucht hatte. Während sie gingen, schlug Bäcker einen anderen Tonfall an, als er fragte: »Jetzt mal ganz ehrlich: Warum wollen Sie mich wirklich sprechen? Sie arbeiten für Blohfeld, stimmt's?«

Paul erschrak. Er hob und senkte die Schultern, abwartend, was als Nächstes passieren würde.

Bäcker lächelte wissend. »Warum haben Sie das nicht gleich gesagt? Blohfelds Zeitung versorgt mich immer mal wieder mit Insidertipps und Archivtexten. Es ist schön, wenn ich mich heute revanchieren kann.«

Paul atmete auf. Denn die ihm nachgesagte Nähe zu dem Boulevardreporter wirkte sich selten so positiv aus. Er ließ keine weitere Zeit verstreichen, sondern brachte sein eigentliches Anliegen vor, wobei er auch die Sportwetten ansprach, an denen Buggi womöglich beteiligt gewesen war.

Bäcker hörte interessiert zu, nickte gelegentlich, stellte dann aber klar: »Ich halte nicht viel von der Theorie. Warum sollte ausgerechnet der Busfahrer die zentrale Figur in einem Wettskandal sein?«

»Nicht die zentrale Figur, womöglich nur ein Mitläufer«, schränkte Paul ein.

»Warum wurde dann gerade er ermordet und nicht ein anderer? Es stimmt also doch, was man munkelt: Buggi starb keines natürlichen Todes. Blohfeld, der alte Fuchs, wittert einen Mord, oder?«

Paul ging nicht direkt auf die Frage ein: »Vielleicht hat Buggi zu viel gewusst über die Beteiligten und wollte sie erpressen.«

»Welche Akteure sollen denn im Spiel gewesen sein? Haben Sie Namen?«

Paul sah sich in Zugzwang und gab eine halbgare Vermutung preis: »Dirk Sakowsky zum Beispiel. Man hört ja einiges über seinen Lebenswandel und nicht eben vorbildlichen Charakter.«

Bäcker lachte auf. Nicht gehässig, eher belustigt. »Nicht schlecht, Herr Flemming. Da haben Sie gleich ins Schwarze getroffen. Wenn ich jemanden nennen sollte, dem ich solche Sachen zutrauen würde, dann wäre das Sakowsky. – Aber das sage ich ganz im Vertrauen. Offiziell würden Sie das nie von mir hören.«

Paul freute sich über die Bestätigung, brauchte nun aber mehr Stoff zum Unterfüttern seiner Theorie. »Was hätte ein Klassespieler wie Sakowsky denn davon, sich auf so etwas einzulassen?«

»Tja, das ist in der Tat die entscheidende Frage. Lassen Sie mich eine Erklärung versuchen: Sie müssen wissen, dass die offiziellen Sportwetten wie ODDSET oder Tipico völlig legal und sauber sind und unter dem wachsamen Auge der Kontrollorgane stattfinden. Die Regeln sind fixiert, alles geht transparent über die Bühne. Wettprofis haben zwar die Möglichkeit, sich ihre Chancen bis zu einem gewissen Grad auszurechnen und mehr abzuschöpfen als Laien, aber wer richtig absahnen will, ist hier fehl am Platz. Das große, jedoch illegale Geld fließt bei den Wetten, die unter der Hand ablaufen. Einige Buchmacher haben sich darauf spezialisiert. Natürlich wird dabei getrickst, was das Zeug hält. Denn diese Leute wollen am Ende ja daran verdienen und nicht alles an die Gewinner ausschütten. Darum greifen sie zum altbewährten Mittel der Bestechung: Ziel Nummer eins bei ihrer Suche nach Verbindungsmännern, die die Hand aufhalten, sind die Schiedsrichter. Denn die können den Spielverlauf entscheidend verändern, und wenn sie sich dabei einigermaßen geschickt anstellen, ist ihnen später kein Vorsatz nachzuweisen. Manchmal geht das freilich auch schief, wie die einschlägigen Fälle gezeigt haben.«

»Das ist alles ziemlich interessant. Aber inwiefern betrifft das Sakowsky oder seine Mitspieler? Denn nur wenn sie im Spiel gewesen waren, könnte es Buggi herausgefunden haben. Zu Schiedsrichtern hatte er als Fahrer sicher keinen besonderen Draht.«

»Schiedsrichter werden ja seit den großen Skandalen der letzten Jahre sehr genau unter die Lupe genommen. Der DFB ist seitdem noch härter in der Auswahl und Kontrolle, das Gleiche gilt für die anderen offiziellen Stellen. Also müssen die Buchmacher nach neuen Komplizen suchen und finden sie ab und zu bei den Kickern.«

Paul reichte das nicht aus. »Das ergibt trotzdem keinen Sinn: Die Profis auf dem Feld verdienen so viel, dass sie auf ein paar Scheine extra nicht angewiesen sind, schon gar nicht, wenn sie damit das Ende ihrer Karriere riskieren. Da fahren sie besser, wenn sie ab und zu den Verein wechseln und Prämien bei Meisterschaften und Turnieren einstreichen.«

»Das ist richtig. Allerdings haben die Aufstiegschancen von Kickern natürlich gesetzte Grenzen. Irgendwann kommen sie in ein Alter, in dem sie sich beim weiteren Erklimmen der Karriereleiter schwertun.«

»Mmmh. Sakowsky ist jetzt 32 ...«

»... und wird im nächsten Monat 33. Er ist noch immer fit und ein Leistungsträger beim Club. Aber seine goldenen Jahre sind vorbei – und seine Kandidatur für die Nationalmannschaft hat er bereits vor knapp zehn Jahren bei der Auswahl für die EM verpasst.«

Während sie nebeneinander hergingen und plauderten, stellte Paul fest, dass sie das Hauptquartier des FCN schon längst erreicht hatten und geradewegs aufs neue Club-Museum zusteuerten. Das Kernstück der mit Exponaten und Bildern nicht geizenden Dauerausstellung bildeten in einem Achteck aufgestellte Vitrinen, die der einzigartigen Architektur des Nürnberger Stadions nachempfunden waren. Auf geschätzten 30 Metern entlang dieses Oktagons ließ sich die Geschichte der Rot-Schwarzen lebendig nachvollziehen. Was Paul nicht von den ausführlichen Begleittexten erfuhr, gab ihm Bäcker mit auf den Weg: »Aufstiege, Abstiege, Ruhm und Elend: Tja, diese Ausstellung führt einem die wechselvolle Historie unseres Clubs bildlich vor Augen. Neun Meistertitel, vier Pokalsiege, aber auch sieben schmerzliche Abstiege.«

Bäcker blieb vor einer Vitrine stehen, in der ein Schieber aus grobem braunem Stoff ruhte. »Die Mütze von Torwartlegende Heiner Stuhlfauth«, wusste Bäcker. »Stammt aus den glorreichen Zwanzigerjahren.« Er schmunzelte. »Die frühe Epoche muss sehr eigen gewesen sein, da wäre ich gern Zeitzeuge gewesen. Wissen Sie, der Club wurde unter der Prämisse aus der Taufe gehoben, dass er ein authentisch fränkischer Verein sein sollte, in dem sich die Gefühlswelt unserer Region widerspiegelt. Salopp gesagt pendelt er traditionell zwischen den Empfindungen ›bassd scho‹ und ›des wird scho widder‹, also zwischen absoluter Zufriedenheit und unerschütterlicher Zuversicht. Damit sicherte man sich von vornherein ab, um bei Niederlagen nicht ins emotionale Tief zu fallen und in guten Zeiten nicht vom Übermut gepackt zu werden.«

Sie standen jetzt vor einem altmodisch wirkenden Silberpokal mit eingelassenen grünen Edelsteinen. Laut Texttafel handelte es sich um den sogenannten Tschammerpokal, den Vorläufer des DFB-Pokals, den sich der FCN 1935 und 1939 holte.

»Zwei Lichtblicke in einer politisch düsteren Zeit«, kommentierte Bäcker. »Aber auch nach dem Krieg zeigten unsere Jungs, was in ihnen steckte: 1948 der erste

Titel in der jungen Republik, 1962 zum dritten Mal den Pokal und 1961 und 1968 die Meistertitel acht und neun. Solche Erfolge brachten Helden hervor, viele sind bis heute unvergessen.« Mit leuchtenden Augen nannte Bäcker große Namen wie die von Hans Kalb und Max Morlock. »Kalb, Mittelstürmer in den Zwanzigern, war eigentlich Zahnarzt von Beruf. Er liebte süffiges Bier und schleppte ein paar Pfunde zu viel mit sich über den Platz, doch er war ein klasse Spielführer. Kalb hatte aber auch eine große Klappe: Wegen fortgesetzter Beleidigung des Schiedsrichters handelte er sich den ersten Feldverweis in der deutschen Länderspielgeschichte ein.« Er grinste süffisant. »Morlock war da ganz anders und in jeder Beziehung einzigartig. Schon mit 16 schlüpfte er ins FCN-Trikot und zog es erst nach sage und schreibe rund 900 Spielen wieder aus. Ein Weltklasseprofi, der sich selbst durch lukrative Angebote nicht von seinem Club weglocken ließ, ausgenommen für Einsätze in der Nationalmannschaft. Morlock wurde zweimal deutscher Meister und schoss im WM-Spiel 1954 gegen Ungarn mit der Fußspitze den Anschlusstreffer zum 1:2. Damit schuf er das Fundament für das ›Wunder von Bern‹. Tja, und nach seiner großen Karriere? Statt nach Italien zu gehen, wo man unsere Legende gern verpflichtet hätte, verdiente Morlock seine Brötchen lieber mit einem Toto-Lotto-Laden in seiner Heimatstadt.«

»Damit würden sich unsere heutigen Stars nicht zufriedengeben«, merkte Paul an.

Bäcker nickte versonnen. »Wohl kaum. Die Zeiten, in denen vorwiegend Idealisten auf dem Feld waren, sind ein für alle Mal vorbei. Obwohl ich bei dem ein oder anderen immer noch die Hoffnung in mir trage, dass die

Verbundenheit zum Verein über die Geldgier dominiert. Doch da kann ich mich täuschen.«

»Wenn man finanziell mit dem Rücken zur Wand steht wie Sakowsky, ist der Euro zwangsläufig höher im Kurs als die Vereinszugehörigkeit«, meinte Paul.

Bäcker sah ihn skeptisch an. »Mag sein, mag auch nicht sein. Doch wenn er wirklich so klamm ist, dann wundert es mich, wie er seine hübsche junge Frau so teuer ausstatten kann.«

»Meinen Sie Svetlana?«

»Ja, die niedliche Russin. Sakowsky schwebt im siebten Himmel, aber gilt das auch für sie? Es wird doch wohl kaum wahre Liebe sein.«

»Vielleicht sonnt sie sich in seinem Ruhm?«, mutmaßte Paul.

»Und bezahlt die Rechnungen für ihre Boutiquenbesuche selbst? Nie im Leben! Das sagt mir schon mein gesunder Menschenverstand.«

»Okay, dann ist wohl doch noch Geld vorhanden im Hause Sakowsky. Fragt sich nur, woher es kommt.«

Bäcker positionierte sich vor einem Poster von Marek Mintal, der 2005 als erster Nürnberger Stürmer mit 24 Treffern die Torjägerkanone an den Valznerweiher holte, und seitdem als das »Phantom« galt. »Wissen Sie, lieber Herr Flemming, Fußball ist mein ein und alles. Ich würde nicht so weit gehen wie manch ein Fan und behaupten, dass der FCN für mich so eine Art Religion ist, aber es kommt dem sehr nahe. Trotzdem bin ich Profi genug, um zu erkennen, dass es letztlich selbst beim Fußball in erster Linie ums Geschäft geht. Daher glaube ich persönlich, dass Buggi, der ja nach den vielen Jahren im Dienst für den Club zum Kernteam gehörte, ein

Defizit an Gerechtigkeit empfunden haben musste und seinen Teil vom Kuchen wollte. Denn er wird während seiner Fahrten ja aufgeschnappt haben, was sich die Spieler leisten können. Davon konnte er mit seinem mageren Busfahrergehalt nur träumen. Ob durch eine bezahlte Insidergeschichte für die Boulevardpresse, Sportwetten oder Erpressung – jedenfalls scheint er jemandem heftig auf die Füße getreten zu sein. Und dieser Jemand hat für vollendete Tatsachen gesorgt.«

»So sehe ich das auch. Aber wer?«, fragte Paul.

»Ich weiß, dass Sie von mir am liebsten den Namen Sakowsky bestätigt haben würden. Ihr Auftraggeber Blohfeld wartet wahrscheinlich nur darauf, ihn in dicken Lettern in seiner Zeitung abdrucken zu können. Aber genauso gut könnte es jeder andere Spieler gewesen sein, den Buggi belauscht hat. Kevin Modzig zum Beispiel, der mit seinem angeblich bevorstehenden Wechsel nach Fürth provoziert, aber genau wie Sakowsky auf dem absteigenden Ast sitzt, mit allem, was dazugehört: nachlassende Kraft, verblassender Ruhm, unsichere finanzielle Zukunft.«

»Ja, den Modzig hatten wir auch schon im Auge.«

»Es könnte aber auch jemand ganz anderes dahinter stecken«, meinte Bäcker. »Warum den Übeltäter nur in Spielerkreisen suchen? Aus welchem Grund recherchieren Sie nicht auch im Präsidium und beim Vorstand?«

Paul dachte unwillkürlich an Ivonne Wagners Andeutungen und seinen alles andere als guten Eindruck von Max Bronski. Doch musste er sich eingestehen, dass er weder gegen einen der Spieler noch gegen ein Mitglied der Verwaltung auch nur den geringsten Beweis ins Feld führen konnte. Gegen Sakowsky oder Modzig ebenso wenig wie gegen Bronski. Er hantierte lediglich mit sehr vagen Verdachtsmomenten.

Bäcker sah ihm seine Unsicherheit offenbar an, denn er fragte: »Wie verlässlich ist eigentlich die Nachricht, dass der Busfahrer ermordet wurde? Die offiziellen Meldungen dazu sind bisher ja reichlich schwammig.«

Paul musste einräumen, dass es für eine verbindliche Aussage zu diesem Thema zu früh war. »Es ist wohl ziemlich kompliziert«, sagte er ausweichend und nahm sich vor, bei nächster Gelegenheit Jasmin Stahl zu behelligen und sich von ihr erklären zu lassen, weshalb die Bestimmung der Todesursache bei Buggi so lange dauerte.

»Hmm«, brummte Bäcker, klopfte ihm auf die Schultern und raunte: »Wenn Ihnen an meinem Rat gelegen ist: Fühlen Sie Bronski auf den Zahn, statt sich mit dem Kader aufzuhalten. Bronski weiß so gut wie kein anderer, was beim Club läuft. Und wenn es tatsächlich Ungereimtheiten im Umfeld des Busfahrers gegeben haben sollte, dann sind sie Bronski nicht verborgen geblieben. Der hört in seinem Verein das Gras wachsen. Außerdem ist der alte Haudegen mit allen Wassern gewaschen. Könnte mir vorstellen, dass er selbst auf irgendeine Weise in die Sache verwickelt ist. Vorbehaltlich, dass es überhaupt eine ›Sache‹ gibt.«

Paul bedankte sich herzlich für den sportgeschichtlichen Exkurs und Bäckers Einschätzung, woraufhin der Sportreporter noch einmal betonte, dass »alles vertraulich und nicht zitierfähig ist. Ich kann gut darauf verzichten, eines Tages als Zeuge in einem Mordfall Buggi Weinfurther vorgeladen zu werden.« Dann rief er ihm noch nach: »Grüßen Sie Blohfeld von mir!«

12

Bevor sich Paul näher mit Bronski befassen würde, wollte er endlich Gewissheit über Buggis Todesursache erlangen. Doch beim Frühstück am nächsten Morgen ließ sich Katinka kein noch so kleines Detail entlocken. Sie wich seinen Fragen aus, indem sie gebetsmühlenartig wiederholte, dass ihr die Pathologen nach wie vor eine klare Ansage schuldig blieben und die Leiche deshalb noch immer nicht zur Beerdigung freigegeben sei.

»Was heißt das denn?«, bohrte Paul. »War es Mord oder nicht?«

»Wir ermitteln in alle Richtungen«, antwortete Katinka, küsste ihn auf die Stirn und ließ ihn mit seinem kalten Kaffee und unbeantworteten Fragen allein, um im Oberlandesgericht ihren Job zu machen.

Auch er sollte eigentlich seiner richtigen Arbeit nachgehen, meldete sich Pauls schlechtes Gewissen. Schließlich musste er sich dringend um neue Aufträge kümmern, wenn er verhindern wollte, dass Katinka ihren gemeinsamen Haushalt finanziell allein bestritt.

Andererseits konnte er sein Interesse an den Hintergründen von Buggis Tod nicht einfach ignorieren und darauf warten, dass sich letztlich alles in Wohlgefallen auflösen würde. Unter Umständen, so kam ihm nach einem Bissen in den Marmeladentoast der Gedanke, würde sich ein Kompromiss finden lassen: Er könnte zusätzliche Gespräche führen, den Fall danach neu bewerten und anschließend entscheiden, ob sich weitere Nachforschungen lohnten oder nicht. Jasmin könnte ihm dabei vielleicht helfen, vielleicht auch nicht. Besser wäre ein Experte, der sich mit Todesursachen auskannte, die nicht an rein äußerlichen Merkmalen abzulesen waren. Jemand, der wusste, wie man töten kann, ohne verräterische Spuren zu hinterlassen, ja, wie man den perfekten Mord begeht.

Nach einem weiteren Toast fiel ihm der geeignete Kandidat dafür ein: Jasmins früherer Boss, Ex-Kripochef Konrad Keller. Paul hatte mitbekommen, dass Keller seinen Nachfolger Winfried Schnelleisen nicht ausstehen konnte und er allein schon aus diesem Grund bereitwillig mit Paul kooperieren würde.

Während er den Rest des Frühstücks verputzte, wog Paul ab, ob er Jasmin als Türöffner bei Keller einsetzen sollte, kam dann jedoch zu dem Entschluss, dass er sich auch allein dorthin trauen würde. Denn Jasmin würde ihm garantiert erst einmal eine Standpauke halten, die er sich sehr genau ausmalen konnte. »Du stürzt dich aus Langeweile auf einen Fall, der gar keiner ist, greifst willkürlich nach ein paar Verdächtigen und willst jetzt sogar meinen alten Chef da reinziehen?«, würde sie ihn fragen – und in gewisser Weise hätte sie recht damit. Das wollte er sich lieber ersparen.

Paul nahm die Straßenbahn.

Konrad Keller wohnte gemeinsam mit seiner Frau Doris in der Martin-Richter-Straße, eine vom Stresemannplatz abzweigende Wohngegend. Das hatte Paul dem Telefonbuch entnommen. Nicht darin aufgeführt war die Hauskatze, die den Namen »Maus« trug und ihm schnurrend um die Beine strich, als ihm nach dreimaligem Klingeln geöffnet wurde.

»Sie wünschen?«, fragte eine ebenso freundlich wie unauffällig wirkende Frau von etwa 60 Jahren, die Maus mit einem Stups ihres Schuhs zurück in die Wohnung schickte. Es musste sich um Doris Keller handeln.

Paul stellte sich vor und fragte nach ihrem Mann, der kurz darauf erschien und ihn hereinbat. Keller, einen Kopf kleiner als Paul, trug einen kurz geschorenen grauen Haarkranz um seine Glatze und eine Brille mit markantem schwarzem Gestell auf der nicht minder markanten Nase. Der Ex-Kommissar führte ihn in das Wohnzimmer des kleinen Appartements, das im dritten Stock eines Mehrfamilienhauses lag. Aus dem Fenster hatte man einen – für Großstadtverhältnisse – schönen Blick auf einen begrünten Hinterhof, und durch die Lücke zwischen zwei rückwärtigen Häusern erspähte Paul die Kinokneipe *Metropolis*, die ihm ans Herz gewachsen war, seitdem er dort vor vielen Jahren sein erstes verheißungsvolles Rendezvous mit Katinka gehabt hatte.

»Was führt Sie zu mir?«, fragte Keller, bot ihm einen Platz an und beobachtete ihn aus intelligent neugierigen Augen. »Ich weiß, dass Sie ein guter Bekannter von Frau Stahl sind«, fügte er hinzu. »Frau Stahls Freunde sind auch meine Freunde. Also haben Sie keine Hemmungen!«

Diese Einladung nahm Paul gern an und legte sein großes Interesse am Fall Buggi Weinfurther offen.

»Darüber habe ich in der Zeitung gelesen«, sagte der pensionierte Kommissar, dem Paul eine entfernte Ähnlichkeit zu »Enterprise«-Kapitän Jean-Luc Picard zuschrieb. Keller strich sich mit dem Zeigefinger um die Nase, während er nachdachte. Schließlich begann er zu reden: »Ich hatte da mal einen Fall, es muss Anfang der Achtzigerjahre gewesen sein. Zwei Frauen meldeten sich bei uns im Kommissariat. Sie hatten ein Glas Kompott dabei. Ich glaube, Heidelbeerkompott. Sie baten uns darum, den Inhalt nach Gift zu untersuchen, denn sie hegten einen Verdacht gegen den Ehemann einer gemeinsamen Freundin. Diese lag mit akutem Leberversagen im Nordklinikum, wo sie wenige Tage später starb. Ich muss zugeben, dass ich zunächst skeptisch war. Dennoch habe ich einen Toxikologen zurate gezogen, der anbot, das Kompott an seine Ratten zu verfüttern. Nun – die Ratten starben, aber die Analyse des Kompotts erbrachte kein Ergebnis. Gezielte Untersuchungen auf giftige Schwermetalle wie Quecksilber, Blei, Arsen und Thallium verliefen erfolglos, ebenso wie die Beprobungen auf Standardgifte wie Zyankali. Nullkommanichts! Dann hatten wir aber doch noch Glück: An der Uni Erlangen hatten sie gerade ein vollkommen neues Scanverfahren entwickelt, und so kamen wir dem mörderischen Ehemann auf die Schliche. Mittels eines Gaschromatografen mit Massenspektrometer entdeckten wir den heimtückischen Gattinnen- und Rattenkiller: ein leberschädigendes und krebserregendes Gift aus der Stoffklasse der Nitrosamine. Das Teuflische an dem Zeug ist, dass es bereits nach wenigen Stunden nicht mehr im menschlichen Körper nachzuweisen ist. Ein ideales Mordgift! Hätten uns die beiden treu sorgenden Freundinnen nicht auf die Spur gebracht, hätten wir niemals die Ermittlungen gegen den Ehemann aufgenommen.«

»Sie meinen, dass Buggi mit Nitrosaminen vergiftet wurde?«, fragte Paul.

»Wohl kaum.« Keller schmunzelte. »So einfach machen es einem die Mörder leider nicht. Sie denken sich immer neue Tricks und Kniffe aus. Im aktuellen Fall dürfte jedoch eine ähnlich komplexe Ursachenforschung notwendig sein. Sonst würden die Kollegen nicht so lange brauchen.«

»Sie nehmen also an, dass es sich tatsächlich um Mord handelt?«

»Wenn der Leichenbeschauer ein Herzversagen oder Ähnliches als Todesursache bescheinigt hätte, wäre die Sache längst erledigt. So aber können wir davon ausgehen, dass eine Obduktion mit anschließender toxikologischer Analyse der Körperflüssigkeiten und Organe stattgefunden hat. Dabei werden neben Blut, Urin und Mageninhalt je nach Sachlage auch Teile von Leber, Lunge, Niere, Darm, Gallenblase mit Inhalt, Muskulatur, Gehirn sowie Haare untersucht. Sie können sich selbst denken, dass das eine gewisse Zeit in Anspruch nimmt. Und noch viel wichtiger: Giftmord kann nie ausschließlich durch die wissenschaftliche Analyse festgestellt werden.«

»Soll heißen?«

»Zusätzlich ist der Nachweis der Fremdbeibringung erforderlich: Die Kripo muss dem Täter oder der Täterin beweisen, dass er dem Opfer tatsächlich Gift eingeflößt hat.«

»Was die Angelegenheit nicht einfacher macht«, meinte Paul.

Keller nickte. »Aber Teil eins dieser Herkulesaufgabe ist schon schwierig genug: Denn durch die Fortschritte der modernen Chemie hat sich das Arsenal heutiger Giftmischer enorm vergrößert. Täter können auf Konzentrationen von Putz- und Reinigungsmitteln, Lack-, Holzschutz- und Pflanzenschutzpräparaten zurückgreifen, von Medikamenten ganz zu schweigen. Wir Polizisten befinden uns in einem Wettrüsten mit dem Verbrechen und müssen ständig in neueste Geräte und Apparaturen investieren, um nicht ins Hintertreffen zu geraten: Infrarotspektroskope, Kernresonanz- und Atomabsorptionsspektrometer, Röntgenfluoreszenzanalyzer – am Ende meiner Karriere kam ich mir zeitweise wie ein Chemie- oder Biologielaborant vor, so sehr nahmen uns die neuen Ermittlungsverfahren in Beschlag.«

»Wenn ich Sie richtig interpretiere, spricht alles dafür, dass Buggi definitiv keines natürlichen Todes gestorben ist und die Polizei einen Giftmörder jagt, richtig?«, versuchte Paul den Ex-Kommissar festzunageln.

Doch dieser wich aus: »Sie können meine Worte auslegen, wie Sie mögen. Aber bedenken Sie, dass ich nicht mehr im Rennen bin. Ich muss mich auf die dünnen Informationen stützen, die ich der Zeitung entnehme. Daraus ziehe ich meine Rückschlüsse. Ja, ich vermute, dass Buggi Weinfurther vergiftet worden ist. Aber das ist eine rein persönliche Meinung. Denn genauso gut kann es möglich sein, dass er unter einer tödlichen Krankheit gelitten hat, die bis dato nicht diagnostiziert worden ist. Wenn das zutrifft, können Sie sich Ihre Mördersuche sparen.«

»Was empfehlen Sie?«, fragte Paul und ahnte bereits, dass ihm die Antwort nicht passen würde.

»Abwarten und Tee trinken«, sagte Keller und lächelte seiner Frau zu, die ein Tablett mit Teekanne und drei Porzellantassen ins Wohnzimmer trug. »Ich hoffe, Sie mögen Earl Grey?«

Er hatte sich mehr erhofft vom Treffen mit dem pensionierten Kommissar, von dessen profunden Kenntnissen und Ermittlungsmethoden Jasmin in höchsten Tönen schwärmte. Zumindest einen deutlichen Fingerzeig in Richtung »Ja, bleiben Sie dran an dem Fall, es lohnt sich!«, hätte sich Paul von der alten Spürnase gewünscht. Doch nun wusste er zwar einiges über Gift und die Schwierigkeit, dessen Einsatz nachzuweisen, doch eine Art inoffiziellen Auftrag für weitere Nachforschungen hatte er nicht bekommen. Wäre wohl auch zu viel verlangt gewesen, räumte Paul im Stillen ein, während er zurück zur Haltestelle ging.

Sein Drang, sich als Nächstes Club-Vorstand Bronski vorzunehmen, hatte inzwischen spürbar nachgelassen. Und überhaupt schwand seine Lust, weiter Zeit für diesen Fall zu verschwenden, der womöglich keiner war und ihm – wenn es schlecht lief – nur noch mehr Ärger mit Fans und Funktionären bescheren würde. Am besten wäre es, wenn Paul seine Konzentration auf das bündeln würde, womit er sein Geld verdiente.

Ab ins Atelier!, zwang er sich selbst zur Räson und stieg in den Bus. Er würde seine Kartei durchgehen und einige alte Kunden anrufen, ob es etwas für ihn zu tun gäbe. Für den Bauernverband ein paar Aufnahmen von der Ernte im Knoblauchsland schießen, im Auftrag der Schlösserverwaltung die Fortschritte der Kaiserburgsanierung anfertigen oder Werkfotos fürs Magazin der Industrie- und Handelskammer beisteuern. Vielleicht hatte auch die Messe einen Job für ihn, was meistens besonders lukrativ war. Notfalls könnte er auch bei Victor Blohfeld durchläuten, obwohl er wenig Lust hatte, für den Polizeireporter zu oft nachtschlafender Zeit Unfallfotos zu schießen.

Seine Planungen wurden wenig später über den Haufen geworfen, als er die Treppenstufen zu seinem Atelier im Obergeschoss hinaufkam und schon eine Etage tiefer den Hauch eines teuren Parfüms schnupperte.

Vor der Tür seines Lofts stand eine schlanke Frau, die ihm den Rücken zuwandte. Sie hatte langes, glänzend dunkles Haar, trug einen luftigen Blouson in Bonbonrosa, und ihr sehr kurzer Rock verbarg nur Bruchteile ihrer schlanken Beine.

Ein Model, das einen Termin für ein Shooting ausmachen wollte? Falsch, ahnte Paul, noch bevor sich die Frau zu ihm umgedreht hatte.

»Ah, da sind Sie ja. Ich chabe auf Sie gewartet.« Svetlana öffnete ihre Kulleraugen weit und fügte hinzu: »Oder darf ich ›du‹ zu dir sagen wie neulich in Diiisco?«

Paul stimmte mit leichtem Nicken zu, schloss die Tür auf und ließ seine Besucherin eintreten.

»Woher kennst du die Adresse meines Studios?«, fragte er noch immer überrascht über die unerwartete Visite und bekam die Antwort, die er verdiente: »Aus dem Internet. Googelst du Paul Flemming, bekommst du den Weinmarkt. Ist gaaanz einfach. Außerdem ich chabe ja noch deine Karte. Die chast du mir gegeben. Schon vergeeeessen?«

Sie setzte ein Lächeln auf, das Paul nicht anders als betörend bezeichnen konnte. Diese Spielerbraut war nicht nur eine Schönheit der Nacht, sondern auch bei Tageslicht eine Augenweide. Ihr Gesicht könnte mit dem jeder Schönheitskönigin konkurrieren, von der Figur ganz zu schweigen. Dabei mischten sich in die makellosen Züge Anzeichen von Temperament, Eigenwilligkeit, vielleicht sogar ein Hauch Rebellion. Das verlieh ihr das gewisse Etwas und hob sie über das Niveau der immer gleichen Mannequins aus den Modekatalogen. Paul erkannte ein

Feuer, das in ihr loderte und Svetlana nur noch reizvoller machte. Er ertappte sich bei dem Gedanken, dass er diese – zumindest optisch – bemerkenswerte Frau gern fotografieren würde.

Und genau das war ihre Absicht, wie er erfuhr: »Ich möööchte Fotos für meine Dirk. Er soll sie bei siiich tragen, wenn er zu seinen Auswärtsspielen fährt. Er soll sie anguuucken, damit er mich niiicht vergisst abends in Hotel.« Sie streckte ihren rechten Arm aus, wobei ihr beinahe das glitzernde Gucci-Täschchen von der Schulter rutschte, und zeigte auf die Mokkabraune. Der lebensgroße Abzug einer Aktaufnahme aus Pauls kreativer Frühphase seiner Fotografenkarriere gab offensichtlich ein gutes Beispiel für ihre Vorstellungen ab. »Sooo was möchte ich auch chaben von mir. Ganz nackt, wie mich Gott schuuuf. Nur für die Augen von meine Dirk.«

Und für meine Augen, fügte Paul in Gedanken hinzu und malte sich aus, wie Sakowsky reagieren würde, wenn er erführe, dass ausgerechnet Paul Aktfotos von seiner Freundin machen sollte.

»Ich scheeenke die Bilder ihm zu uuunserem neunten Jubiläum«, fuhr Svetlana munter fort und zog ihren Blouson aus. Darunter trug sie ein ziemlich transparentes Hemdchen mit Spaghettiträgern.

»Neun Jahre?«, fragte Paul, besann sich und korrigierte in: »Neun Monate?«

»Neun Wooochen«, flötete Svetlana gut gelaunt. »Wir sind jetzt seit zwei Mooonaten und vier Tagen ein Paar. Und bald werden wir sein Mann und Frau.« Sie senkte den Blick auf ihren Ringfinger, der noch jungfräulich schmucklos daherkam. Dann sah sie wieder zu ihm auf und fragte mit einer Naivität, die nur gespielt sein konnte: »Soooll ich mich für dich ausziehen?«

»Nein!«, antwortete Paul wie aus der Pistole geschossen und hätte sicherheitshalber gern noch angehängt: Auf gar keinen Fall!

Svetlana zog einen Schmollmund. »Nicht wenigstens ein kleines biiisschen?«

Paul blieb bei seinem Nein und begründete es damit, dass Dirk Sakowsky ihm erst kürzlich sehr deutlich zu verstehen gegeben hätte, seine Freundin künftig nicht mehr zu behelligen.

»Ich kann mir nicht vorstellen, dass er mich als Fotografen für diese intimen Aufnahmen akzeptieren würde«, meinte Paul, woraufhin seine Besucherin tief enttäuscht seufzte und sich auf einen Barhocker an der Küchentheke sinken ließ.

»Immer gleich mit euch deutsche Määänner. Zu schüchtern seid ihr. Euch niiichts trauen.«

»Mit Schüchternheit hat das nichts zu tun – mit dem Trauen aber schon«, gab Paul offen zu. »Ich möchte keinen Krach mit einem der Topspieler vom Club.« Als sie ihn traurig und gekränkt ansah, versuchte er es auf die charmante Tour: »Svetlana, nicht jeden Tag besuchen mich so reizvolle Damen mit sehr blauen Augen. Ich möchte mich nicht über deinen Besuch beschweren. Aber sag mal: Weshalb bist du eigentlich wirklich hier?«

»Ich wollte Fotos. Sagte ich doooch. Und – ... uuund mich bei dir bedanken.«

»Bedanken? Bei mir? Wofür?«

»Ich chabe deine – wie sagt man? – Chaltung bewundert neulich in Diiisco. Dass du nicht sauer warst wegen die Sache mit Dirk.«

»Das ist kein Grund, dankbar zu sein. Außerdem war ich sauer. Ziemlich sogar.«

Sie lächelte zuckersüß. »Aber dass du Dirk keinen Ärger gemacht chast nach eurer Autofahrt, das war neeett. Du chättest ihn ja anzeigen kööönnen bei die Polizei.«

»Weshalb denn? Etwa wegen Freiheitsberaubung? Ich bin freiwillig in seinen Schlitten gestiegen.«

»Jedenfalls möööchte ich mich gern erkenntlich zeigen – auf irgendeine Aaart.«

»Soso.« Paul fragte sich unwillkürlich, ob seine Besucherin ihn verladen wollte. Misstrauisch fragte er: »Was würdest du denn da vorschlagen?«

»Das müüüsste man überlegen. Kooomm doch in unser Penthouse am Wöhrder See und esse mit mir zu Aaabend. Ich bin allein heute, meine Dirk ist unterwegs.«

Paul konnte es kaum fassen: Was sollte das werden? Baggerte Svetlana ihn ernsthaft an? Er versuchte mit Ironie darauf zu reagieren: »Was willst du mir denn vorsetzen? Austern?«

»Nein, ernsthaft, Paul: Ich möööchte dich beeesser kennenlernen.« Sie trat näher, strich um ihn herum wie eine verschmuste Katze. Fehlte nur noch, dass sie schnurrte. »Sag mal: Fooorschst du eigentlich immer noch diesem toten Buuusfahrer chintercher?«

»›Forschen‹ würde ich das nicht nennen. Aber ja, ich bin am Ball.«

»Dann kooommst du also heute Abend, um mir davooon zu erzählen?«, fragte sie mit heftigem Augenliderklimpern.

Paul beschloss, sich auf Svetlanas Spielchen einzulassen. Er wollte doch zu gern erfahren, wohin ihn das führen würde: »Soll das eine formelle Sache werden mit steifen Stühlen und höflicher Konversation – oder etwas Gemütlicheres, mit Schampus und gedimmtem Licht?«, fragte er im gleichen Säuselton, den seine Gesprächspartnerin angeschlagen hatte.

»Was bevooorzugst du denn, Paul?«

»Was dich in Stimmung und zum Sprechen bringt.«

»Iiich soll sprechen? Was maaagst du denn chören? Meine lückenlose Lebensgeschiiichte vielleicht?«

»Nur bis Kapitel sechs, das würde mir fürs Erste reichen.« Sie stand jetzt so dicht vor ihm, dass er ihren warmen Atem spürte. »Aber eigentlich geht es dir mehr darum, dass ich plaudere und nicht du, stimmt's?«

»Schon möööglich.«

»Wenn es das ist, worauf du hinauswillst, stellst du dich nicht besonders geschickt an.«

»Wiesooo?« Sie blinzelte irritiert.

»Weil du nur Worte benutzt, anstatt zu handeln. Da heißt es doch immer, die schöne Verführerin lässt sich von ihrem Opfer küssen und zaubert dabei die gewünschten Informationen aus ihm heraus.« Paul pokerte nun sehr hoch, denn er wollte sehen, wie weit Svetlana für ein paar Informationsbrocken über Buggi gehen würde. Doch sie blieb unbeeindruckt.

Sie zuckte nicht einmal mit der Wimper, als sie sagte: »Du könntest miiich ja küssen.«

»Ich weiß aber nicht, ob das fair wäre. Denn ich glaube kaum, dass ich dir danach das erzählen könnte, was du hören willst. Die Wahrheit sieht so aus, dass ich über Buggis Tod bislang nicht mehr erfahren habe als jeder andere, der regelmäßig die Tageszeitung liest.«

»Dann wir cheben den Kuuuss für den Moment auf, in dem du mehr weißt.«

»Kluge Entscheidung«, meinte Paul erleichtert, denn die Sache wurde ihm nun doch zu heiß.

Svetlana aber fasste ihn unvermittelt in den Nacken und zog seinen Kopf zu sich herunter. »Weil du so schön, lieb und gescheit bist, bekommst du eine Kooostprobe.« Damit setzte sie ihre warmen feuchten Lippen auf seinen Mund.

»Hallo, Paul, ich bin gerade vorbeigekommen und wollte bloß ...« Ohne jede Vorwarnung rauschte Pauls Frau zur Tür herein und platzte mitten in das Tête-à-Tête, das ja eigentlich gar keines war. Sie unterbrach sich selbst mitten im Satz, als sie ihren Mann eng umschlungen mit der ihr unbekannten, verflixt hübschen jungen Frau erblickte. Wie erstarrt blieb sie stehen.

»Oh, ich bitte vielmals um Entschuldigung«, meinte sie mit sarkastischem Unterton

»Keine Ursache«, flötete Svetlana und löste sich nur sehr langsam und scheinbar widerstrebend von Paul. »Sie sind Frau Blööööhm, richtig? Iiich geh dann mal.«

»Aber nicht meinetwegen«, sagte Katinka tonlos und mit versteinertem Blick.

»Doch, doch, Frau Blööööhm, ich muss los.«

»Von mir aus hätten Sie bleiben können. Und übrigens heiße ich ›Blohm‹, nicht ›Blöhm‹.«

»Oh, ja, Verzeihung. Meine Schuuuld.« Svetlana stakste auf ihren Stilettos an Katinka vorbei. Bevor sie den Raum verließ, drehte sie sich noch einmal zu Paul um: »Diiich erwarte ich um acht. Champagner auf Eis bei gedimmtem Liiiicht. Ich freue mich.« Damit entschwand sie und ließ nur ihre Duftwolke zurück.

Paul brauchte einige Sekunden, um sich zu sammeln. Dann redete er auf die noch immer am selben Fleck stehende Katinka ein: »Kati, du glaubst doch wohl nicht etwa, dass ich diese ... – ähm, diese Frau eben ... äh – dass ich sie geküsst hätte, oder?«

»Aber nein, Paul! Wie käme ich dazu? Dein Gesicht ist nur ausgerutscht und zufällig auf ihrem gelandet. Das verstehe ich doch, das passiert jedem einmal«, sagte sie mit beißendem Spott.

»Das war Svetlana. Du weißt schon: Die Freundin vom Sakowsky. Sie wollte irgendein undurchsichtiges Spielchen mit mir anfangen, aber ich habe den Spieß umgedreht und sie mit ihren eigenen Mitteln geschlagen.«

»Das kann ich sehen. Muss ja ein Nahkampf mit ganzem Körpereinsatz gewesen sein. Von ihrem Lippenstift hast du jedenfalls ganz schön was abbekommen.«

Paul ging mit ausgestreckten Armen auf sie zu. »Also, jetzt hör mal, mein Schatz ...«

Katinka wandte sich demonstrativ ab. »Lass uns nicht weiter darüber sprechen«, sagte sie zutiefst beleidigt. »Du hast so viel Willenskraft wie ein Meerschweinchen. Aber das weiß ich ja inzwischen, das ist eine deiner vielen Eigenschaften, die ich eben akzeptieren muss.«

»Bitte lass diesen Sarkasmus. Oder denkst du wirklich, dass ich diese unreife Discotussi zum Vergnügen geküsst habe?«

»Wie könnte ich?«, gab sich Katinka empört.

»Sie kam hierher, um mich über Buggi auszufragen!«, betonte Paul mit all der Ernsthaftigkeit, die er zustande brachte.

»Und?« Noch immer dieser Spott in der Stimme.

»Und? Kati, das zeigt, dass sie keinerlei Ahnung hat von den Hintergründen der Tat. Und somit ihr Künftiger wohl auch nicht, denn ich nehme an, dass er sie vorgeschickt hat.«

Katinka neigte skeptisch den Kopf. »Das glaubst du doch wohl selbst nicht. Angesichts von Sakowskys rasender Eifersucht, die du ja schon zu spüren bekommen hast, würde er seine Süße nie im Leben freiwillig zu Paul Flemming schicken.«

»Dann hat sie eben selbst die Initiative ergriffen. Ganz egal. Wichtig ist, dass sie hier war.«

»Und davon hast du *was* genau?«

»Aber ich bitte dich: Jetzt ist klar, dass wir Dirk Sakowsky von der Liste der Verdächtigen streichen können. Svetlana hat mir durch ihre naive Unwissenheit den Beweis dafür auf dem Silbertablett geliefert ...«

»... und macht nebenbei Freiwild aus jedem Mann, der ihr über den Weg läuft.« Katinka funkelte ihn zornig an. »Paul, deine Argumentation hinkt total. Dass Sakowsky wohl nicht der Mörder ist, hätte ich dir auch sagen können. Denn erstens gibt es nach wie vor keinen Hinweis auf Mord, und zweitens fehlt dem Mann ein triftiges Motiv.«

»Mag sein«, geriet Paul abermals in die Defensive. »Aber der Tod des Busfahrers scheint Svetlana und ihn trotzdem sehr zu beschäftigen. Sonst hätte sie mich nicht auszufragen versucht und erst recht nicht zum Essen eingeladen. Wer weiß: Vielleicht will sie mich auf die richtige Spur führen und gibt etwas über andere Leute beim Club preis, mit denen Buggi im Streit lag.«

»Und dieses Wissen will sie mit dir bei Champagner und noch mehr heißen Küssen teilen? Vergiss es!«

»Aber nun versuch doch bitte einmal zu verstehen ...«

Ruckartig riss sich Katinka aus ihrer Starre, lief zur stillgelegten Dunkelkammer hinüber und schloss sich darin ein.

Paul folgte ihr auf dem Fuß, klopfte an die Tür: »Katinka! Mach keinen Blödsinn! Es ist wirklich nichts passiert, was einen solchen Ärger wert wäre.«

»Du kannst mich mal!«, kam es fluchend aus der Kammer.

»Mach bitte auf! Ich möchte in Ruhe mit dir darüber sprechen.«

»Ich lege keinen Wert darauf, mit dir zu sprechen.«

Paul, der sich viel mehr über sich selbst ärgerte als über Katinkas Szene, hämmerte noch fester gegen die Tür. »Ich knacke das Schloss, wenn du nicht öffnest!«

»Bitte, probier es doch und sieh zu, was du davon hast.«

»Also gut!«, wetterte Paul und trat mit dem Fuß gegen das Holz, dass es nur so krachte.

Katinka reagierte, indem sie aufsperrte und sich Paul mit puterrotem Gesicht entgegenstellte. Sie bohrte ihm den Zeigefinger in den Bauch, als sie schimpfte: »Du bist wohl wahnsinnig!?«

»Nicht wahnsinnig, sondern langsam etwas verzweifelt. Was soll ich denn machen, damit du mir glaubst?«

»Ich glaube das, was ich sehe. Und gesehen habe ich genug.«

»Aber Kati, begreif bitte, dass dieses Mädel nicht auf mich, sondern auf mein Wissen abzielt. Ihr geht es einzig und allein darum, Schaden von Sakowsky abzuhalten, weil sie sich wahrscheinlich Sorgen darum macht, dass böses Gerede ihre Hochzeitspläne vereiteln könnte. Vielleicht fürchtet sie, Sakowsky würde einen Rückzieher machen. Deshalb war Svetlana bei mir, und aus keinem anderen Grund. Verstehst du das?«

»Schon. Aber ich erkenne keinerlei roten Faden zu deinen Zärtlichkeiten mit ihr.«

»Kati, wo bleibt deine Menschenkenntnis?«, appellierte Paul an seine noch immer vor Wut kochende Frau. »Was ist Svetlana denn für ein Typ? Was für ein Geschütz kann ein Mädchen ihres Kalibers auffahren, wenn sie wirklich etwas erreichen will? Ihre Reize! Ich wollte sie für den Moment in dem Glauben lassen, dass sie damit bei mir ankommt.«

»Wäre ja okay, wenn du zum Schein darauf eingegangen wärst. Aber küssen?«

»Ausschlaggebend ist nicht, wo man mit seinen Lippen, sondern wo man mit seinem Verstand ist. Wenn sich Svetlana einbildet, sie könnte mich einwickeln mit ihren großen runden Augen, dem russischen Akzent und ihren sonstigen Attraktionen, dann umso besser! Entscheidend ist, was ich wirklich denke und empfinde.«

»Du machst es dir immer so leicht, Paul. Nein, wirklich, für wie naiv hältst du mich eigentlich? Ich bin eine erwachsene Frau und kein Teenager, den man mit ein paar dümmlichen Floskeln um den Finger wickeln kann.«

»Ich will dich nicht um den Finger wickeln, mein Schatz. Ganz sicher nicht. Ich möchte lediglich, dass du diese alberne Szene nicht überinterpretierst. Denn das ist sie nicht wert.« Er zwinkerte ihr zu. »Abgesehen davon ist Svetlana absolut nicht mein Typ. Du weißt doch: Ich stehe auf Blondinen in Staatsanwaltsroben.«

»Spar dir deine dünnen Witzchen«, wies Katinka seine Versöhnungsversuche zurück. »Ich bin verdammt sauer, und daran wirst du weder mit deinem kindischen Blinzeln noch mit fadenscheinigen Ausreden etwas ändern.« Sie wandte sich ab. »Du hast Mist gebaut und kannst von Glück reden, wenn ich heute Abend wieder mit dir spreche. Aber jetzt habe ich keine Lust auf weitere Diskussionen. Lass mich in Ruhe und geh mir aus den Augen.«

Als Paul Stunden später vor Sakowskys Edelappartement – einem eleganten mehrstöckigen Komplex im Bauhausstil – stand, hatte er nichts dabei außer einigen festen Vorsätzen: zum einen den, dass er Svetlana kein zweites Mal so nahe an sich herankommen lassen würde. Zum anderen, dass er nun selbst derjenige sein wollte, der die Fragen stellte. Und nicht zuletzt musste er ihr klarmachen, dass sie sich ihre Spielchen künftig sparen konnte.

Er kam in der Erwartung, dass Svetlana ihm mit ihrem süßen Lächeln und spärlich bekleidet öffnen würde. Sie überraschte ihn, als sie nach seinem dritten Klingeln hochgeschlossen in biederer Bluse und grauer Flanellhose an die Tür trat – ungeschminkt und sichtlich irritiert über sein Erscheinen.

»Paul? Du?«

»Ja, ich. Wir hatten eine Verabredung, wenn ich mich recht erinnere.«

»Ich chabe nicht gedacht, dass du kooommen würdest. Nicht nachdem ...« Sie biss sich auf die Lippen.

»Nicht nachdem du mich vor meiner Frau lächerlich gemacht hast. Wolltest du das sagen?«

Svetlana nickte zaghaft. Dann trat sie beiseite und ließ ihn eintreten.

Für die Innenausstattung der Nobelwohnung hatte Paul kaum ein Auge übrig, er nahm nur beiläufig die spärliche Möblierung wahr: einige wenige Werke abstrakter Kunst an den weißen Wänden, vereinzelte Einrichtungsgegenstände in weißem Lack. Alles in allem Ausdruck schlichter Eleganz. Paul fragte sich, ob Sakowsky diesen puristischen Stil vorzog, oder ob er nur seiner klammen Kasse geschuldet und der verbliebene Rest der Ausstattung für den Unterhalt seines Ferraris draufgegangen war.

»Und jetzt?«, fragte Svetlana, die etwas verloren in dem großen Wohnsalon stand. »Was faaangen wir an mit diese schöne Abend?«

»Nichts«, stellte Paul sachlich fest. »Ich bin nicht gekommen, um deine Scharade fortzusetzen. Für solche Spielchen bin ich dann doch zu alt. Alles, was ich möchte, sind ein paar Informationen: Warum bist du – oder seid ihr – an den Umständen von Buggis Tod interessiert?«

Svetlana schien mit sich zu hadern, ob sie ihre Rolle als naive Sexbombe weiterspielen oder ihre fraglos vorhandene Intelligenz zum Formulieren einer vernünftigen Antwort verwenden sollte. »Ich bin nicht siiicher«, sagte sie zögerlich. »Uuuns interessiert, wer steckt dahinter.«

»Weshalb? Warum ist es für euch so wichtig?«

»Nicht wiiichtig. Wir nur sind neugierig.«

»Solch ein großer Aufwand, nur um Neugierde zu befriedigen?« Paul sah sie zweifelnd an.

Svetlanas süße Unschuldsmiene wich einem Ausdruck, der zumindest einen Hauch von Ernsthaftigkeit vermittelte. »Wir wollten wiiissen, ob die Polizei dem Täter auf Spuuur ist.«

Paul horchte auf. »Dem Täter? Hast du denn einen Verdacht?«

Wieder brauchte Svetlana Zeit, bevor sie antwortete: »Ja, natüüürlich.«

»Und? Verrätst du es mir?«

»Nein. Wir nicht wollen schlecht spreeechen über Kollegen.«

Paul spürte seine wachsende Anspannung. Hatte Svetlana tatsächlich einen konkreten Anhaltspunkt? Oder setzte sie bloß zu einer neuen Runde ihres mäßig lustigen Gesellschaftsspiels an, andere Leute zum Narren zu halten? »›Kollege‹, sagst du? Handelt es sich etwa um jemanden aus dem Kader?«

»Vielleicht. Vielleicht auch niiicht. Ich werde es nicht sagen diiir.« Sie wedelte abwehrend mit ihren Händen und ließ dabei ihr Silberarmbändchen klimpern. »Wir sind nicht siiicher mit unsere Verdacht. Waren wohl doch die Füüürther.«

»Das glaubst du doch selbst nicht«, meinte Paul enttäuscht über ihren Rückzieher. »Die Gerüchte um eine Verwicklung von Greuther Fürth sind längst vom Tisch.«

Als Svetlana daraufhin nur die Schultern zuckte, wurde es Paul endgültig zu dumm. Er verschwendete hier nur seine Zeit. »Okay, danke für das Gespräch«, sagte er mit unverhohlenem Spott und ging zur Tür.

Svetlana trippelte hinter ihm her. »Willst du niiicht noch bleiben? Ich chatte dir Champagner versprochen.«

»Danke, ich bevorzuge Bier. Und das trinke ich lieber woanders.«

Er hatte schon den Türknauf in der Hand, als ihm Svetlana unverhofft einen Tipp mit auf den Weg gab: »Chalte dich an Bronski. Bronski ist Boooss, und Boooss weiß Bescheid. Er kann dir sagen, wer es war.«

13

Dieser neue deutliche Wink in Richtung des Club-Vorstands ließ Paul keine Ruhe. Am nächsten Morgen, gleich nach dem Frühstück, setzte er sich in seinen Renault und fuhr nach Erlenstegen.

Es war ein warmer, etwas dunstiger Tag, und während er sich eine Parklücke in der leicht abschüssigen Allee des Villenviertels suchte, an die Bronskis Grundstück angrenzte, wurde ihm klar, dass der Herbst nicht mehr lange auf sich warten lassen würde. Zwar trugen die Kronen der Bäume noch ihre grüne Pracht, und auch nach Eichhörnchen auf ihrer Jagd nach Nüssen und Eicheln hielt er vergebens Ausschau. Doch der Sommer neigte sich unweigerlich seinem Ende zu. Vielleicht, überlegte Paul, sollte er den Wechsel der Jahreszeiten bei der Zusammenstellung seiner nächsten Gerichte berücksichtigen.

Paul hatte mehr Glück als Verstand: Er wollte sich bei der ersten Visite seines neuen Hauptverdächtigen aufs Beobachten beschränken und hatte sich daher von vornherein auf längeres Warten eingestellt. Doch kaum war er im Sitz seines Renaults in Gedanken versunken, wurde er auf das Geräusch eines Motors aufmerksam.

Er schaute in den Rückspiegel und sah einen dunklen SUV, der sich schnell näherte. Der Wagen – Paul identifizierte ihn jetzt als Audi Q7 – rauschte an ihm vorbei, um gleich darauf das Tempo zu drosseln und vor Bronskis Toreinfahrt zum Stehen zu kommen. Paul registrierte das Kennzeichen: N-FC. Also ein Besucher, der zum Verein gehörte, oder ihm zumindest eng verbunden war, folgerte er.

Die Tür des Audis öffnete sich, und ein Mann mittlerer Größe stieg aus. Da er eine Baseballmütze mit tief in die Stirn gezogenem Schirm trug, konnte Paul das Gesicht des Fahrers nicht erkennen.

Jedenfalls nicht sofort. Als sich der Neuankömmling mehrmals in alle Richtungen umsah und dabei seinen Kopf hob, wusste Paul Bescheid: Niemand anderes als Stürmer Kevin Modzig stand vorm Tor seines Bosses und machte ... – ja, was eigentlich? Paul war verwundert darüber, dass Modzig nicht zielstrebig zur Sprechanlage an der Sandsteinsäule trat und klingelte. Stattdessen hielt der Fußballer noch immer nach allen Seiten Ausschau. Paul meinte sogar Misstrauen und Vorsicht aus seinen Blicken lesen zu können, aber vielleicht kniff Modzig die Augen nur deshalb zusammen, weil ihn das Sonnenlicht blendete.

Modzig ließ sich Zeit. Erst als er davon überzeugt zu sein schien, dass ihn nichts und niemand störte, beugte er sich ins Innere seines Wagens, förderte einen schmalen Aktenkoffer zutage und ging endlich zur Toreinfahrt hinüber.

Paul war ziemlich neugierig, was sich als Nächstes ereignen würde, musste sich aber weiter in Geduld üben. Aus der Beobachtung, dass sich Modzig über die Sprechanlage beugte und gestenreich mit einem nicht sichtbaren Gesprächspartner redete, schloss Paul, dass es einigen Erklärungsbedarf gab. Der Spieler schien seinen Besuch nicht angemeldet zu haben und musste Bronski seine Beweggründe wohl erst erläutern.

Geschlagene zehn Minuten dauerte es, bis sich die beiden hohen Stahlgittertore wie zwei Flügel öffneten. Paul war während der Zeit des Wartens auf seinem Sitz immer kleiner geworden – aus der Besorgnis heraus, entdeckt zu werden.

Doch Modzig hatte andere Sorgen: Er wurde nicht etwa hereingelassen, wodurch er sich Pauls Blickfeld entzogen hätte, sondern vor der Tür abgefertigt. Bronski – für Paul zweifelsfrei an der bulligen Statur und der angespannten Körperhaltung zu erkennen – stellte sich breitbeinig mitten in die Einfahrt, beide Hände in den Hosentaschen. In seinem Mund steckte eine dicke Zigarre.

Paul griff nach hinten und holte seine Fotokamera vom Rücksitz. Das Teleobjektiv war bereits drauf, sodass er die beiden durch den Sucher in Nahaufnahme beobachten konnte.

Ihre Gesichtsausdrücke verhießen nichts Gutes. Bronski wirkte verärgert und ungeduldig, während Modzig eindeutig in Erklärungsnöten steckte. Bloß in welchen? Das blieb für Paul ebenso rätselhaft wie der eigentliche Grund des Besuchs. Wenn er sich einen Reim darauf machen wollte, warum der Vorstand den Spieler draußen stehen ließ, dann nur den, dass sich beide seit den Wechselgerüchten von Modzig nicht mehr grün waren. Aber warum ausgerechnet auf der Straße? Für Krisengespräche gab es beim FCN geeignete Räume, verschwiegen und außerhalb des Radius von Paparazzi – als solcher fühlte sich Paul nämlich gerade.

Der Disput der beiden Männer, der sich für Beobachter Paul leider ohne Ton abspielte, verlief hitzig und erreichte einen Höhepunkt, als Bronski seinen Besucher heftig gegen die Schulter stieß. Daraufhin machte Modzig Anstalten zu gehen, besann sich aber und hob den Aktenkoffer in die Höhe, den er nach wie vor in der Hand hielt.

Bronski schenkte dem schwarzen Koffer keine Beachtung oder gab dies zumindest vor. Erst nachdem er den Spieler mit fest aufeinandergepressten Lippen und strafendem Blick für etliche Sekunden fixiert hatte, griff er zu und nahm ihn Modzig ab. Ohne eine Geste des Abschieds, ohne ein Winken oder Nicken, kehrte er dem Kicker den Rücken und ließ ihn stehen. Surrend schlossen sich die Tore.

Paul blickte wie gebannt durch seine Kamera. Er beobachtete Modzig, der wie ein begossener Pudel an Ort und Stelle verharrte und sich erst einmal sammeln musste.

Was mochte in dem Koffer gesteckt haben? Paul hätte den Inhalt zu gern gekannt, würde den Fußballer aber kaum danach fragen können. Der verharrte noch immer niedergeschlagen vor dem Tor, bis er mit hängenden Schultern zu seinem Wagen schlich.

Paul hielt Modzigs Rückzug genauso mit einigen Fotos fest wie zuvor den Streit mit dessen Chef, bevor er die Kamera absetzte und auf den Sitz legte. Dabei fiel sein Blick zufällig auf die Reihe parkender Autos auf der anderen Fahrbahnseite – und er zuckte erschrocken zusammen.

Schräg hinter seinem Renault stand ein aschgrauer VW Passat, in dem zwei Männer saßen. Beide hatten ihre Köpfe auf Paul gerichtet – und beobachteten ihn, genau wie er es kurz davor bei Modzig und Bronski getan hatte.

Paul wandte sich schnell ab, doch nur, um sich kurz darauf noch einmal zu vergewissern. Leider mit demselben beunruhigenden Resultat: Die beiden Fremden hatten es zweifelsfrei auf ihn abgesehen. Sie ließen ihn nicht aus den Augen.

Das gefiel Paul ganz und gar nicht. Wer mochten die Männer sein? Seit wann hielten sie sich schon dort auf? Und am wichtigsten: Was wollten sie von ihm?

Auf keine dieser Fragen fand Paul ad hoc eine Antwort. Doch ihm dämmerte sehr bald, dass er sich ihnen schleunigst entziehen musste. Denn was diese finsteren Figuren auch planten, es konnte nichts Gutes sein.

Paul zwang sich, ruhig zu bleiben, während er den Zündschlüssel umdrehte und den Rückwärtsgang einlegte. Mit dreimaligem Rangieren brachte er seinen Renault aus der Parklücke. Dann ein kurzer Blick auf die Seite gegenüber: Die Männer beobachteten ihn noch immer.

Paul gab Gas. Die Vorderreifen quietschten, als er sein betagtes Gefährt zur Flucht antrieb. Er schaltete in den zweiten Gang, reizte ihn bis zum Anschlag aus und ließ den dritten Gang ins Getriebe krachen. Ein Blick in den Rückspiegel bestätigte seine Befürchtung: Der Passat folgte ihm!

»Verdammt!«, fluchte Paul.

Er verließ das Villenviertel und lenkte sein Auto auf die Erlenstegenstraße in Richtung Innenstadt. Der altersschwache Motor seines Wagens protestierte röchelnd, als er ihn zu noch mehr Leistung trieb. Doch es musste sein. Denn der Spiegel verriet ihm, dass seine Verfolger dranblieben. Zwar mit gebührendem Abstand, aber ihm auf der Fährte.

Letzte Zweifel räumte Paul aus, als er, ohne zu blinken, in den Thumenberger Weg abbog und sich durch etliche Seitenstraßen umständlich bis nach Schoppershof durchfranste. Der Passat machte jedes seiner Fahrmanöver nach und ließ sich nicht abwimmeln.

Paul war hin- und hergerissen und wusste nicht, was er tun sollte. Er dachte daran anzuhalten und die beiden Männer zur Rede zu stellen. Doch die Furcht, dass sie ihm nicht aus Konversationsgründen folgten, sondern Schlimmeres im Schilde führten, überwog. Also fuhr er weiter, steuerte den Renault auf die Äußere Bayreuther Straße und fuhr mit 70 Sachen in Richtung Nordostbahnhof.

In der Warteschlange vor der Ampel am Leipziger Platz verlor er die Verfolger aus den Augen und hoffte schon, sie abgeschüttelt zu haben. Doch kaum setzte sich die Blechlawine wieder in Bewegung, wechselte der Passat auf die linke Spur und schloss zügig zu ihm auf.

Paul spürte seinen beschleunigten Puls und tastete nach seinem Handy in der Hosentasche. Würde er die Typen nicht in den nächsten Minuten loswerden, müsste er die Polizei rufen.

In der Kilianstraße, in die er kurz darauf einbog, erhöhte er das Tempo abermals und überholte einen Kleintransporter. Unter wütendem Hupen des Gegenverkehrs zog der Passat ebenfalls am Lkw vorbei.

Jetzt wurde Paul die Sache endgültig zu heiß! Während er seinen Renault viel zu schnell über den Asphalt jagte und eine Ampel beim Umspringen auf Rot missachtete, versuchte er die Notrufnummer in sein Handy einzutippen.

Doch zu spät! Der Passat war unmittelbar hinter ihm! Das Handy entglitt Pauls zittrigen Fingern und fiel in den Fußraum.

»Verdammt!«

Es blieb keine Zeit, sich zu bücken! Er preschte mit seinem Wagen weiter in Richtung Thon, vorbei an

Lagerhallen, Werbetafeln und Gebrauchtwagenhändlern. Der Passat setzte zum Überholen an, befand sich jetzt neben ihm! Er hatte keine Chance, zu entkommen. Der Motor des VW war seinem weit überlegen. Der Panik nahe sah sich Paul auf Augenhöhe mit seinen beiden Verfolgern, die zu ihm herüberblickten.

Die Seitenscheibe des Passats wurde heruntergelassen. Was würde als Nächstes geschehen?, fragte sich Paul, der bereits eine Pistole in der Hand des Beifahrers wähnte.

Aber da täuschte er sich. Seine Einbildungskraft spielte ihm einen Streich, kein Wunder in dieser Stresssituation.

Eine Kelle war es, die der Mann im Passat aus dem Fenster hielt und Paul signalisierte, dass er an den Straßenrand fahren sollte. Eine Polizeikelle.

»Ach, du Schei…«, ärgerte sich Paul und war nahe dran, in sein Lenkrad zu beißen.

Statt nach Hause zog es ihn an den Weinmarkt, sein altes Refugium. Vielleicht würde er hier dem ein oder anderen begegnen, der ihn so nahm, wie er war, und ohne großartige Fragerei Trost spendete. Am liebsten wäre ihm sein alter Freund, Pfarrer Hannes Fink, den er in der Sebalduskirche anzutreffen hoffte.

Paul trat durch das Brautportal ein. Als er den Geruch von Frömmigkeit einatmete – diese unverkennbare Mixtur aus uraltem Staub, moderigen Gesangbüchern und zerbröselndem Stein –, fühlte er sich geborgen. Sein kleines Stimmungshoch hielt allerdings nur solange an, bis er im Schatten eines der sandsteinernen Pfeiler anstelle des Geistlichen eine ganze andere Person aus seinem Bekanntenkreis entdeckte: Victor Blohfeld stand unweit des Altars, den Blick nach oben auf die Mosaikfenster gerichtet.

Paul stellte sich neben den Reporter, dessen Trenchcoat über seinem dürren Körper schlackerte wie das Hemd eines Nachtgespenstes.

»Blohfeld in der Kirche! Na, gibt's denn so was?«

Der Ertappte schreckte zusammen, fing sich aber sofort wieder. »Warum denn nicht? Ich schaue öfters mal rein. Hier ist es ruhig und kühl, ein wohltuender Kontrast zur Hektik in der Redaktion. Außerdem kostet es nichts, sich hier aufzuhalten, im Gegensatz zum Wirtshaus oder dem Café.«

»Geben Sie doch zu, dass selbst ein hartgesottener Bursche wie Sie ab und zu ein Gebet spricht«, versuchte Paul den wahren Grund für Blohfelds Ausflug herauszukitzeln. »Oder sind Sie Atheist?«

Blohfeld blieb ungerührt, als er erklärte: »Atheist? Nein, das kann ich nicht von mir behaupten. Die Sache ist mir so egal, dass ich nicht einmal Gottes Existenz leugnen würde. Ich finde Kirchen als Zeugnisse der Architektur- und Kulturgeschichte interessant und schätze sie – wie gesagt – als Oasen der Ruhe. Aber beten? Ganz gewiss nicht.«

Typisch Blohfeld, dachte Paul. Dieser Mann würde sich niemals auf irgendetwas festlegen, das man ihm als persönliche Schwäche auslegen könnte. Dazu war er allem und jedem gegenüber zu misstrauisch eingestellt.

Doch Paul ließ es ihm durchgehen. Er brauchte jetzt jemanden, bei dem er sich ausquatschen konnte, selbst wenn dafür momentan niemand anderes als Blohfeld zur Verfügung stehen mochte. Während sie langsam zwischen den Säulen des Kirchenschiffs entlangschritten, berichtete Paul von den jüngsten Vorfällen. Der Reporter hörte zu, schwieg, nickte und lachte nur ein einziges Mal, nämlich als Paul auf die Polizeikontrolle zu sprechen kam.

»Ist nicht Ihr Ernst, oder?«, amüsierte sich Blohfeld. »Sie haben Katz und Maus mit einer Zivilstreife gespielt?«

»Habe ja nicht geahnt, dass es Bullen waren, die mich verfolgten«, räumte Paul kleinlaut ein.

»Zweimal Geschwindigkeitsüberschreitung, Missachtung einer roten Ampel und grobe Verkehrsgefährdung durch Überholen im Innenstadtbereich – oh, Mann, das kommt Sie teuer zu stehen.«

»Ja, und Punkte gibt es obendrein«, meinte Paul zerknirscht.

»Und das alles bloß, weil Sie vor der Bronski-Villa Fotos geschossen haben?«

»Ja, das ist einfach blöd gelaufen. Die Zivilpolizisten fuhren Streife durch Erlenstegen und hielten Ausschau nach Verdächtigen, die dort Häuser ausspähen. Es gab in letzter Zeit wohl einige Einbrüche auf dem Millionärshügel.«

»Und Sie als Mann mit Teleobjektiv passten ins Fahndungsprofil.«

»Genau. Meine Zickzackfahrt durch die Stadt machte die Sache nicht besser.«

»Sie hätten ja einfach anhalten und mit den beiden sprechen können«, meinte Blohfeld lapidar.

»Das sagt sich so leicht. Aber ich musste ja damit rechnen, dass ich irgendwelche üblen Typen am Hals habe.«

Blohfelds hohe Stirn war mit Dackelfalten überzogen. »Mit was für üblen Typen hatten Sie in letzter Zeit denn zu tun? Doch höchstens mit einigen rabiaten Fußballfans. Aber die veranstalten wohl kaum Spazierfahrten durch Erlenstegen.«

Paul musste Blohfeld recht geben und sich eingestehen, dass er überreagiert hatte. Vielleicht sollte er es endlich einsehen und die Finger von der ganzen Geschichte lassen. Dieser Fußballfall brachte ihm schließlich nichts als Ärger.

Blohfeld dämpfte seinen Frust, als er feststellte: »Ihre Beobachtung vor der Vorstandsvilla klingt allerdings recht vielversprechend.«

»Meinen Sie?«, fragte Paul wenig euphorisch.

»Na ja, dass sich Bronski mit dem nach wie vor besten Spieler seines Kaders quasi in aller Öffentlichkeit zankt, verrät einiges über die momentanen Zustände beim Club. Ganz zu schweigen von der konspirativen Übergabe dieses Aktenkoffers. Was dort wohl dringesteckt hat?«

»Ich habe keinen blassen Schimmer.«

»Vielleicht das Angebot der Fürther? Modzig gab seinem Noch-Boss womöglich die Gelegenheit, die Verträge zu prüfen und ein Gegenangebot zu machen, um ihn im Verein zu halten?«

»Wäre möglich«, meinte Paul, dessen eigene Überlegungen eher in Richtung Sportwetten und belastende Papiere gingen. Dies behielt er jedoch tunlichst für sich.

Blohfeld kicherte: »Ihr Erlebnis mit der Spielerbraut finde ich fast noch besser als die wüste Verfolgungsjagd. Es hat höchsten Unterhaltungswert, wie Sie der kleinen Russin auf den Leim gegangen sind.«

»Ich fand es weniger lustig.«

»Dass sie sich so sehr ins Zeug legt und das große Opfer erbracht hat, Sie zu küssen, ist wirklich bemerkenswert.«

»Haha, sehr witzig.«

»Fragt sich nur, warum sie das macht.«

»Weil sie ihren Dirk heiraten will und alles dafür tut, um dieses Ziel zu erreichen. Etwa wenn es darum geht, für sie wichtige Informationen zu beschaffen.«

»Inklusive Fremdknutschen und vollem Körpereinsatz?«

»Wie gesagt, sie will mit aller Macht an dieser Hochzeit festhalten.«

Blohfeld schüttelte den Kopf. »Aber weshalb? Sie heiratet Sakowsky ja nicht wegen seines Geldes, denn er hat ja bekanntlich keins.«

»Aus Liebe?«, stellte Paul in den Raum, worauf ihn der Reporter völlig entgeistert ansah.

»Sie glauben wohl auch noch an den Weihnachtsmann, was? Nie im Leben!« Er grinste Paul verschwörerisch an. »Soll ich mich mal ein wenig umhören und ausloten, worin das dunkle Geheimnis von sweet Svetlana liegt?«

»Um mir einen Gefallen zu tun oder als Futter für eine neue Skandalstory?«, fragte Paul argwöhnisch.

»Exklusiv nur für Sie«, antwortete Blohfeld und behielt sein undurchschaubares Lächeln bei. »Sozusagen als Freundschaftsdienst. Könnte aber etwas dauern, wenn ich Sveetys sicherlich schillernde Vita unter die Lupe nehmen soll.« Dann fragte er unvermittelt: »Kann ich die Fotos von Bronski und Modzig haben?«

»Ach, daher weht der Wind!«, erkannte Paul. »Etwa für die Zeitung?«

»Na klar! Mein Schlafzimmer will ich nicht damit dekorieren.«

Paul lehnte ab. Mit der Veröffentlichung seiner Bilder würde noch mehr Öl ins Feuer geschüttet werden. Die Fußballszene glich schon jetzt einem brodelnden Hexenkessel.

14

Kohlrabi, Blumenkohl und Rote Bete hatte Paul vom Hauptmarkt geholt, Täubchenbrust in der Feinschmeckerabteilung von Karstadt besorgt, und der Saibling stammte von Jan-Patrick, der jeden Tag fangfrische Ware vom Fischhändler bezog. Zusammen mit den anderen Zutaten hatte er nun alles beisammen, was er für den heutigen Abend benötigte, und das in verschwenderisch großen Mengen. Nur der Faktor Zeit war knapp bemessen, was ihn etwas unter Druck setzte.

»Na, zauberst du uns was Feines?«, fragte Katinka, die ihm – gerade erst von der Arbeit heimgekommen – über die Schulter schaute.

»Ja«, sagte Paul und sortierte seine Einkäufe. »Wenn es mir so gut gelingt, wie es sich in Jan-Patricks Rezepte-Blog anhört, dürfen wir nachher schwelgen.«

»Nett, dass du dir die Mühe machst. Ist ja ziemlich selten geworden in den letzten Tagen, dass du den Hausmann gibst.«

In Paul stieg sofort das schlechte Gewissen auf. »Ich muss mich demnächst wirklich mehr um meine ... – *unsere* Angelegenheiten kümmern, statt den lieben langen Tag Detektiv zu spielen.«

»Fragt sich nur, ob ich dieses ›Demnächst‹ noch erlebe.«

»Nach dieser Sache höre ich ernstlich auf. Ich suche mir ein anderes Hobby. Das mit dem Kochen ist doch schon mal ein guter Anfang, meinst du nicht auch?«

»Ach Paul, wer's glaubt«, seufzte Katinka und kostete vom rohen Gemüse. »Denn tatsächlich bereiten dir solche

Geschichten doch einen Heidenspaß: Ohne Mord und Totschlag würde dich das Leben anöden. Wahrscheinlich hast du mich nicht meines hübschen Näschens wegen geheiratet, sondern aufgrund meines Berufs.«

»Ich sag ja immer: Du kennst mich viel zu gut.« Er streckte ihr die Arme entgegen. »Komm her, mein Schatz.«

»Oh nein!«, wich Katinka ihm aus. »Jetzt geht's an die Arbeit! Deine Eltern kommen um acht, und du hast nicht mal mit dem Schnippeln angefangen.«

Paul machte sich daran, den Kohlrabi zu schälen und in feine Scheiben zu schneiden. Anschließend legte er sie in einem Schälchen Buttermilch ein. Später würde er den Kohlrabi blanchieren und mit einer Soße aus geschmolzener Butter und Mohn überziehen. Für die Deko hob er sich einige der grünen Blattstiele auf.

Als zweiten Gang hatte er den Fisch vorgesehen, dazu einen Sud aus zerstoßenen Tomaten, abgeschmeckt mit einem Hauch Zimt und Koriander. Den Blumenkohl verarbeitete Paul – streng nach Jan-Patricks Vorgaben – in Gänze, indem er die Stiele als Rohkostbeilage beiseitelegte, die Kohlknospen in Öl röstete und aus dem Rest eine dickflüssige Creme pürierte. Alles zusammen würde, so hoffte er, seinen Gästen ein Geschmackserlebnis bescheren, das von mild bis säuerlich changierte.

»Kommst du voran?«, fragte Katinka, die mittlerweile den Esstisch gedeckt hatte.

»Ja, inzwischen habe ich gelernt, wie man parallel arbeitet, ohne die Übersicht zu verlieren. Jan-Patrick ist und bleibt zwar trotzdem tausendmal schneller als ich, aber den 20-Uhr-Termin halte ich ein.« Er schob die Taubenbrüste, den späteren Hauptgang, in den Ofen und schaltete die Grillfunktion ein. »Nun ja, vielleicht brauche ich doch eine halbe Stunde länger. Dann musst du mit meinen Eltern eben etwas ausgiebiger am Aperitif nippen.«

»Davon könnte ich heute auch zwei vertragen«, meinte Katinka und klang ziemlich angekratzt.

»Ist was passiert?«, fragte Paul, während er ein Brot aus der Vorwoche in kleinste Fetzen riss, um die Brosamen anzubraten und sie anschließend mit Ei und etwas Sahne zu vermischen. Ausgebreitet auf einem Backblech würde er das Krümelbrot in den Ofen geben und daraus Sockel für die Täubchen herausschneiden.

»Ich bin vorhin erst dazu gekommen, mir den Polizeibericht von gestern Nacht anzusehen. Dein neues Steckenpferd Fußball sorgt schon wieder für Ärger.«

»Gibt es etwa noch einen Toten?«, erkundigte sich Paul alarmiert.

»Das nicht, aber neue Gewalt: Im Vereinsheim der Sportfreunde Ronhof, dem größten Fanklub im Umfeld der Spielvereinigung Greuther Fürth, fand gestern eine Veranstaltung statt, die sich bis nach Mitternacht hinzog. In den frühen Morgenstunden rückten etliche Nürnberger dort an und machten Krawall. Als die Polizei eintraf, war die Schlägerei bereits in vollem Gange. Drei Dutzend Beamte mussten dazwischengehen. Dabei flogen nicht nur die Fäuste, sondern auch Stühle, mit denen sich die Fürther zur Wehr setzten. Letztlich gab es zehn Leichtverletzte, und es hätte noch schlimmer kommen können: Einige Club-Fans wurden auf der Flucht gefasst – bei der Durchsuchung ihrer Autos stellte die Polizei Sturmhauben, Pfefferspray und selbstgebastelte Knallkörper sicher.«

»Na sauber! Das alles wegen Buggi?«, fragte Paul entgeistert.

»Nicht nur, aber sein Tod könnte den Funken ausgelöst haben, der das Pulverfass zum Explodieren brachte. Man kann nur hoffen, dass dies kein Vorgeschmack aufs Derby war. Apropos Geschmack ...« Sie schnupperte, warf einen Blick in den Ofen und meinte: »Duftet vielversprechend. Und was gibt's als Dessert?«

»Johannisbeeren mit Schmandeis«, antwortete Paul, kam aber gleich aufs Thema Fußball zurück: »Meinst du nicht, dass sich die Lage entspannen würde, wenn Buggis Fall endlich geklärt und abgeschlossen wäre?«

Katinka schürzte die Lippen. »Darauf würde ich lieber nicht wetten.«

»Wie meinst du das?«, fragte Paul und ließ einen Rührlöffel fallen. Um ein Haar wäre auch eine seiner Schüsseln zu Boden gegangen.

»Falls es dich beruhigt und du dann weniger zappelig bist: Uns liegt endlich der Befund vor.«

»Über die Todesursache?« Paul blickte sie voller Ungeduld an. »Das nenne ich mal eine gute Nachricht!«

»Ja. Aber um es gleich vorwegzunehmen: Das Ergebnis wird dir nicht gefallen«, dämpfte sie seine Erwartungen. »Denn es ist nicht eindeutig.«

»Wie meinst du das?«

»Das Ganze ist etwas – sagen wir – diffus.«

»Darunter kann ich mir nichts vorstellen.«

»Das glaube ich gern. Mir ging es ähnlich, als ich heute den Papierstoß der Rechtsmediziner auf meinem Schreibtisch fand. Darin ist eine ganze Reihe an chemischen Verbindungen aufgeführt, die in Weinfurthers Körper nachgewiesen werden konnten. Jeder dieser

Stoffe ist für sich genommen nicht tödlich, die Kombination der verschiedenen Präparate zusammen allerdings schon.«

»Du sprichst von ›Präparaten‹«, rätselte Paul. »Handelt es sich wohl um Medikamente?«

»Ja, davon gehen die Experten aus. Es dreht sich um Bestandteile unterschiedlicher Tabletten, Kapseln und Tropfen, einige davon sind frei erhältlich, andere verschreibungspflichtig.«

»Verschreibungspflichtig? Das ist doch ein Anhaltspunkt! Habt ihr schon mit Buggis Hausarzt gesprochen?«

Katinka hielt den Kopf schräg. »Für wie blöd hältst du uns eigentlich? Selbstverständlich! Das war das Erste, was die Kripo nach Sichtung des Befunds veranlasst hat. Der Arzt wertet jetzt Weinfurthers Kartei aus und durchforstet seine Rezepte.«

»Wann rechnet ihr mit einem Ergebnis?«, fragte Paul und merkte selbst, wie drängend sein Ton wurde.

»Das sollte recht flott gehen. Ich denke schon morgen, spätestens übermorgen. Aber ...« Sie sah ihn aufmerksam an. »Aber dass es Mord war, wird durch diese neue Erkenntnis noch unwahrscheinlicher. Sollte sich nämlich herausstellen, dass Weinfurther die Pillen eigenmächtig besorgt hat, würde dies für fahrlässigen Medikamentenmissbrauch sprechen, wenn nicht sogar für Suizid.«

»Du glaubst, Buggi hat sich den tödlichen Medizincocktail selbst eingeflößt?«, fragte Paul und versuchte, die neuen Informationen in seinem Geiste logisch zu ordnen. »Das ergibt überhaupt keinen Sinn! Dann hätte er das Zeug ja unmittelbar vor dem Hannover-Spiel einnehmen müssen. Zieht sich ein Selbstmörder nicht eher zum Sterben zurück, statt seinem Leben mitten in der Öffentlichkeit ein Ende zu setzen?«

»Nicht unbedingt. Denk an die verantwortungslosen Idioten, die sich von Autobahnbrücken oder Hochhäusern stürzen. Manche Selbstmordkandidaten wollen sich möglichst spektakulär und vor großem Publikum verabschieden.«

»Aber, aber ...« Er suchte nach Gegenargumenten, denn die Suizidthese schien ihm nicht stichhaltig zu sein. »Habt ihr denn einen Abschiedsbrief gefunden?«

Katinka überlegte kurz. »Bisher nicht. Aber wir haben noch nicht gezielt danach gesucht.«

Pauls Blick fiel auf die Küchenuhr. Zwanzig vor acht. Er lag also noch einigermaßen gut in der Zeit, zumal damit zu rechnen war, dass sich seine Eltern verspäten würden. Zum einen, weil seine eitle Mutter immer ewig vor dem Spiegel stand, ganz abgesehen von der zeitraubenden Garderobenwahl. Zum anderen würde ihr kurz vor knapp einfallen, dass sie ja noch mit Pudeldame Bella Gassi gehen müsste. Und Vatis nachlassende Sehkraft, die ihm vor allem in der Dunkelheit zu schaffen machte, würde die Fahrt hierher in die Länge ziehen. Eigentlich, dachte Paul, war seinen Eltern ein abendlicher Besuch in Nürnberg gar nicht mehr zuzumuten.

Er richtete gerade den Fisch her, um ihn dann zur schonenden Erwärmung dem Dampfgarer zu überlassen, als das Telefon klingelte.

»Sie werden doch nicht etwa absagen?«, argwöhnte Paul.

»Wundern würde es mich nicht«, meinte Katinka auf dem Weg zum Telefon. »Wäre ja nicht das erste Mal, dass sie uns versetzen, wenn wir etwas Schönes für sie geplant haben.«

»Motz nicht über deine Schwiegerleute, bessere bekommst du in diesem Leben nicht mehr«, witzelte er.

Katinka fand das nicht sonderlich lustig. Zumindest hatte sie eine finstere Miene aufgelegt, als sie ihm den Hörer in die Hand drückte. »Hier, für dich.«

»Wirklich meine Eltern?«, fragte Paul, worauf Katinka den Kopf schüttelte.

»Ja, Flemming am Apparat«, sagte er und vernahm eine ihm bekannte Frauenstimme. Rita Frenzel, die Vorsitzende des Fanklubs Seitzengarten, war dran und hatte eine wichtige Nachricht für ihn. Paul wollte sie zunächst auf morgen vertrösten, denn er musste sich dringend weiter um das Essen kümmern. Doch als er hörte, was sie ihm zu sagen hatte, verschoben sich seine Prioritäten.

»Du, Kati«, sagte er leise, beinahe sanft, nachdem er den Anruf beendet hatte.

»Du, Paul?«, äffte sie ihn nach. »Was ist los? – Und warum bindest du die Schürze ab?«

»Du, Kati, ich muss noch mal schnell fort.«

Katinkas Kinnlade klappte nach unten. Fassungslos starrte sie ihn an, bevor sie ihre Sprache wiederfand. »Das ist jetzt nicht dein Ernst! Du lässt mich mit einem halbfertigen Viergangmenü und deinen Eltern allein?«

Paul drängte sich an ihr vorbei, um in den Flur zu gelangen. »Vati und Mutti sind ja noch gar nicht da«, sagte er, während er in seine Slipper schlüpfte und sich die Jacke vom Haken nahm.

»Das kannst du nicht tun!«, protestierte seine Frau. »Ich weiß gar nicht, was noch am Fisch und so weiter gemacht werden muss.«

»Steht alles in Jan-Patricks Notizen«, rief ihr Paul zu, als er schon die Haustür geöffnet hatte.

»Das wirst du mir büßen, Paul! Bitterlich büßen!«

15

Die Adresse lag am Rande des Stadtteils Schweinau. Ein etwas heruntergekommenes Industrieviertel, in dem sich Baustoffhändler und Lager mit brachliegenden Hallen abwechselten. Das von Rita beschriebene Grundstück gehörte zu den nicht mehr genutzten Liegenschaften, zumindest machte es auf Paul einen verwahrlosten Eindruck.

Paul stoppte seinen Renault vor einem hohen Maschendrahttor, das mit einem Vorhängeschloss gesichert war. Wie sich schon bei oberflächlicher Untersuchung herausstellte, war es nicht eingerastet und ohne Probleme abzunehmen. Paul öffnete das Tor gerade so weit, dass er hindurchpasste.

Die Dämmerung hatte längst eingesetzt, und so sah er die große Lagerhalle, auf die ihn Rita am Telefon hingewiesen hatte, nur als mächtige schwarze Fläche. Nach den Informationen der Fanklubchefin hielt sich an diesem unwirtlichen Ort derjenige auf, mit dem Paul noch ein Hühnchen rupfen wollte. Genauer gesagt: dem er allzu gern eine Abreibung verpassen würde, um sich für die Schläge an der Frauentormauer erkenntlich zu zeigen. Die Halle beherbergte angeblich den geheimen Treffpunkt der Bad Boys, und heute Abend sollte Frank »Fränki« Paschwitz höchstpersönlich anwesend sein!

Diese Chance auf eine Revanche konnte sich Paul unmöglich entgehen lassen, und er nahm dafür sogar in Kauf, dass Katinka zornig sein würde und seine Eltern warten mussten. Denn wenn er den Worten Rita Frenzels Glauben schenkte, dürfte er Augenzeuge von illegalen Handlungen werden, mit denen er Fränki drankriegen könnte. Es würde Paul eine Freude sein, seinen Widersacher dafür bei der Polizei anzuschwärzen.

Bei diesem Alleingang ging es ihm aber nicht nur um Rache und Genugtuung: Paul war mittlerweile mit seiner Mordthese ziemlich isoliert und hegte die stille Hoffnung, tatsächlich neue Beweise sammeln zu können, indem er die Bad Boys belauschte. Und wenn er diese Beweise beschaffen würde, dann könnte ihm Katinka wegen des verpatzten Abendessens nicht böse sein – wünschte er sich zumindest.

Auf leisen Sohlen schlich er an die Halle heran und suchte nach einem Eingangstor, Fenster oder Guckloch. Nach einer halben Umrundung des Wellblechgebäudes entdeckte er einen schmalen Lüftungsschlitz, aus dem Licht schimmerte. Der Schlitz befand sich am oberen Rand der Wand. Paul musste auf zwei Kisten steigen, um hindurchspähen zu können.

Es lohnte sich! Denn das, was er jetzt sah, entschädigte ihn für den Ärger, der zu Hause auf ihn wartete.

Der Bau wurde durch mehrere, wahrscheinlich akkubetriebene Klappscheinwerfer ausgeleuchtet. In der Mitte des leer geräumten Lagers, von dessen früherer Funktion nur noch verstaubte Hochregale, ein paar Kisten und ein vergammelter Gabelstapler kündeten, waren mehrere Campingtische zu einer langen Tafel zusammengeschoben worden. An dieser standen Stühle und Hocker, die mit zehn, nein, sogar elf Männern und Frauen besetzt waren, darunter tatsächlich auch Fränki. Sie alle beugten sich über diverse Materialien, die auf der Tischplatte lagen, und – sie bastelten. Ja, für Paul bestand kein Zweifel: Er wurde Zeuge einer Bastelstunde!

Die Ergebnisse sahen allerdings nicht aus wie

harmlose Handarbeitsartikel, sondern wie brandgefährliche Feuerwerkskörper: Fränki und Co. stellten aus verschiedenen Pulvern und Flüssigkeiten pyrotechnische Wurfgeschosse, Böller und Raketen her. Allesamt von weit größerem Kaliber als die handelsüblichen Chinakracher! Paul konnte sich denken, wofür: Die Bad Boys rüsteten für das Frankenderby!

Er schmiss seine Pläne, Material gegen Fränki zu sammeln, um ihm später eins auszuwischen, kurzerhand über den Haufen. Hier war Gefahr im Verzug. Er musste sofort handeln, um die radikalisierten Club-Jünger von ihrem Vorhaben abzubringen! Bloß wie? Allein konnte er es mit den ganz gewiss gewaltbereiten Hardcorefans nicht aufnehmen. Denn auch wenn er schon manche gefährliche Situation heil überstanden hatte, war sich Paul sehr wohl bewusst, dass er nicht Superman war. Im Gegenteil: Da er sein Hanteltraining schon eine ganze Weile hatte schleifen lassen, fehlte es ihm an der notwendigen Kraft in den Oberarmen.

Er würde also das tun, was jeder andere halbwegs vernünftige Mensch auch machen würde: die Polizei rufen. Die könnte sich dann mit den zündelnden Fans herumschlagen – hoffentlich nicht im wahrsten Sinne des Wortes, dachte Paul.

Da er verhindern wollte, dass ihn irgendein Beamter der Nachtschicht in der Notrufzentrale nicht ernst nahm und als Spinner abkanzelte, schaltete er gleich höhere Dienstgrade ein und drückte die Kurzwahltaste von Jasmins Nummer.

Die Kommissarin ließ sich Zeit, bevor sie das Gespräch annahm: »Ja, Paul, was willst du? Ich bin gerade mitten im Spiel, fass dich kurz!«

Paul entsann sich, dass Jasmin Stahl donnerstagabends mit ihrer Volleyballmannschaft trainierte. Diesen Spaß musste er ihr heute leider verderben: »Alarmiere sofort deine Leute«, flüsterte er und spähte dabei weiter durch den Schlitz in die Halle. »Ich bin auf eine große Sache gestoßen!«

»Was heißt ›meine Leute‹?«, fragte Jasmin und klang wenig erbaut über die Störung.

»Was weiß ich?«, reagierte Paul ungehalten. »Ein Dutzend Streifenwagen oder besser noch das Sondereinsatzkommando. Aber mach schnell! Es eilt!«

»Mal langsam, Paul«, sagte Jasmin unterkühlt. »Um was geht es eigentlich? Wo steckst du denn überhaupt?«

Paul erklärte ihr seine Lage. »Siehst du jetzt ein, dass Großalarm ausgelöst werden muss?«

»Rühr dich nicht von der Stelle!«, befahl Jasmin. »In spätestens einer Viertelstunde bin ich bei dir. Fass bis dahin nichts an und unternimm um Himmels willen keinen Alleingang.«

Das Warten fiel Paul schwer. Während er nach wie vor auf den Kisten hockte und durch den Sehschlitz starrte, lauschte er in die Ferne. Zweimal gewann er den Eindruck, als würde er das charakteristische Geheule eines Martinshorns hören, doch stets wurde es gleich darauf wieder still.

Drinnen bastelten die Fußballpyromanen unermüdlich weiter an ihren Krach- und Feuermachern, scherzten dabei und schienen viel Spaß zu haben. Das konnte Paul von sich nicht behaupten. Denn allmählich schliefen ihm die Beine ein. Außerdem wurde es empfindlich kühl auf seinem Hochsitz im Freien.

Die Viertelstunde war längst vergangen, als Paul zum wiederholten Mal auf seine Armbanduhr guckte. Er überlegte, ob er Jasmin erneut anrufen sollte. Doch er wusste ja, dass er sich auf sie verlassen konnte, also ließ er es bleiben.

Nach 25 Minuten – die Fans werkelten unverdrossen an ihren Knallkörpern – glaubte Paul, endlich ein fernes Trippeln zu hören. Er sah sich um, konnte in der Finsternis aber kaum etwas erkennen. Dann, plötzlich, bemerkte er das kurze Aufblitzen einer Taschenlampe. Gleich darauf folgte ein leiser Ruf: »Paul? Bist du hier irgendwo?«

Das war Jasmins Stimme, kein Zweifel! Paul formte mit den Händen einen Trichter und antwortete mit gedämpfter Stimme: »Hier oben bin ich! Auf dem Kistenstapel an der Seitenwand.«

Wieder flammte der Taschenlampenstrahl auf. Schritte kamen schnell näher, dann klapperte und knarrte es. Wenig später berührte Jasmin Pauls Schulter.

»Schon da«, keuchte sie und knipste die Lampe wieder aus. »Dann lass mal sehen, auf was für eine Räuberhöhle du gestoßen bist.«

»Wie? Was?« Paul blickte irritiert in ihr nur schemenhaft erkennbares Gesicht. »Wo hast du die anderen gelassen?«

»Welche anderen?«, fragte Jasmin und reckte sich, um durch die Belüftungsöffnung ins Innere der Halle spähen zu können.

»Die anderen Bullen, äh, Polizisten! Das SEK!«

»Ist ja interessant«, sagte Jasmin und ließ die Augen nicht von den Bad Boys. »Die bereiten tatsächlich ein Feuerwerk vor.«

»Wo deine Verstärkung ist, will ich wissen!«, drängte Paul.

Jasmin ging nicht darauf ein. »Mit dem Zeug werden die niemals an den Personenkontrollen vorm Stadion vorbeikommen. Obwohl, vielleicht kalkulieren sie von vornherein so, dass nur ein Bruchteil der Knallkörper die Stichproben übersteht und produzieren deshalb diese große Mengen.«

»Wo, bitte sehr, sind die Einsatzkräfte?«, fragte Paul erneut.

Jasmin löste sich von den Geschehnissen in der Lagerhalle und sah ihn an. »Du meinst die Kavallerie? Da muss ich dich enttäuschen. Die Jungs müssen sich ausschlafen und ihre Kräfte fürs Derby schonen.«

»Ja, aber dann ... – bist du etwa allein da?«

»Guck mich nicht so entgeistert an. Zusammen sind wir immerhin zu zweit.«

Paul zweifelte ernsthaft am Verstand seiner langjährigen Bekannten, die er bislang für absolut fit in ihrem Job gehalten hatte. Welcher Teufel mochte sie geritten haben, dass sie hier mutterseelenallein aufkreuzte? »Bist du von allen guten Geistern verlassen? Wir können die Bande nicht auffliegen lassen, wenn wir bloß auf uns gestellt sind. Da haben wir null Chancen!«

Jasmin tätschelte ihm beruhigend den Arm. »Mach mal halblang, Paul. Das sind ja keine Terroristen, die den nächsten Elften September planen.«

»Aber, aber ...« Paul wusste nicht, wie ihm geschah.

Jasmin zog eine kleine Kamera aus ihrer Jacke. »Wir schießen ein paar Fotos und notieren Ort und Zeit der Aufnahmen. Morgen werden dann zwei Kollegen aus dem zuständigen Kommissariat bei den führenden

Köpfen der Bad Boys vorstellig – und zwar auf deren Arbeitsplätzen, das erzeugt einen größeren Druck. Dann legen sie die Bilder vor, schwenken mahnend den Zeigefinger und weisen sie darauf hin, dass sie mit einem Fuß im Kittchen stehen, wenn sie die Idee haben sollten, auch nur einen dieser Knallkörper im Stadion zu zünden. Bei der Verwendung von selbstgebauten Böllern kommen nämlich das Sprengstoffgesetz und auch das Waffengesetz ins Spiel. Wir machen denen klar, dass es für sie ganz schnell ins Auge gehen kann, wenn sie den Scheiß nicht sein lassen.«

»Und du glaubst ...«

»Dass die Drohung Wirkung zeigen wird? Aber sicher! Insofern bin ich dir dankbar für den Tipp. Das erspart den Kollegen eine Menge Arbeit und Stress.« Sie schoss ihre Fotos und richtete sich auf. »So, das war's. Ich geh zurück zu meinem Spiel. Begleitest du mich, oder möchtest du den Rest der Nacht hier oben frieren?«

Wie konnte sie es sich so einfach machen? Paul merkte, wie der Zorn in ihm aufstieg. »Willst du dich etwa drücken?«, fragte er ohne jede Spur von Nettigkeit.

Jasmin kniff die Augen zusammen: »Ich habe alles im Griff, Paul. Lass das mal meine Sorge sein, wie ich mit dieser Angelegenheit umgehe.«

Das wollte Paul so nicht akzeptieren: »Ich kenne dich, Jasmin, ich kenne dich durch und durch und weiß, was deine Schwachstelle ist.«

Sie stutzte, wohl weil sie seine Hartnäckigkeit unterschätzt hatte. »Ach ja, was denn?«, fragte sie lauernd.

»Eitelkeit! Du bist das Wunderkind der Kriminalpolizei, oder? Die leider oftmals verkannte heimliche Chefermittlerin. Gut, dieses Mal geht es vermeintlich bloß um einen harmlosen Fall. Um einen toten Busfahrer, bei dem nicht klar ist, ob er durch medizinische Vorbelastung oder eigene Schuld ums Leben gekommen ist – oder ob jemand nachgeholfen hat, was die meisten, mit denen ich zu tun habe, für unwahrscheinlich halten. Aber die feine Dame hat nach über einer Woche nicht das Geringste herausgefunden. Das erträgt deine Eitelkeit nicht! Also, was tust du? Du missbrauchst mich!«

Sie stand ihm, leicht gebeugt, angriffslustig gegenüber. »Ha, dass ich nicht lache! So ein Unsinn. Was soll denn das überhaupt heißen?«

»Das soll heißen, dass du Druck ausübst, indem du mich hier meinem Schicksal überlässt. Und das nur, um deine Enttäuschung darüber abzureagieren, selbst nichts zustande gebracht zu haben. Das passiert, wenn Leuten die Erfolge der Vergangenheit zu Kopf steigen und ...«

»Ich will dich doch nicht in die Enge treiben. Im Gegenteil! Ich lasse dir Spielraum. Viel mehr sogar, als ich dürfte.«

»Ach was, du kannst dich nicht damit abfinden, dass ich weiterkomme mit dem Fall, und du auf der Stelle trittst«, motzte Paul weiter.

»So was Albernes. Das ist unter aller Kanone. Schlimmer als bei jedem Zickenkrieg.«

»Dein Problem ist, dass du die Wahrheit nicht erträgst.«

»Na schön, dann will ich dir jetzt auch mal was sagen. Etwas, das ich schon lange hätte sagen sollen.«

»Lass hören!«

»Du, Paul, bist größenwahnsinnig! Glaubst, du kannst es mit jedem Verbrecher dieser Welt aufnehmen.«

»Danke, liebe Freundin.«

»Freundin, pah!«

»Natürlich! Darum mache ich mir doch solche Gedanken um dich und dein verzerrtes Selbstbild.«

»Und ich mir um deinen Größenwahn.«

»Fang du lieber bei dir an. Dein Größenwahn ist auch nicht unbeachtlich. Eigentlich siehst du dich doch auf dem Posten von deinem Boss Schnelleisen.«

»Jetzt wirst du fies.«

»Wolltest du nicht gehen?«

Jasmin zuckte bei seinem letzten Satz zusammen, als hätte er ihr eine Ohrfeige gegeben.

»Ja«, sagte sie sehr leise. »Du hast recht. Ich wollte gehen.« Sie sah ihn noch einmal an, als sie fragte: »Willst du nicht doch mitkommen? Es bringt nichts, wenn du hier hockst und darauf wartest, dass ...«

Paul starrte sie finster an. »Ich bleibe«, sagte er trotzig. »Und wenn es die ganze Nacht dauert.«

»Na dann viel Spaß«, wünschte ihm Jasmin und stieg die Kistenpyramide hinunter. »Und schlaf nicht ein. Du könntest ja was Entscheidendes verpassen.«

»Jaja, du mich auch«, zischte er.

Paul war stinksauer über Jasmins laschen Auftritt. Er hegte erhebliche Zweifel an ihrer Kompetenz: Denn wäre sie nicht verpflichtet gewesen, etwas zu unternehmen, ja, sofort einzugreifen!?

Doch während Paul den Frust in sich hineinfraß, musste er zähneknirschend eingestehen, dass Jasmin erst dann tätig werden konnte, wenn de facto eine Straftat begangen wurde. Das Hantieren mit Feuerwerkskörpern allein stellte wohl kein Delikt dar, zumindest hatte sie offenbar keinen akuten Handlungsbedarf gesehen.

Durch sein Schmollen war Paul derart selbstvergessen, dass er nicht bemerkte, wie die Bad Boys ihre Sachen zusammenpackten. Erst als schon alle standen und die Scheinwerfer abbauten, bekam Paul etwas von der Aufbruchsstimmung mit. Nun wieder ganz aufmerksam, beobachtete er sie aus seinem Versteck und registrierte, wie einer nach dem anderen abzog. Zuletzt blieben nur drei Männer übrig, die noch eine Weile zusammen quatschten. Dann verabschiedeten auch sie sich voneinander. Zwei der Typen gingen vor, während einer die Nachhut bildete, wohl um abzusperren. Paul schaute genau hin: Der Mann mit dem Schlüssel war niemand anderes als Fränki!

Paul sah seine Stunde gekommen. Ohne lange über seine nächsten Schritte nachzudenken, ließ er sich von den Kisten gleiten und lief die Wellblechwand entlang. An der Ecke blieb er stehen und beobachtete, wie die Bad Boys nach und nach das Gelände verließen. Als er das Scheppern des Lagertors hörte, wusste er, dass nun auch Fränki aus der Halle trat.

Paul legte einen Spurt hin und überraschte seinen Kontrahenten, als dieser in gebückter Haltung vor dem Eingang stand und am verrosteten Vorhängeschloss hantierte. Paul machte nicht viel Federlesen, sondern packte Fränki am Kragen seiner Jeansjacke. Dabei nahm er ihn mit so viel Schwung, dass dieser rücklings gegen das Tor krachte. Paul erschrak, weil er befürchtete, das laute Scheppern würde einen der anderen Bad Boys alarmieren, doch um sie herum blieb alles still. Fränkis Kumpels waren längst außer Hörweite.

»Was, wer ...«, stammelte der völlig überraschte Ultra. Dann erkannte er Pauls Gesicht im schwachen Licht der

Straßenlaternen. »Du bist das? Was zur Hölle hast du vor?«

Paul hielt sein Opfer im Würgegriff. Zur Sicherheit stemmte er außerdem seine Knie gegen Fränkis Beine. »Dreimal darfst du raten«, zischte er.

»Heimzahlen willst du es mir, was?«, röchelte Fränki.

Paul lockerte seinen Griff, doch nur so viel, dass der andere Luft bekam und nicht am Sprechen gehindert wurde. »Der Gedanke ist mir gekommen, ja.«

»Dann tu es doch. Schlag mich zusammen, wenn du dich danach besser fühlst. Ich kann mich eh nicht wehren. Habe da drin vier Bier und ein paar Wodka Feige gekippt.«

Das riecht man an deiner Fahne, dachte Paul und nahm seine Knie zurück. »Sei froh, dass ich kein gewalttätiger Mensch bin. Es juckt mir zwar in den Fingern, aber ich weiß mich zu beherrschen.«

»Okay, Meister, wenn du dich nicht prügeln möchtest, kannst du mich ja loslassen.«

»Von wegen!« Paul zog seinen Griff wieder an. »Ich habe alles gesehen, was ihr in der Halle getrieben habt.«

»Was denn, du hast uns bespitzelt?«

»Ja, und die Polizei weiß auch Bescheid.«

Fränki schien seltsamerweise unbeeindruckt. Ob das am Alkohol lag?

»Na und? Wir haben ein paar harmlose Feuerwerksraketen gebaut. Ist das etwa verboten?«

Paul musste sich mit Vermutungen behelfen: »Soviel ich weiß, ja. Es gibt sicher ein Gesetz, das Hantieren mit Sprengstoffen untersagt.«

»Sprengstoffe?« Fränki legte seine Hände auf die von Paul und schob sie langsam von seinem Hals. »Von wegen! Du hast wohl 'ne Meise! Wir planen keinen Anschlag, sondern wollen nur ein bisschen Rambazamba veranstalten.« Er machte sich nun ganz von Paul frei, blieb aber an die Wand gelehnt stehen. »Wir sind Ultras. Ultras begleiten jeden Verein und, okay, sie sind die auffälligste Gruppe unter den Fans. Wir sorgen für Stimmung im Stadion, laut und bunt, aber nach dem Abpfiff laufen die Spieler in die Nordkurve und klatschen, weil sie dankbar sind für unsere Unterstützung.«

»Ja, so mag das vielleicht aussehen, wenn es gut läuft für euren Verein«, meinte Paul und behielt Fränki genau im Blick. »Aber wehe, der Club verliert.«

»Ja und? Dann gibt es halt mal Zoff, und wir schmeißen ein paar Böller. Die Fürther sind vom gleichen Schlag und hart im Nehmen, die werden das schon verschmerzen.«

»Was ist denn das für eine Einstellung?«, ärgerte sich Paul. »Habt ihr eigentlich völlig vergessen, dass Fußball bloß ein Sport ist? Ein Spiel, mehr nicht! Da zählen Fairness und Sportsfreundschaft. Eure Gewaltaktionen sind durch nichts und niemanden zu rechtfertigen.«

»Nur ein Sport? Dass ich nicht lache! Du redest gescheit daher, obwohl du null Ahnung davon hast, was es heißt, ein echter Fan zu sein.« Fränki fixierte ihn aus glänzenden Augen. »Wir lieben den Fußball nicht nur, sondern wir leben ihn. Bei mir und meinen Freunden ist der Club alles, einfach alles. Kapierst du das? Meine Freundin habe ich rausgeschmissen, weil sie mit mir in Urlaub fahren wollte – mitten in der Saison! Der Fußball ist mein Herrgott! Ich habe sogar meine Wohnung rot und schwarz angemalt ...«

»... und schläfst in FCN-Bettwäsche«, machte sich Paul lustig.

Fränki widersprach nicht.

»Oh Mann«, stöhnte Paul und dachte an Hannah, die sich die Nägel zu Ehren der Fürther kleeblattgrün lackiert hatte. In ihrem Fall zwar nur, um zu provozieren, doch Leute wie Fränki meinten das bitterernst. Sie würden alles tun für ihre Leidenschaft, ihren Lebensinhalt.

Alles?

Paul trat wieder näher an Fränki heran und fragte mit kaum verhohlener Aggressivität: »Wie weit würden du und deine Spezis gehen in eurem Eifer für den Club?«

»Was soll die blöde Frage? Verstehe ich nicht.«

»Gibt es für dich und deine Kumpane Grenzen, wenn ihr die Belange eures Vereins verteidigt?«

»Nein!« Fränki schrie es geradezu heraus. »Für uns gibt's keine Grenzen, wenn es um den Club geht.«

Na also, dachte Paul. Damit hatte sich der nächtliche Ausflug doch noch gelohnt. Er nahm den Ultra erneut ins Visier: »Gilt das auch für Buggi? Habt ihr ihm gezeigt, dass ihr kein Limit kennt?«

Fränki zuckte zusammen und wirkte das erste Mal während ihres Gesprächs besorgt. »Du schnüffelst also noch immer wegen dem Busfahrer herum«, stellte er fest, wobei man ihm anmerkte, wie sehr ihn das störte.

»Natürlich. Denkst du, dein kleiner Überfall hätte mich davon abbringen können?« Paul setzte ein überlegenes Lächeln auf, das mehr Schau war, als dass es seinen wahren Gemütszustand wiedergab. Tatsächlich hatte ihm die Attacke vor ein paar Tagen einen mächtigen Schrecken eingejagt und fast zur Aufgabe dieses Falls bewegt.

»Der Buggi ist selbst schuld«, sagte Fränki leise und mit weit weniger Selbstbewusstsein als bisher. »Der hat den Club verraten wollen. So was tut man nicht. Schon gar nicht, wenn man das Vertrauen des Kaders genießt.«

Paul hielt die Luft an. Er hatte das Gefühl, vor einem Spielautomaten zu stehen und soeben den Hauptgewinn einzustreichen. Er meinte sogar, das Klimpern der Geldstücke zu hören, die sich in den Ausgabeschacht ergossen. »Buggi ist also selbst schuld?«, fragte er betont langsam.

»Ja«, bestätigte Fränki. »Er wollte sich zum Judas machen. Er wollte diesen Schreiberlingen von der Presse für eine Handvoll Bares alles erzählen, was er über die Spieler wusste. Ein elender Verräter!«

Paul bedauerte, weder ein Bandgerät mitlaufen lassen zu können noch einen Zeugen für dieses Gespräch parat zu haben. »Also hat er seinen Tod verdient?«

Fränki stutzte: »Tod? Wer redet denn von Tod?«

»Ich!« Paul baute sich vor ihm auf. »Ich will wissen, wie ihr es gemacht habt! Und ich will wissen, wer von euch beteiligt war an dem Mord!«

Fränki neigte den Kopf und sah Paul befremdet an. »Hey, Mann, du bringst da was durcheinander. Ich habe nur gesagt, dass Buggi es sich selbst zuzuschreiben hat, was ihm passiert ist, aber nicht, dass wir etwas damit zu tun haben.«

»Ach nein? Hast du nicht eben behauptet, ihr würdet für den Club alles tun? Es gäbe keine Grenzen?«

»Aber doch niemanden umbringen!« Fränki schüttelte heftig den Kopf. »Okay, wenn du es genau wissen willst: Wir haben ihm ein paar verpasst, als wir Wind von seinen Zeitungsplänen bekommen hatten. Wir haben ihn abgefangen und in die Mangel genommen. Er sollte spüren, was wir Bad Boys davon halten, wenn einer so private Dinge über die Spieler ausplaudert und sie damit schwächt. Ausgerechnet vorm Derby gegen die Kleeblätter.«

»Ihr habt ihn also vermöbelt«, wiederholte Paul. Mit dieser Aussage waren zumindest Weinfurthers äußere Verletzungen zu erklären – nicht aber der Giftmord durch den Medikamentencocktail. Also spitzte er seinen Verdacht weiter zu: »Anschließend habt ihr ihn mit haufenweise Pillen vollgestopft, um ihn endgültig zum Schweigen zu bringen. War es nicht so?«

Fränki wirkte überrascht, und das sah sehr überzeugend aus. »Nein! Was denn für Pillen? Wenn wir kurzen Prozess machen wollen, dann mit unseren Fäusten.«

»Wer's glaubt. Ist eure Geschichte nicht voll von Ausschreitungen und Brutalitäten?«

Fränki ließ sich nicht in die Defensive treiben: »Von uns erwartet man immer, dass wir reden und über unsere Fehler nachdenken. Tun das die Verbände und die Bullen denn auch?«

»Jetzt keine Ausflüchte!«

»Wir haben mit organisierten Straftaten nichts zu tun!«, verteidigte er sich und nahm auch seine Leute in Schutz: »Überleg doch mal, wie unsicher die Stadien vor unserer Zeit waren, als noch die Hooligans das Sagen hatten.«

»Das hat aber nichts mit Buggi und seinem Schicksal zu tun«, unternahm Paul einen weiteren Anlauf, ihn festzunageln, sah aber kaum noch Erfolgschancen. »Ihr habt ihn umgebracht.«

Fränki ging, noch immer an das Wellblech gelehnt, zwei Schritte zur Seite. »Haben wir nicht. Es sollte nur eine Drohung sein. Ein Denkzettel. Mehr wirst du nicht aus mir herausbringen, denn mehr gibt es nicht zu sagen. Deinen Mörder musst du woanders suchen.« Es folgte ein dritter und ein vierter Schritt. »Wir wollten ihn einschüchtern. Sonst nichts.«

Mit diesen Worten setzte sich Fränki in Bewegung und rannte. Er lief, stolperte, lief weiter, bis die Umrisse seines wankenden Körpers mit der Dunkelheit verschmolzen.

Paul setzte ihm nicht nach, denn er hatte genug gehört, um zu wissen, dass er noch immer nichts wusste.

Eine knappe halbe Stunde später kam er zu Hause an.

»Bin wieder da«, flüsterte er, als er sich neben Katinka unter die Decke kuschelte.

»Ziemlich spät«, raunte sie verschlafen.

»Ja, sorry, tut mir ehrlich leid.«

»Hast was verpasst. Das Essen war fantastisch. Über deine Portion hat sich Bella hergemacht, ist nichts übrig geblieben.«

»Und meine Eltern? Waren sie sauer, dass ich nicht da war?«

»Sie wollen dich enterben. Und ich habe ihnen meinen rechtlichen Beistand dafür angeboten.«

16

Katinka gab ihm keine Gelegenheit, sich mit ihr zu versöhnen. Als er am Morgen erwachte, war das Bett neben ihm leer. Seine Frau hatte still und heimlich das Haus verlassen, was sich bestätigte, als er auf der Suche nach ihr erfolglos durch Bad und Küche schlurfte. An ihrer Stelle erwartete ihn der Abwasch des gestrigen Abends: Pfannen, Töpfe und Teller stapelten sich neben Gläsertürmen. Katinka hatte sich nicht einmal die Mühe gemacht, das Besteck in die Spülmaschine zu räumen.

Paul ahnte, dass eine verdammt schwierige Zeit auf ihn zukommen würde. Denn Katinka war nachtragend und besaß in solchen Dingen das Gedächtnis eines Elefanten. Entsprechend gering war Pauls Lust, sie in ihrem Büro anzurufen und ihr von Fränkis Geständnis zu berichten, dass Buggi Weinfurther zumindest seine äußeren Blessuren den Bad Boys zu verdanken hatte.

Nach einigem Hin und Her kam er zu dem Schluss, dass er die schmollende Frau Oberstaatsanwältin erst in ihrer Mittagspause mit der Neuigkeit beglücken würde – in der Hoffnung, dass sie bis dahin etwas Dampf abgelassen haben und weniger zornig sein würde. In der Zwischenzeit würde er weitere Nachforschungen anstellen. Denn das Gespräch von gestern Abend beschäftigte ihn noch immer, zumal er uneins mit sich selbst war, wie er die Ausrichtung der Bad Boys einschätzen sollte: radikal, extrem, gewaltbereit? Oder war bei denen alles mehr Schein als Sein?

Was er brauchte, war eine fachkundige Meinung, ein Expertenrat. Zunächst kam ihm Sportreporter Bäcker in den Sinn, der bestimmt nichts dagegen gehabt hätte, sich noch einmal von ihm löchern zu lassen. Doch dann fiel Paul jemand ein, der noch geeigneter sein könnte.

Er hatte es eilig, zur Garderobe zu gelangen und seine Jacke nach dem Portemonnaie zu durchsuchen. Paul entnahm die in den letzten Tagen gesammelten Visitenkarten und zog eine mit eingeprägtem FCN-Logo heraus. Er wählte die Nummer von Ivonne Wagner.

Die angenehm warme Stimme der Spielerberaterin meldete sich prompt, und als Paul seinen Namen nannte, fiel die Begrüßung sehr freundlich aus: »Ach, das ist ja nett, dass Sie sich noch mal rühren. Ich hatte befürchtet, der Auftritt meines Chefs neulich hätte Sie für alle Zeiten verschreckt.«

»So leicht bin ich nicht zu verschrecken. Außerdem hatte ich eher erwartet, dass Sie nichts mehr mit mir zu tun haben wollen, nachdem Ihnen Bronski die Hölle heißgemacht hat.«

»Nein, nein ... ich glaube, ich bin Ihnen noch den Rest unseres unsanft beendeten Gesprächs schuldig.«

»Schuldig sind Sie mir gewiss nichts, aber ich komme gern darauf zurück«, meinte Paul und ließ sich bereitwillig auf ein Geplänkel über Chefs im Allgemeinen und Bronski im Besonderen ein, die neuesten Marotten von Spielern und darüber, dass der Durchschnittsbürger ja auch nicht immer ganz einfach zu nehmen sei. Ivonne Wagner berichtete vom Knatsch mit ihrem Nachbarn, der mit Vorliebe an lauen Sommerabenden Rasen mähte, wenn sie mal ihre Ruhe haben wollte, umgekehrt aber Sturm lief, sobald sie mal zu einer Gartenparty einlud.

»Sind halt alles nur Menschen«, fasste Paul ihr kurzweiliges Gespräch zusammen, um zu seinem eigentlichen Anliegen überzuleiten: »Genauso wie die Fans.«

»Ja, da sagen Sie was Wahres: Unsere Fans sind ganz besonders menschlich – im Sinne von emotional«, meinte Ivonne Wagner etwas despektierlich.

»Das klingt nicht so, als wären Sie ein Fan der Fans.«

»Doch, doch. Bitte nicht falsch verstehen. Ich bewundere die Hingabe unserer Anhänger. Sie machen den Club erst zu dem, was er ist.«

»Aber?«, hakte Paul ein.

»Aber manche übertreiben es ein wenig.«

»Sie reden von den Ultras?«

»Insbesondere von den Bad Boys. Ja, ich muss zugeben, dass diese Jungs mitunter den Bogen überspannen.«

»Die überzogene Begeisterung der extremen Fans gefährdet das Renommee des Clubs, was?«

Ivonne Wagner holte tief Luft. »Ich merke schon, Sie wollen es genau wissen. Also gut. Aber dann muss ich etwas ausführlicher werden.«

»Nur zu!«, ermunterte Paul.

»Um zu begreifen, wie die Ultras ticken, muss man sich mit ihrer Geschichte auseinandersetzen: Sie sind ja mehr als bloß eine bunte und vor allem schrille Kulisse, sondern sehen sich als Stachel im Fleisch des modernen Fußballs, als Gegenpol zum reinen Kommerz. Es ist kein Zufall, dass die ersten Ultras Mitte der Neunzigerjahre auftauchten, als aus Stadien Arenen mit VIP-Lounges wurden. Sie vermeiden jeden unnötigen Kontakt mit Funktionären und der Polizei, weil sie sich nicht einspannen lassen wollen in das große Geschäft mit dem Fußball. Sie haben ein äußerst diffuses Verhältnis zur Gewalt:

Eine Mehrheit toleriert, dass eine Minderheit zuschlägt. Brutalität stiftet in gewisser Weise die Identität der Ultras und damit ihren sozialromantischen Glauben, Volkes Stimme zu sein. Dies spricht aber auch für ihre Naivität.«

»Eine ziemlich handfeste Naivität.«

»In der Tat trifft das bei extremen Gruppierungen wie den Bad Boys zu: Ihre Waffen sind Gaspistolen, Baseballschläger und Bengalos.«

»Ich denke, dass die Gewaltbereitschaft das eigentliche Problem ist«, wollte Paul den akademischen Ausflug seiner Gesprächspartnerin abkürzen.

»Na ja, ein echter Ultra würde Ihnen darauf in etwa so antworten: ›Wir gehen selbstbewusst durchs Leben, sind aber nicht zwanghaft auf der Suche nach neuen Feinden‹.«

»Und wenn dann doch die Fetzen fliegen ...«

»... dann waren es die anderen, die angefangen haben. – Das Selbstbild der Bad Boys und die Betrachtung von außen liegen weit auseinander.«

»Aber bei einer so eindeutigen Sache wie Mord bleibt kein Spielraum für unterschiedliche Perspektiven der Wahrnehmung«, redete Paul jetzt Tacheles. »Ich weiß aus zuverlässiger Quelle, dass sich die Bad Boys Buggi kurz vor seinem Tod vorgeknöpft haben. Dabei sind sie nicht gerade zimperlich mit ihm umgegangen.«

»Wirklich?«, kam es nach einigen Sekunden Pause aus dem Hörer. »Meint die Polizei, dass die Fans etwas damit zu tun haben?«

»Die Polizei? Nein, noch nicht. Aber sie wird zweifellos gegen die Bad Boys ermitteln.«

»Das ist schade«, sagte Ivonne Wagner und klang bedrückt. »Und auch traurig. Ich habe an eine Wende in der

Entwicklung geglaubt. Wissen Sie, unsere Fanbeauftragten haben viele Gespräche geführt in der letzten Zeit. Sie haben sich alle Mühe gegeben, wieder eine Art Ästhetik in die Kurve zu bringen und sie nicht durch einzelne aggressive Gruppierungen stören zu lassen. Das martialische Gehabe der Bad Boys ist schon lange ein Problem. Die Ultras sollen ja nicht als furchteinflößender Block auftreten, sondern facettenreich und farbenfroh. Ultra – dieser Begriff steht eigentlich für Kreativität, für Entfaltung und Weltoffenheit. Bei der überwiegenden Mehrheit der Nürnberger Hardcorefans ist es auch so. Da gibt es viel Transparenz und internationale Verbindungen mit anderen Fanvereinigungen, etwa in Wien und Göteborg. Aber bei den Bad Boys ...«

»... da bleibt es bei frommen Wünschen, fürchte ich«, meinte Paul. »Jedenfalls müssen wir der Tatsache ins Auge blicken, dass die Bad Boys nicht unbeteiligt sind an dieser schlimmen Geschichte mit Buggi.«

Ivonne Wagner seufzte. »Ich kann froh sein, dass das nicht meine Baustelle ist. Ich habe mit meinen Jungs aus dem Kader genug um die Ohren.«

Paul musste lachen. »Sind Sie wohl immer noch damit beschäftigt, die Hochzeit von Sakowsky und Svetlana zu vereiteln?«

»Lästern Sie nur, Herr Flemming. Sakowsky wird es mir eines Tages danken, wenn mir das tatsächlich gelingen sollte. Aber mein Einfluss ist begrenzt: Am Ende müssen die Jungs selbst wissen, was sie tun. Ob das nun gut für sie ist oder nicht. Ich kann nicht mehr tun, als ihnen wohlgemeinte Ratschläge mit auf den Weg zu geben und sie vor den schlimmsten Übeln zu warnen. Doch wenn Liebe im Spiel ist ...«

»Liebe macht blind.«

»Genau. In solchen Fällen bin ich machtlos.«

Es ging auf zwölf Uhr zu, als Paul in Richtung Weinmarkt aufbrach, um sich in seinem Atelier nützlich zu machen. Über die Pegnitz flogen schnatternd die Enten, und er wartete, bis sie vorbeigezogen waren, bevor er Katinkas Nummer in sein Handy eingab: »Hallo, Schatz. Ja, natürlich, ich bin längst aufgestanden. Die Küche ist aufgeräumt und blitzblank. Keine Spur mehr zu sehen von eurer gestrigen Orgie. Jetzt bin ich auf dem Weg in mein Studio.«

Ehe er weitersprechen konnte, stellte ihn Katinka vor vollendete Tatsachen: »Spar dir dein Herumgerede, Paul. Frau Stahl hat mich längst informiert über die Ereignisse der letzten Nacht. – Übrigens interessant, dass du zu solch delikaten Aktionen sie anstatt mich an deine Seite nimmst.«

»Es war ja nicht geplant, dass Jasmin dazustößt.«

»Fakt ist: Du hast sie angerufen und um Hilfe gebeten. Wahrscheinlich, weil du meine Nummer gerade nicht im Kopf hattest.«

»Sei nicht albern. Ich brauchte in dieser Situation die Polizei und nicht die Staatsanwaltschaft.«

»Jaja, schon gut. Ich komme mir wirklich kindisch vor. Dank dir verhalte ich mich mit meinen 44 Jahren wieder wie ein eifersüchtiger Teenager.«

»Meine Worte, die Partnerschaft mit mir hält jung!«, versuchte Paul einen Witz anzubringen. »Was habt ihr denn mit Fränki gemacht? Hast du Haftbefehl erlassen?«

»Warum denn? Wegen der Körperverletzung an einem inzwischen Verstorbenen? Oder weil Fränki in seiner Freizeit an Bastelgruppen teilnimmt?«

»Kati, der Mann ist brandgefährlich! Im wahrsten Sinne des Wortes.«

»Ich weiß. Auf meinem Tisch liegen vier Strafanzeigen aus seiner Akte: Verstoß gegen das Waffengesetz, Hausfriedensbruch, Verstoß gegen das Betäubungsmittelgesetz, gefährliche Körperverletzung. Der Mann ist nicht ohne.«

»Warum setzt du ihn dann nicht fest?«

»Weil es dafür keinen triftigen Grund gibt. Die Polizei wird sich seine Gruppierung vornehmen und darauf einwirken, dass die Bad Boys beim Derby keinen Stunk machen. Aber mit dem Todesfall Weinfurther können wir Fränki und seine Jungs und Mädels nicht in Zusammenhang bringen.«

»Was, wenn sie Buggi nicht nur verprügelt, sondern ihm auch die Überdosis Medizin gegeben haben?«, fragte Paul, während er die mächtige Stadtmauer durchquerte und seinen Weg durch die Altstadt fortsetzte.

»Gegen deine These spricht mindestens eines«, sagte Katinka und klang geschäftig.

»Das wäre?«

»Buggi Weinfurther hat sämtliche Pillen, Kapseln und Pülverchen, die zusammengenommen zu seinem Tod führten, selbst besorgt. Dies wurde mittlerweile bestätigt.«

»Wie das?«

»Ganz legal, das meiste auf Rezept. Sein Hausarzt beschreibt ihn als hypochondrisch veranlagt. Er muss wegen jedem Zipperlein in die Praxis gelaufen sein. Seine Hausapotheke war jedenfalls bestens bestückt.«

»Na und? Dann hat sich der Mörder eben aus der Hausapotheke bedient.«

»Sehr, sehr unwahrscheinlich.«

»Aber vielleicht war es so, dass ...«

»Ich muss Schluss machen, Paul. Die Arbeit ruft. Bis später.«

Katinka hängte ein, ohne dass Paul noch einmal zu Wort gekommen wäre. Geladen nahm er die letzten 100 Meter bis zum Burgberg.

Er stürmte die Treppen zu seinem Atelier hinauf, schloss die Tür auf und schlug sie hinter sich zu. Der Knall ließ ihn innehalten. Das war heftig, überdachte er selbstkritisch seine starken Emotionen. Im Vergleich zu den Ultras musste er sich fragen, ob er nicht ebenso zum Extremismus neigte. Verbissen genug war er jedenfalls mitunter.

Es verging keine Minute, bis es klingelte. Paul mochte seinen Augen nicht trauen, als er vor der Tür seines Lofts Svetlana antraf. Ein Déjà-vu, auf das er gern verzichtet hätte. Wie meist war sie aufreizend gekleidet, diesmal in superkurzen Jeansshorts und einer Bluse, deren Knöpfe ihrer Funktion beraubt waren, da sie die meisten davon offen ließ. Erwartungsgemäß trug sie Schuhe mit superhohen Absätzen. Nur ihr Gesicht wollte nicht zum Bild des Vamps passen, den sie so gern spielte.

»Ich habe doch klar und deutlich gesagt, dass ich keine Fotos von dir mache«, meinte Paul so abweisend wie möglich.

»Brauchst du niiicht mehr. Ich bin zu eine Kollege von dir gegangen: Axel Bär chat miiich fotografiert. Sehr seeexy Bilder.«

Auch das noch, dachte Paul. Ausgerechnet seinen Erzrivalen und Antikumpel Bär hatte sie sich ausgesucht. Aber irgendwie passte es auch. Bärs Bilder fand Paul genauso primitiv wie Svetlanas Auftreten.

»Warum bist du sonst hier? Ich habe keine Lust auf weitere Flirtspielchen. Das ist mir zu kindisch, und es kommt nichts dabei raus.«

»Ich brauche deine Hiiilfe«, sagte Svetlana mit einem tiefen Blick aus ihren großen Augen, der Paul trotz all seiner Abwehrversuche erweichte.

»Um was dreht es sich diesmal? Über Buggi kann ich dir nichts Neues erzählen, wenn es das ist, worauf du aus bist.«

»Nein, es geht um meine Dirk. Ich mache mir Sooorgen um ihn. Ich glaube, er steckt in der – wie sagt man? – Klemme.«

»Also schön«, seufzte Paul und bat sie herein. »Aber fass dich bitte kurz. Ich habe zu tun.«

Sie gingen direkt ins Atelier, wo die Spätsommersonne durch das ovale Oberlicht fiel und den Raum in ein freundliches Gelb tauchte.

»Was ist los mit Sakowsky? Was sollen das für Schwierigkeiten sein, von denen du sprichst?«

»Ich meine das Geld. Sein Vermöööögen.«

»Ich dachte, er hat keines mehr. Jedenfalls hört man das immer mal wieder.«

»Das ist riiichtig. Das meiste ist weg. Und ich mache Sooorgen, dass er auch noch den Reeest verliert.«

»Weil er dann keine gute Partie mehr für dich wäre?«, fragte Paul und fing sich einen bösen Blick seiner Besucherin ein.

»Nein, darum geht es mir niiicht. Ich liebe meine Dirk.« Sie schmollte ein wenig und strafte Paul mit Missachtung für seine Unterstellung. Schließlich räumte sie ein: »Er chat viel falsch gemaaacht.«

Paul kamen die illegalen Wetten in den Sinn, über die

spekuliert wurde. Sollte Sakowsky sich tatsächlich daran beteiligt und dabei verzockt haben?

»Hat er etwas mit Sportwetten am Hut?«, riet Paul. »Oder setzt er gar auf sich selbst? Das ließe sich doch an seinen Kontoauszügen ablesen, wenn er zum Beispiel öfter größere Summen abhebt.«

»Ich weiß das niiicht. Iiich kenne mich nicht aus mit die Buchhaltung.« Sie nestelte an ihrer winzigen Handtasche und zog einen Umschlag heraus. »Hier! Für diiich.«

»Was ist das?«, erkundigte sich Paul befremdet. »Etwa Geld? Wofür?«

»Nein, kein Geld. Mach es auf!« Sie wedelte mit dem Kuvert.

Paul nahm es zögerlich an, öffnete den Falz. Zum Vorschein kamen zwei Eintrittskarten für das große Derby sowie zwei Tickets für den VIP-Bereich des Stadions. Fragend sah er Svetlana an.

»Das sind guuute Plätze auf der Chaupttribühne. Reihe acht im Seppl-Schmitt-Block. Mit gepolsterte Sitze. Und in der *Kulmbacher-Lounge* iiist Essen und Trinken soviel man wiiill. Sehr gute Kiiiche.«

»Svetlana, ich weiß nicht, was ich damit anfangen soll.«

»Du schenkst die Karten deiner Frau. Sie macht sich einen schööönen Abend mit einer Freundin. Oder du giiibst sie Kumpels oder Eltern.«

»Ich könnte sie auch selbst einlösen.«

»Nein, das kannst du niiicht. Weil du mich am Derbyabend in unser Appartement begleitest. Während Dirk spielt, sind wir ungestört.«

»Fängt das schon wieder an?«

»Nein, du denkst falsch: Wiiir wollen anschauen Dirks Unterlagen. Aktenordner mit Konto und Quittungen. Dann sehen wir, was verkehrt läuft.«

Ein Schmunzeln schlich über Pauls Lippen. »Du verwechselst mich mit einem Steuerberater.«

»Nein, du bist der Riiichtige. Du bist nicht nur großer, schöner Mann, sondern Detektiv.«

»Unsinn.«

»Reichen die Karten niiicht als Lohn? Willst du auch Geld? Oder ...« Sie nahm den Kragen ihrer Bluse zwischen Zeigefinger und Daumen.

»Nein, Svetlana, lass es! Ich möchte weder Tickets noch Geld und schon gar keinen Sex von dir. Ich kann deinen Auftrag nicht erledigen, weil ich nicht als Ermittler arbeite.«

»Machst du doooch.«

»Ausschließlich zu meinem Privatvergnügen. Ich würde mich strafbar machen, wenn ich unberechtigt in fremder Leute Buchhaltung rumschnüffelte.«

»Aber ich bin doch bei diiir die ganze Zeit.«

»Dadurch wird es nicht besser.«

Svetlana sah niedergeschlagen aus, und es schien, als würde sie aufgeben. Doch dann sagte sie etwas, das Pauls Interesse augenblicklich wieder wachrief: »Buggi war niiicht nur der Busfahrer. Er immer guter Freund von Dirk gewesen. Buggi chat für Dirk eine Sache erledigt kurz vor seinem Tod. Er chat etwas für ihn herausfiiinden sollen. Da ging es auch um das viele Geld, das weg ist.«

»Was? Und damit rückst du erst jetzt raus? Das ist ein entscheidender Hinweis! Er liefert uns das erste ernst zu nehmende Mordmotiv.« Paul sah sich nach dem Telefon um, entdeckte es auf der Fensterbank und nahm es zur Hand.

»Was tuuust du?«, fragte Svetlana besorgt.

»Ich verständige eine Bekannte von mir, die ist bei der Polizei.«

»Nein!«, rief Svetlana bestürzt. »Bullen briiingen meine Dirk bloß Probleme.«

»Ohne Polizei wird dein Zukünftiger wahrscheinlich viel größere Probleme kriegen. Was, wenn Sakowsky das nächste Opfer ist?«

»Troootzdem: Ich wiiill keine Buuullen!« Als Paul keine Anstalten machte, das Telefon zur Seite zu legen, bekräftigte sie: »Wenn du die Polizei rufst, werde ich niiichts sagen. Die dann glauben, du chast dir alles nuuur zusammengespooonnen.«

Na toll, dachte Paul grimmig. Im Umgang mit diesem Herzchen hatte er wirklich seine liebe Not. »Dann erzähl mir wenigstens, was du noch weißt über Buggis Erkenntnisse.«

»Niiichts. Meine Dirk spricht niiicht darüber. Ich glaube, er will mich damit schüüützen.«

Paul überlegte, ob es Sinn ergab, wenn er selbst versuchte, Sakowsky zum Reden zu bringen. Aber die Wahrscheinlichkeit, dass er abblitzen würde, erschien ihm als sehr hoch. Wenn er dieser vielversprechenden Spur folgen wollte, würde ihm wohl nichts anderes übrig bleiben, als sich auf Svetlanas abenteuerlichen Plan einzulassen. Falls jedoch Katinka davon erführe, könnte er gleich einen Termin beim Scheidungsanwalt ausmachen.

»Uuund?«, fragte Svetlana und trippelte auf ihren High Heels übers Parkett. »Maaachst du es mit miiir?«

Paul überhörte die Doppeldeutigkeit ihrer Worte und sagte mit allem Ernst in der Stimme: »Ja, ich komme morgen Abend kurz nach dem Anpfiff in euer Appartement. Aber eines ist klar: Wenn wir konkrete Hinweise auf ein Motiv für den Mord an Buggi entdecken, ziehen wir die Polizei hinzu. Dann gibt es keine Ausflüchte mehr.«

Svetlana ließ sich diese Bedingung durch den Kopf gehen, bevor sie zustimmte: »Einverstanden. Ich erwarte diiich morgen bei miiir.« Mit diesen Worten drückte sie ihm die Freikarten fürs Derby in die Hand.

Mit seiner leichtfertigen Zusage brachte sich Paul wieder einmal selbst in Teufels Küche. Das war ihm vollauf bewusst, doch konnte er der Verlockung nicht widerstehen, den Fall Weinfurther vielleicht schon in Kürze aufklären zu können.

Teufels Küche – bei diesem Gedanken kam Paul unwillkürlich Hannes Fink in den Sinn. Wenn er sich bei ihm aussprechen würde, könnte das ein wenig von seinem schlechten Gefühl nehmen, das sein Vorhaben in ihm auslöste. Der Pfarrer würde ihn zweifelsohne für verrückt erklären und dringend abraten, sich auf Svetlanas Mätzchen einzulassen, aber Paul war es dennoch wichtig, zumindest eine andere Person einzuweihen. Und zwar eine Person, die schon von Berufs wegen zum Schweigen verpflichtet war. Damit ging er kein Risiko ein.

Er hatte Glück. Diesmal traf er Fink an. Nicht in der Kirche, dafür aber im Pfarrhaus, wo der beleibte Geistliche mit dem grauschwarzen, zum Pferdeschwanz gebundenen Haar an einem soliden Naturholztisch in der

Küche saß und andächtig eine Flasche aus Braunglas mit Sektkorkenverschluss betrachtete.

Paul pochte an den Rahmen der Tür: »Klopf, klopf, ich bin's. Die Wohnungstür stand auf, deshalb bin ich einfach reingekommen.«

»Schon recht, Paul, hol dir ein Glas aus dem Schrank und setz dich zu mir«, sagte Fink, ohne auch nur kurz aufzusehen.

Paul tat, wie geheißen, und ließ sich auf einen Schemel sinken. »Was ist das für ein geheimnisvoller Trank?«, fragte er neugierig. »Für Sekt sieht's zu dunkel aus.«

Statt direkt zu antworten, schweifte Fink – ganz wie es seine Art war – zunächst ab: »Du beschäftigst dich zur Zeit mit diesem Toten beim Club, ja? Hannah hat mir davon erzählt.« Paul bestätigte dies, woraufhin Fink die seltsame Frage anschloss: »Was ist denn deiner Meinung nach das Wichtigste, das man in so einem Fall beachten sollte?« Vorsichtig löste er das Drahtgeflecht, das den Korken in der Flasche hielt.

»Das Wichtigste? Keine Ahnung, auf was du hinauswillst.«

»Ganz einfach: Wenn man sich ernsthaft mit Fußball auseinandersetzen möchte, braucht man vor allem Herzblut.«

Jetzt wusste Paul, was der Pfarrer andeutete, denn auf dem Korken, den er nun herausdrehte, war in großen schwarzen Lettern der Begriff »Herzblut« eingebrannt.

»Lass uns davon trinken und über den Club plaudern«, schlug Fink vor und schenkte beiden ein. Eine torfdunkle, ölige Flüssigkeit ergoss sich in die Gläser und bildete an der Oberfläche eine feste eierschalenfarbene Creme.

»Bier?«, fragte Paul verblüfft.

»Ja, klar. Zum Fußball gehört nun mal Bier und kein Schaumwein. Aber das ist was ganz Besonderes. In Pyras gebrautes Imperial Pale Ale. Das Original ist vor ein paar hundert Jahren von schottischen Mönchen entwickelt und extrem stark eingebraut worden. Es sollte langen Seereisen bis in ferne Kolonien standhalten, daher auch der hohe Alkoholgehalt. Zum Wohl!«

Fink hob sein Glas und stieß mit seinem Gast an. Paul kostete mit Bedacht, schmeckte eine leichte Süße, gefolgt von Bitterstoffen und dann …

»Wow! Das ist ja eine Wucht. Viel kann man davon aber nicht trinken.«

»Angeblich haben es die Empfänger in den Kolonien vor dem Konsum mit Wasser verdünnt. Aber wir sollten es unverfälscht genießen«, brummte Fink zufrieden. Dann straffte er die Schultern, beäugte Paul kritisch und meinte: »Kommen wir zum Thema. Du willst einen Mord im Fußballmilieu aufklären. Ausgerechnet *du*.«

»Ja, ich. Zumindest möchte ich meinen Teil dazu beitragen.«

Der Pfarrer lachte. »Entschuldige bitte, Paul, aber soviel ich weiß, hattest du mit Fußball nie besonders viel am Hut.«

»Ich habe als Kind mal im Verein gekickt.«

Fink winkte ab. »Du magst dich mit Fotografie auskennen und meinetwegen auch ein wenig mit historischen Themen: Dürer, Kaspar Hauser, die Reichskleinodien – so was liegt dir. Aber Fußball?«

»Warum denn nicht?«, begehrte Paul auf. »Mord bleibt Mord, egal in welchem Umfeld er stattfindet.«

Über Finks Stirn breiteten sich Falten wie Wellen auf rauer See aus. »Weißt du, was du dringend brauchst?«, fragte er ernst.

»Nein. Aber du wirst es mir bestimmt gleich sagen«, meinte Paul etwas spöttisch.

»Einen Crashkurs in fränkischer Fußballgeschichte.«

»Und den bekomme ich von ...?«

»Von mir!«, stellte der Pfarrer kategorisch fest. »Bei diesem Thema bin ich sattelfest wie im Neuen Testament.«

Ehe Paul etwas dagegen einwenden konnte, geriet Fink nach dem nächsten Schluck Herzblut ins Schwadronieren über den glorreichen Club im Allgemeinen und die lange Tradition der Lokalderbys im Besonderen. »Wusstest du, dass die erste offizielle Begegnung der beiden Mannschaften bereits 1902 stattgefunden hat? Wenn es morgen wieder so ausgeht wie damals, dürfen wir uns freuen.«

»Wie war denn das Ergebnis?«, wollte Paul wissen.

»15:0 für Nürnberg gegen den damaligen TV Fürth 1860. Den Vorsprung konnten unsere Jungs aber nicht lange halten, denn schon zehn Jahre später zogen die Kleeblätter an uns vorbei.«

»Ein ewiges Hin und Her.«

»Spielerisch ließen sich die Nürnberger damals nicht lumpen und hatten bald wieder die Nase vorn: Man denke nur an die Siegesserie zwischen 1918 und 1922: in 104 Spielen ungeschlagen! Da haben wir den Fürthern gezeigt, wo der Hammer hängt.«

»Hannah würde dir jetzt energisch widersprechen«, meinte Paul in Gedanken an die jüngst erwachte Leidenschaft seiner Stieftochter für die Spielvereinigung.

»Wenn ich mich nicht täusche, waren es dann wieder die Fürther, die die Nürnberger Siegeskette beendeten. Und in den ruhmreichen Zwanzigerjahren wurde die Nationalmannschaft ungefähr zu gleichen Teilen mit Spielern aus beiden Städten besetzt. Also wieder pari.«

»Das stimmt. Und das Gleichgewicht der Kräfte hielt ziemlich lang an. Genau genommen bis zur legendären Heimniederlage des Clubs im Oktober 1956. 2:7 ging das Fiasko aus, wenn ich das richtig im Kopf habe. Dazu gibt es einen herrlichen Kommentar vom damaligen Außenläufer Hans ›Bumbes‹ Schmidt: ›Ausgerechnet die Blödel aus Fürth gewinnen das!‹ Aber in den Jahren danach trennte sich endlich die Spreu vom Weizen: Als 1963 die Bundesliga eingeführt wurde, verpatzten die Kleeblätter ihre Qualifikation. Die Nürnberger haben zwar auch öfter mal zwischen Zweiter und Erster Liga gewechselt ...«

»Ja, drei oder vier Mal. Mindestens«, warf Paul ein.

»Sieben Mal«, präzisierte Fink. »Aber auf Augenhöhe sind die beiden Vereine erst wieder, seitdem die Fürther auch in der Ersten Liga angekommen sind. Ich frage mich, wie lange sie sich halten.«

»Dieselbe Frage kannst du momentan aber auch beim Club stellen«, meinte Paul. »Vor allem, wenn der Kader weiter geschwächt wird, etwa durch den Wechsel von Kevin Modzig zu den Kleeblättern.«

Fink schüttelte behäbig seinen fleischigen Kopf. »Ein Wechsel zwischen den beiden Vereinen – so was war in den Anfangsjahren undenkbar. Bis dann Leonhard ›Loni‹ Seiderer das Tabu brach und als erster Spieler von Nürnberg nach Fürth ging. Dafür gab es allerdings eher persönliche statt sportliche Motive: Angeblich hatte er sich in eine Fürtherin verliebt, was ihm die Nürnberger nie verziehen hätten.«

Paul lachte. »Kaum zu glauben, diese Anekdote.«

»Wie so viele andere wahre und halbwahre«, sagte der Pfarrer und wirkte mit einem Mal sehr ernst. »Das Konkurrenzdenken zwischen den Klubs – und auch zwischen den Fans – ist mit den Jahren nicht kleiner geworden. Wir können nur hoffen, dass die Partie morgen glimpflich verläuft. Sowohl auf dem Feld als auch auf der Straße.«

»Du spielst auf den Überfall auf die Fürther Fankneipe an, ja?«

Fink machte eine wegwerfende Handbewegung. »Kinderkram! Die reiben sich in Wahrheit doch schon seit Ewigkeiten. Fürth gegen Nürnberg, das ist das älteste und das meistgespielte der großen Nachbarschaftsduelle, die Großmutter aller Derbys, wie der Fürther Klubchef Helmut Hack gern sagt. Diese Großmutter hat viele ungezogene Enkel hervorgebracht: die Rowdies unter den Fans. Schon bei der Fahrt zum Länderspiel 1924 in Amsterdam, das ausschließlich von Kickern beider Vereine bestritten wurde, mussten Spieler wie auch Fans wegen ihrer Rivalitäten in getrennten Waggons untergebracht werden. Und auch die Sache mit den Bengalos ist beileibe nicht neu: Schon Mitte der Siebzigerjahre kam es zu einem Spielabbruch, weil Nürnberger Anhänger Feuerwerkskörper gezündet und den Platz gestürmt hatten.«

»Aber woran liegt's?«, versuchte Paul, dem das Bier schnell zu Kopfe stieg, die Ursache der Jahrzehnte überdauernden Fehde zu ergründen. »Bloß weil sich die Nachbarstädte seit jeher als Konkurrenten betrachtet haben?«

Fink zuckte mit den Schultern. »Schwierige Frage. Da muss ich wohl philosophisch werden.« Er nahm einen großen Schluck Herzblut zu sich. »Es liegt inzwischen wohl weniger an den Fürthern, denn bei denen überwiegt momentan noch das Gefühl der Dankbarkeit, in der Ersten Liga dabei sein zu können. Letztlich kommt es auch bei einem Derby auf die Größe an, und es sollte unter den Nachbarn unstrittig sein, dass der Club die Nummer eins in der Region ist und bleibt. Das Problem sehe ich in der Nürnberger Selbstwahrnehmung, die immer schon von einem Gefühl der Schwäche dominiert wurde. Diese speist sich aus der allgemeinen fränkischen Demutshaltung – oder sagen wir: Minderwertigkeitsgefühlen. Aber wohl auch aus der Geschichte des sportlichen Scheiterns heraus. Und da scheint es der ein oder andere für nötig zu halten, sich einen Kleineren zu suchen, auf dem er herumhacken kann. Wehe nur, wenn der Kleinere das Derby gewinnt.«

Paul fand es nun an der Zeit, seinem Freund von Svetlana und ihrem irrwitzigen Plan zu berichten. Während er vortrug, rechnete er stets damit, dass ihn Fink unterbrechen und von seinem Vorhaben abbringen würde. Doch das tat er nicht. Im Gegenteil: Selbst als Paul die ganze Geschichte erzählt und die möglichen Konsequenzen aufgezeigt hatte, blieb der Pfarrer ruhig sitzen und beobachtete ihn aus seinen dunklen, klugen Augen.

»Und?«, fragte Paul, nachdem vonseiten Finks nichts kam. »Hältst du mich für übergeschnappt?«

»Nein«, meinte Fink ohne jedes Zögern. »Ich halte dich für leichtsinnig, ja, aber das ist nichts Neues. Wenn du der Ansicht bist, dass du mit der Sichtung von Sakowskys Unterlagen ein Gewaltverbrechen aufklären kannst, dann solltest du es tun. Denn ergreifst du diese Chance nicht, wirst du dich später ärgern und dir Vorwürfe machen. Zu Recht, denn womöglich entginge durch deine Passivität ein Mörder seiner Verurteilung durch ein irdisches Gericht.«

»Du rätst mir also zu?«

»Wenn es wirklich keine Möglichkeit gibt, die Sache gemeinsam mit der Polizei in Angriff zu nehmen, dann ja.«

Mit großer Genugtuung und einem wiederhergestellten Wohlbefinden leerte Paul sein Glas und ließ die letzten Schlucke Herzblut durch seine Kehle fließen.

17

Diesmal hing der Haussegen wirklich schief, sehr schief sogar. Natürlich hatte ihm Katinka eine Abfuhr verpasst: »Du kannst mich mal!«, war ihre heftige Reaktion auf sein Angebot, ihr die beiden Fußballtickets für einen Besuch des Derbys gemeinsam mit Hannah zu überlassen. Den Rest des Abends und auch das darauffolgende Frühstück über strafte sie ihn mit Missachtung und Schweigen. Das schmerzte Paul, denn sein Harmoniebedürfnis nahm es ihm übel, wenn sich Streitereien mit nahestehenden Menschen in die Länge zogen, und bei Katinka war es besonders schlimm.

Einen Vorteil aber hatte ihre Krise: Wenn Katinka nicht mit ihm sprach, musste er sich ihr gegenüber auch nicht erklären und entsprechend nichts von seinen Plänen berichten.

»Ich fahre ins Gericht«, sagte sie kurz angebunden.

»Aber es ist Wochenende.«

»Habe noch einen Haufen Papierkram zu erledigen. Das kann ich nicht bis Montag aufschieben.«

Bevor sie abzischte, teilte sie ihm knapp und kein bisschen herzlich mit, dass sie erst gegen Abend heimkommen würde. Was auch immer er vorhätte: Er bräuchte nicht auf sie zu warten. Das, dachte Paul, kam ihm sogar gelegen.

Die beiden Tickets brachte er auch noch an den Mann. Sein Vater sagte ohne jedes Zögern zu, denn mit seiner Dauerkarte hätte er längst nicht so prominent gesessen. Dabei ließ er so etwas wie Begeisterung anklingen – eine für ihn absolut untypische Regung. Hermann meinte, er wollte sich sofort hinters Steuer setzen, um ja nicht zu spät zu kommen.

»Aber Vati, es ist 11 Uhr früh, das Spiel beginnt erst um 18 Uhr 30. Du brauchst nicht mal eine halbe Stunde hierher«, wandte Paul ein.

»Na gut. Aber spätestens um eins fahr ich los. Man kann ja nie wissen, was auf der Autobahn für ein Verkehr herrscht.«

Auch eine Begleitung war schnell gefunden: Hertha, der noch die Nachwehen ihrer Verletzung in den Knochen steckten und die ohnehin nicht viel für Fußball übrig hatte, verzichtete gern aufs zweite Ticket und schlug Hannah vor. Die freute sich riesig, doch bevor Paul ihr die Freikarte überließ, nahm er ihr das Versprechen ab, dass sie nicht im Fürther Grün auf der Haupttribüne erscheinen würde. Zähneknirschend sagte sie zu, sich »neutral« zu kleiden – was immer das heißen mochte.

Die Karten hinterlegte er, alles war geregelt, die Bühne für das große Finale freigeräumt. Dennoch war Paul flau in der Magengegend, als er kurz vor 18 Uhr 30 am Wöhrder See ankam. Auf dem Weg hierher hatte er im Radio die Vorberichterstattung zum Derby verfolgt und lauter gestellt, sobald der Name »Sakowsky« erwähnt wurde. Nichts wäre schlimmer gewesen, als wenn der Spieler aus irgendeinem Grund nicht antreten und sich womöglich doch zu Hause aufhalten würde.

Sicherheitshalber sah er sich in der Umgebung des schicken Wohnblocks nach Sakowskys Sportflitzer um, konnte ihn aber nirgends entdecken. Dann erst läutete er, woraufhin quasi im selben Moment der Türsummer ertönte.

»Hast du schon auf mich gewartet?«, fragte Paul und stellte angenehm überrascht fest, dass Svetlana heute nicht als Verführerin zurechtgemacht war, sondern schwarze Jeans und ein ebenfalls schwarzes, langärmeliges T-Shirt trug.

»Ja, ich bin mit meine Dirk zu Stadion gefahren und sofort zurück. Er deeenkt, ich sitze in Loooge.«

»Sehr schön. Dann wollen wir keine Zeit verlieren.«

Svetlana ging voran, und Paul folgte ihr die Treppe hinauf in ein trendiges, aber im Stil der gesamten Wohnung puristisch eingerichtetes Arbeitszimmer oder vielmehr »Stuuudio«, wie Svetlana es nannte.

»Hier chat meine Dirk seine Unterlagen.« Sie deutete auf eine Regalwand mit einigen schmalen Aktenordnern und auf den Schreibtisch, dessen Schubladen nicht durch Schlösser gesichert waren. Das machte die Sache leichter, dachte Paul.

»Bevor ich anfange: Gibt es hier einen Fernseher oder ein Radio? Ich möchte das Spiel verfolgen, damit wir wissen, was im Stadion passiert, während wir hier alles auf den Kopf stellen.«

Svetlana schaltete eine schmale, blockförmige Dockingstation ein, die über einen Tuner verfügte, und suchte den passenden Kanal. Wenig später hörten sie die markante Stimme von Sportreporter Günter Bäcker, der den zögerlichen Spielauftakt nutzte, um die Aufstellungen beider Mannschaften vorzustellen. Sakowsky wurde als einer der Ersten genannt:

»*... schon in den ersten Minuten übernehmen die Nürnberger nach zuletzt vier Partien ohne Niederlage sofort die Initiative und drängen die Gäste in deren Hälfte, wobei sich allen voran Dirk Sakowsky von seiner besten, kampfeslustigen*

Seite zeigt. Offensiv tut die Spielvereinigung Greuther Fürth zu wenig. Hier muss sich sehr bald etwas ändern, wenn die Entscheidung nicht schon in der ersten Halbzeit fallen soll ...«

Fragende Blicke zog Paul auf sich, als er ein paar Handschuhe aus seiner Jacke holte. »Nur für den Fall, dass es hinterher Beschwerden gibt: Ich möchte keine Visitenkarte in Form von Fingerabdrücken hinterlassen.«

Svetlana hob anerkennend die linke Braue. »Du eben doch bist eeechter Detektiv.«

Paul begann mit seiner Suche, wobei er zunächst ohne festes Konzept vorging. Da er nicht wusste, welche Art von Ungereimtheiten er finden musste, war er auf Zufallstreffer angewiesen. Willkürlich nahm er sich zunächst einige Schnellhefter vor, die auf dem Schreibtisch lagen, fand aber nichts, das ihn weiterbrachte. Er verlagerte sein Hauptaugenmerk auf den Inhalt der Schreibtischschubladen. Auch hier stieß er auf Folianten, die Rechnungen und Quittungen enthielten. Nichts davon erwies sich als auffällig.

»... zwangsläufig ergeben sich durch die Schwäche der Fürther immer wieder Chancen für Nürnberg, wie bei Kevin Modzigs Kopfball in der 10. Minute und Dirk Sakowskys Freistoß von der Strafraumgrenze in der 21. Minute. Es grenzt an ein Wunder, dass die Gastgeber noch keine dieser besten Gelegenheiten in etwas Zählbares verwandeln konnten ...«, tönte es aus dem Radio.

Schon über 20 Minuten rum? Paul war etwas besorgt darüber, wie schnell die Zeit verflog. Denn noch immer hatte er nichts und wieder nichts entdeckt, das Svetlanas Argwohn rechtfertigen könnte. Sakowskys Unterlagen waren so aussagekräftig wie die jedes

Durchschnittsbürgers. Paul brauchte nun dringend seinen Zufallstreffer – und dieser ließ nicht mehr lange auf sich warten: In einem Stapel Kontoauszüge vom vergangenen Jahr, die er auf der mattweißen Schreibtischplatte ausgebreitet hatte, stutzte er bei einer auffallend hohen Überweisung.

»Donnerwetter!«, drückte Paul sein Erstaunen aus. »Dein Dirk hantiert ja öfters mit großen Beträgen, aber dieser hier frisst einen guten Teil seines Guthabens auf: 600.000 Euro wurden zunächst von einem Festgeldaufs Girokonto übertragen, um dann auf ein Fremdkonto transferiert zu werden. Und zwar ...« Paul hielt den Auszug ins Licht, um den Empfänger besser entziffern zu können. »... zugunsten einer Firma namens TrustSolid. Dem Namen nach ein Investmentfonds für Immobilienanlagen. Hat er wohl ein Haus gekauft oder das Geld in Eigentumswohnungen gesteckt?«

Svetlana fuhr sich nachdenklich mit dem Zeigefinger über die Lippen. »Niiicht ich wüüüsste. Er kauft Uhr für sich und Schmuck für miiich. Aber kein Haus. Nein, das muss sein ein Iiirtum.«

»Die Überweisung ist jedenfalls kein Irrtum.« Paul wühlte sich weiter durch die Auszüge und hielt nun zielgerichtet Ausschau nach einer erneuten Erwähnung der TrustSolid – und er wurde fündig: »Hier! Noch eine Transferierung. Sie ging erst im Juli raus. Noch einmal satte 200.000 Euro. Das ist kein Pappenstiel. Hast du davon auch nichts mitbekommen?«

»Nein, meine Dirk macht seine Geschäfte allein. Niiicht reden mit mir darüber. Außerdem: Wir kennen uns ja noch nicht so laaang. Vielleicht das alles war vor meiner Zeit.«

»Immerhin bist du bald seine Frau. Unter Eheleuten sollte es üblich sein, dass man sich über so etwas unterhält.« Paul rieb sich das Kinn. »Wie ist er denn überhaupt auf die Firma TrustSolid gekommen? Ich habe noch nie etwas von diesem Unternehmen gehört oder gelesen.«

Da Svetlana nur unwissend mit den Achseln zuckte, durchstöberte Paul weiter die Unterlagen. Er ging von den Auszügen auf einen Ordner mit geschäftlicher Korrespondenz über.

Währenddessen zog der Spielverlauf an. Sprecher Bäcker beschleunigte das Tempo seiner Kommentare, schilderte anschaulich einen Alleingang von Kevin Modzig, der das Abspiel zu seinen bereitstehenden Mitspielern verweigerte, um in Rambo-Manier auf das gegnerische Tor zu stürmen und endlich das 1:0 einzutüten, denn bis zum Halbzeitpfiff blieben nur wenige Sekunden. Sein Schussversuch geriet allerdings zum Rohrkrepierer, was Bäcker zu der zynischen Bemerkung veranlasste, dass Modzig seinem möglichen künftigen Arbeitgeber wohl keins reinwürgen wollte:

»*... da fragt sich der geneigte Zuschauer, ob Modzig mit seinem Herzen wirklich noch bei den Nürnbergern oder mental bereits in die Nachbarstadt gewechselt ist. Es ist den Fans nicht zu verdenken, dass Modzig von der gesamten Nordkurve ausgebuht wird. Jetzt muss er in der zweiten Halbzeit mindestens einen Treffer landen, um sein Gesicht zu wahren ...*«

Paul hörte nur mit halbem Ohr zu, denn er steckte tief in seinen Recherchen. Die TrustSolid wurde in einem Geschäftsbrief aus dem März des Vorjahres wieder erwähnt. Seltsamerweise stammte das Schreiben nicht von der Investmentfirma selbst, sondern trug den Briefkopf des 1. FCN. Unterschrieben hatte ihn Spielerberaterin

Ivonne Wagner, die sich wohlwollend über TrustSolid äußerte und das Unternehmen als »seriös« bezeichnete.

»Du schaust so komisch. Chast du was entdeckt?«, fragte Svetlana, die sich über ihn beugte.

»Ich weiß es noch nicht«, sagte Paul. »So ganz blicke ich nicht durch bei den Investitionen deines Zukünftigen.« Eigentlich blickte er überhaupt nicht durch. Er konnte sich nur vage zusammenreimen, dass Sakowsky immer wieder nennenswerte Geldbeträge an TrustSolid überwiesen hatte, ohne dass irgendwo Erträge oder Gewinne aufgeführt wurden. Das Geld floss nur in eine Richtung, nichts kam zurück. Weder Zinsen noch sonstige Summen, die anzeigen konnten, dass Sakowsky an seinen Investitionen schlussendlich etwas verdiente.

Im Radio verkündete Bäcker den Beginn der zweiten Halbzeit – und wartete mit einer schlechten Nachricht auf:

»*... was sich schon in den letzten Minuten der ersten Halbzeit andeutete, wird leider zur Gewissheit: Dirk Sakowsky hat Probleme mit der rechten Wade. Das raubt ihm Tempo und Durchschlagkraft. Sakowsky kämpft, aber die Blicke des Trainers sprechen Bände. Wird er seinen Favoriten vom Platz nehmen?*«

Paul unterbrach seine Suche und wechselte einen besorgten Blick mit Svetlana.

»Er chatte einen kleinen Uuunfall beim Training«, erklärte sie. »Modzig ist mit seinem Fuß reingerummst in die Bein von meine Dirk. Wir dachten, es ist niiicht so schlimm.«

»Na, hoffentlich hält er durch«, meinte Paul und vertiefte sich wieder in die Auszüge. Er hatte sich nun voll und ganz an der ominösen TrustSolid festgebissen und versuchte, den durch die Briefe hergestellten Zusammenhängen zur Club-Verwaltung einen wie auch immer gearteten Sinn zu entlocken. Doch dabei tat er sich schwer.

Die Zeiger auf seiner Armbanduhr schienen sich immer schneller zu drehen: Jedes Mal, wenn Paul aus seinen Unterlagen auftauchte und nachsah, waren wieder etliche Minuten verstrichen. Allmählich wurde ihm warm.

»... *ein angezirkelter Schuss des Fürther Stürmers sorgt in der 63. Minute für Gefahr auf der Gegenseite!*«, rief Bäckers aufgeregte Stimme aus dem Radio. »*Wenn der FCN jetzt nicht aufpasst und seine Abwehr ... – und da geschieht das längst Absehbare: Der Nummer 8 gelingt per Kopf die Führung für die Gäste, tatkräftig unterstützt von Fürths Sturmspitze, die den Ball mustergültig vorbereitet hatte. Der Club-Keeper, der zuvor schon zwei Attacken der Greuther mit Müh und Not abgewendet hatte, beschwert sich beim Schiedsrichter heftig; das Leder indes war in vollem Umfang über der Linie ...*«

»Miiist!«, ärgerte sich Svetlana. »Wenn sie jetzt niiicht drehen das Spiel, hat meine Dirk schleeechte Laune nachcher.«

Wenn sie weiter keine Sorgen hatte, dachte Paul. Er verfolgte aber sogleich wieder Bäckers Spielbericht:

»... *setzt der Club-Trainer die lange überfällige Entscheidung um und tauscht Sakowsky aus. Zu Recht! Denn Sakowsky hat seine Chance gehabt und sie – verletzte Wade hin oder her – nicht genutzt. Will man eine Niederlage vor heimischer Kulisse in den verbleibenden 13 Minuten noch verhindern, muss die Wende mit allen Mitteln und frischen Kräften herbeigeführt werden ...*«

»Verdammt, sie haben ihn rausgenommen.« Paul sah die Zuversicht, die er bis eben gehabt hatte, schwinden.

»Keine Sorge. Er wird troootzdem im Stadion bleiben und niiicht früher gehen«, meinte Svetlana unaufgeregt. »Das ist so iiiblich.«

»Bist du sicher?«, zweifelte Paul und überschlug die Zeit, die ihm noch vergönnt war, um die Akten und Auszüge wieder in ihren Ursprungszustand zu versetzen, bevor er verschwinden würde.

Mitten in diese Überlegung hinein meldete sein Smartphone den Eingang einer SMS. Sie stammte von Victor Blohfeld.

»N'Abend, Flemming. Schicke Ihnen Foto Ihrer neuen Freundin. Aufgenommen 2011 in Spanien. Da hieß sie noch Katia.«

Paul stutzte und wusste mit der kryptischen Botschaft nichts anzufangen. Als er das Bild anklickte und vergrößerte, wunderte er sich erneut: Es zeigte Svetlana.

»Die Zwillingsschwester?«, schrieb er zurück.

Die Antwort ließ nicht lange auf sich warten: »Nein, ein und dieselbe. Katia Shabanova wird in Spanien als Heiratsschwindlerin und Betrügerin gesucht. Lebt in Deutschland unter falscher Identität.«

Paul las ungläubig Zeile für Zeile, blickte dann zu Svetlana auf, die gerade dabei war, den Glitzerlack auf ihren Fingernägeln zu bewundern. »Irrtum ausgeschlossen?«, tippte er in sein Handy.

»Irrtum ausgeschlossen«, lautete Blohfelds SMS.

Schlagartig verlor Paul das Interesse an Sakowskys wie auch immer gearteten Geschäftsbeziehungen zur

TrustSolid. Sein Fokus lag jetzt auf Svetlana und ihrem doppelten Spiel. Was plante diese falsche Schlange? Und in welcher Rolle hatte sie ihn dabei vorgesehen?

Es gab nur einen Weg, das herauszufinden. Er musste sie zur Rede stellen. Und zwar sofort!

Paul ließ die Auszüge auf der Schreibtischplatte liegen, erhob sich und ging auf Svetlana zu, die nach wie vor die Unschuld in Person mimte. Er schwenkte sein Handy mit Blohfelds enthüllender Botschaft, als er erneut von Bäckers Stimme in den Bann gezogen wurde:

»… *nach diesem dramatischen Spielverlauf unerklärlich, dass Sakowsky entgegen den Gepflogenheiten und angesichts der Bedeutung des Spiels für die Region nicht auf der Ersatzbank Platz genommen, sondern das Stadion wortlos auf direktem Weg verlassen hat. Damit lässt er nicht nur seine Mannschaft im Stich, sondern auch die Fans. Mit einem bösen Nachspiel für den Leistungsträger ist zu rechnen …*«

Paul blieb mitten in der Bewegung stehen. Auch das noch, dachte er. Es würde nicht lange dauern, bis Sakowsky hier aufkreuzte. Nicht viel Zeit, um klar Schiff zu machen und mit Svetlana Tacheles zu reden.

»Was maaachst du große Augen?«, fragte sie und sah ihn eingeschüchtert an, als er sich vor ihr aufbaute.

Paul hielt ihr das Display seines Handys vor die Nase. »Erkennst du dich wieder?«, wollte er mit unverhohlenem Zorn in der Stimme wissen.

»Iiich … miiich?« Svetlanas Blicke wechselten schnell vom Smartphone zu Pauls Gesicht und zurück. »Das Foto ist uuunscharf.«

»Findest du? Für mich ist es scharf genug, um darauf eine Betrügerin zu erkennen.«

»Betrügerin? Waaas redest du für Uuunsinn?« Sie bemühte sich um ein Lachen, doch es blieb ihr im Hals stecken.

»Svetlana – oder soll ich dich Katia nennen?« Paul rückte ihr dicht auf die Pelle. »Du wirst in Spanien polizeilich gesucht. Hast dort als Heiratsschwindlerin abgezockt. Willst du die gleiche miese Masche jetzt mit Sakowsky abziehen?«

Svetlana trippelte zurück, versuchte ihm auszuweichen. »Uuunsinn!«, wiederholte sie. »Ich liebe meine Dirk.«

»Was du liebst, ist nicht der Mann, sondern sein Geld«, meinte Paul bitter.

»Das ist niiicht wahr!«, beharrte Svetlana auf ihrer Meinung und stampfte mit dem rechten Schuh heftig auf den Boden. »Ich chabe gelernt aus meine Fehler. Ich chabe mein Leben geändert.«

»Wer einmal lügt, dem glaubt man nicht«, entgegnete Paul und schloss wieder zu ihr auf. »Du bist hinter Sakowskys Vermögen her.«

»Er chat doch gar keins mehr!«

»Wahrscheinlich, weil du es ihm schon vor der Ehe abgeluchst hast«, schloss Paul spontan aus dem Wenigen, das er bisher konkret wusste. »Hast du ihm zu den Geldeinlagen bei der TrustSolid geraten und profitierst am Ende davon?«

Svetlana sah ihn wirr an. »Nein! Ich mich niiicht auskennen mit Finanzen.«

»Für Heiratsschwindelei haben deine Kenntnisse jedenfalls gereicht«, hielt Paul dem entgegen. »Gib doch zu, dass du deinen Dirk nach Strich und Faden abzockst und ...« Er stockte, als ihm etwas einfiel. Leise, beinahe flüsternd brachte er seinen Satz zu Ende: »... und Buggi Weinfurther ist dir dabei auf die Schliche gekommen.«

Svetlana riss entsetzt die Augen auf. »Nein! Uuunsinn! Du spinnst!«, schrie sie und flüchtete sich ans andere Ende des Arbeitszimmers. Neben einer grazilen Glasvitrine voller Fußballwimpel blieb sie stehen. »Ich liebe meine Dirk!«, sagte sie noch einmal voller Inbrunst. »Das muuust du mir glauben!«

»Die Polizei soll entscheiden, ob und was man dir abnehmen kann«, sagte Paul kalt und suchte in seinem Handy nach Jasmins Nummer.

»Du biiiist eine ...« Svetlana lehnte sich an die Vitrine und versetzte ihr einen kräftigen Schubs. »... eine Idiot!« Gazellengleich sprang sie aus dem Zimmer. Hinter ihr stürzte das Möbelstück um und blockierte wie eine Barriere die Tür.

Paul stieß einen Fluch aus und setzte ihr nach. Er stieg über die Trümmer aus Holz und Glas, gelangte in den Flur, konnte von Svetlana aber nur noch den schönen Rücken sehen, der sich abwärts bewegte. Paul spurtete hinterher, musste auf dem kurzen Weg zur Treppe jedoch weiteren Hindernissen ausweichen. Svetlana hatte den Boden großzügig mit zwei gekippten Blumenvasen und einem umgeschmissenen Telefontischchen garniert.

»Bleib stehen!«, rief Paul. »Das bringt doch nichts, wenn du vor mir wegläufst.«

Das sah Svetlana offenkundig anders: Als wäre der Beelzebub persönlich hinter ihr her, rannte sie durch das Foyer. Dabei schlug sie Haken wie ein Hase und nutzte diese kurzen Umwege dafür, weitere Stolpersteine für Paul auszulegen.

Paul, der sich vorkam wie ein Parkourläufer, hastete ihr nach, holte aber kaum auf, da er durch splitternde Bilderrahmen, auf die Fliesen geschleuderte CD-Hüllen und eine Skulptur mit scharfkantigen Metallecken ausgebremst wurde.

Binnen kürzester Zeit hatte Svetlana die Wohnungstür erreicht. Von Paul trennten sie noch knapp vier Meter.

Ängstlich, ja geradezu panisch blickte sie sich nach ihm um, während sie sich am Türknauf zu schaffen machte, mit ihren schweißnassen Händen aber immer wieder abrutschte. Das kostete sie wertvolle Sekunden – Sekunden, die Paul ausnutzte, um sie abzufangen.

Siegessicher nahm er die letzten Schritte, glaubte, Svetlana bereits am Schlafittchen packen zu können, da spielte sie ihren letzten Trumpf aus. Sie vollführte eine ballettreife Umdrehung, schnappte sich einen abgestellten Schirm, wirbelte abermals herum, funktionierte die Spitze zum Bajonett um und stach dem herannahenden Paul mit voller Kraft in den Oberschenkel.

»Ahhh! Verflucht!«, schrie Paul auf. »Tut das weh!« Schmerzerfüllt beugte er sich runter, presste beide Hände auf das Bein. Doch nur, um sich gleich darauf aufzurichten und es diesem Biest heimzuzahlen.

Aber das Biest hatte längst das Weite gesucht. Paul hörte nur noch das »Klickklack« ihrer Schuhe.

»So leicht kommst du mir nicht davon«, grollte er, ignorierte den fiesen Schmerz in seinem Schenkel und setzte die Verfolgung fort. Paul schoss durch die Tür, bereit, die wenigen Stufen zum Parterre mit zwei, drei Sätzen hinunterzuspringen. Dann weiter durch den kleinen Vorgarten. Mit etwas Glück würde er Svetlana abpassen, bevor sie in ein Auto steigen oder sich in der Dunkelheit verstecken konnte.

Das glimpfliche Ende dieser Hetzjagd hatte er im Geiste schon erreicht, in der Realität aber sollten ihn Welten davon trennen: Kaum hatte Paul die Wohnung verlassen, rannte er jemandem direkt in die Arme. Einem Mann von stabiler Statur und mit trainiertem Körper. Während Paul zurückprallte, wich der andere keinen Deut von der Stelle.

»Sie?«, fragte Paul, als er ihn erkannte.

»Ja, ich!«, antwortete Dirk Sakowsky patzig.

»Lassen Sie mich vorbei«, rief Paul aufgebracht. »Ich muss …«

»Gar nichts musst du!« Sakowsky verpasste ihm einen rechten Haken, der sich gewaschen hatte und Paul augenblicklich ausknockte.

18

Das traditionelle Abschlussessen, das Paul gemeinsam mit seinen Freunden aus einer lieben Gewohnheit heraus jeweils nach der Lösung eines Kriminalfalls im *Goldenen Ritter* zu sich nahm, trug diesmal auch seine eigene Handschrift: Er durfte Küchenchef Jan-Patrick nicht nur bei der Zubereitung helfen, sondern hatte Einfluss auf die Zusammenstellung dieses frühherbstlichen Menüs: Forelle mit Wildkräutersalat und Zitronen-Pfeffer-Creme, Schaumsuppe vom Muskatkürbis mit Flusskrebs, Rinderrücken unter einer Kräuterkruste auf gebratenem Kartoffel-Pilz-Rösti an Schnittlauchsoße und schließlich Jan-Patricks sagenhafte gebackene Apfelküchle auf Quittenkompott und hausgemachtem Vanilleeis.

Zwei Tage waren seit dem Eklat im Hause Sakowsky verstrichen. Die unmittelbaren Folgen für Paul blieben erträglich: Der Spieler verzichtete auf eine Anzeige wegen Hausfriedensbruchs, im Gegenzug belangte Paul ihn nicht wegen des Fausthiebs ins Gesicht. Ein Gentleman's Agreement sozusagen.

Aber die Gedanken an den stürmischen Abend waren heute ohnehin weit weg und Paul ganz in seinem Element: Katinka und Hannah, Pfarrer Hannes Fink, Jasmin Stahl und Victor Blohfeld gehörten zu den handverlesenen Gästen, die in einer abgeschiedenen Ecke des urig-rustikalen Burgberglokals mit ihm schlemmen und ihre Meinung zum Besten geben durften. Während vier von ihnen schon beim Amuse-Gueule ins Schwärmen gerieten, nörgelte Blohfeld in bekannter Manier, noch bevor er den ersten Bissen im Mund hatte: »Ich kann sehr wohl zwischen gutem und schlechtem Essen unterscheiden, finde aber, die Nouvelle Cuisine im Allgemeinen und Ihre Küche im Besonderen wird überschätzt.«

»Weil Sie keine Ahnung haben, Sie Fast-Food-Junkie!«, konterte Jan-Patrick sofort und funkelte den hageren Reporter böse an. »Sie denken wohl auch, Ketchup wäre ein Beigemüse.«

Der beinahe schon ritualisierte Streit der zwei löste allgemeine Heiterkeit aus, die sich bis zur Suppe hielt und erst durch Hannahs ketzerische Frage gestört wurde, wer denn nun der erste Abstiegskandidat sei: der Club oder Greuther Fürth?

»An solchen Spekulationen wollen wir uns nicht beteiligen«, erstickte Hannes Fink eine Diskussion darüber im Keim. »Nachdem Kevin Modzig im Lokalderby den 1:1-Ausgleich geschossen hat, befinden sich die Vereine auf Augenhöhe. Beide haben es verdient, in der Liga zu bleiben, und beide haben auch das Zeug dazu.«

»Ist ja klar, dass Sie wieder mal Harmonie predigen«, stänkerte Blohfeld. »Aber ich sag Ihnen eins: Wenn der Club ...«

»Stopp!«, mischte sich Jasmin Stahl ein. »Ich lasse mir dieses wunderbare Essen nicht dadurch verderben, dass die Rivalitäten der Vereine vom Spielfeld in den *Goldenen Ritter* übertragen werden. Soll doch jeder mit der Mannschaft seines Herzens fiebern, glücklich werden, und gut ist.«

»Ganz meine Meinung«, pflichtete Katinka bei, die sich sowieso nichts aus Fußball machte. Sie hob ihr Glas: »Stoßen wir an auf das Ende des Falls Weinfurther!«

Die Gläser klirrten, nur Blohfeld hielt sich zurück. Aber nicht, weil er beleidigt wegen der wiederholten

Zurechtweisungen war: »Ich finde, man sollte das Prosit auf den Tag verschieben, an dem Svetlana, beziehungsweise Katia Shabanova, gefasst wird.«

»Aber das ist quasi nur noch eine Formsache, reine Routine.« Katinka lächelte den Reporter herablassend an. »Nach der Frau wird gefahndet. Sie kann das Land nicht verlassen, ohne dass sie erwischt würde. Nicht wahr, Frau Stahl?«

Die junge Kommissarin nickte diensteifrig. »Ja. Das Bild von der Shabanova ist an alle Dienststellen, Bahnhöfe, Flughäfen und natürlich an die Bundespolizei rausgegangen. Sogar Interpol hat sie im Visier. Die kommt nicht weit, auch wenn sie es über die Grenze schaffen sollte.«

»Wir werden sehen«, blieb Blohfeld kritisch. »Und selbst wenn Sie sie haben, stelle ich es mir schwierig vor, ihr den Mord an Buggi nachzuweisen. Denn den tödlichen Tablettencocktail hat er allem Anschein nach ja aus freien Stücken zu sich genommen.«

»Das ist so weit richtig«, räumte Katinka ein, wollte sich jedoch nicht die Blöße geben, vor dem Reporter zweifelnd oder zögernd zu wirken. Deswegen redete sie drauflos und erklärte: »Buggi Weinfurther war – wie wir ja inzwischen wissen – besessen von der Vorstellung, er könnte sich an einer gefährlichen Krankheit anstecken, und verordnete sich seine Pillen und Tabletten täglich prophylaktisch. Dabei verwendete er ein Pillendöschen, das er gewohnheitsmäßig bereits morgens füllte und dessen Inhalt er vor der Einnahme nicht mehr kontrollierte. Svetlana hat das Kunststück vollbracht, die mehr oder weniger unkritische Medikamentenfolge durch eine Mixtur aus zusammengenommen tödlichen Bestandteilen zu ersetzen.«

»Kapier ich nicht«, stellte sich Blohfeld dumm.

Katinka seufzte. »Lassen Sie es mich mal so formulieren: Normalerweise wurde das Dosierröhrchen mit den Präparaten A, B, C und D bestückt, alles in allem eine harmlose Kombination, wenn man bei dieser Art von Tablettenkonsum überhaupt von ›harmlos‹ sprechen kann. In unserem Fall aber steckten am Todestag im Röhrchen nur A- und C-Pillen, dafür aber je dreimal so viele wie üblich – eine Überdosis also, die dem ohnehin vorbelasteten Kreislauf Buggis den Rest gab.«

»Danke für den Nachhilfeunterricht, aber das Abc habe ich schon in der *Sesamstraße* gelernt«, stänkerte Blohfeld munter weiter. »Hätten Ihre Jungs aus dem Labor nicht früher darauf kommen müssen? Haben die etwa gepatzt?«

»Erst einmal: Das sind nicht meine Jungs. Und zweitens: Nein, niemand hat gepatzt. Im toxikologischen Befund wurden die im Körper des Toten nachgewiesenen Substanzen einzeln aufgeführt, sodass die besondere Wechselwirkung bei der Übermedikation durch die beiden Präparate erst im Nachhinein aufgefallen ist.«

»Also doch gepatzt.«

»Nein!« Katinka war es offensichtlich leid, sich von ihm permanent vor den Kopf stoßen zu lassen. In schroffem Ton erklärte sie: »Svetlana hat es sehr geschickt angestellt, dem Opfer die letale Dosis zu verpassen und dabei die wahre Todesursache zu verschleiern. Da war viel kriminelle Energie im Spiel.«

»Was zu beweisen bliebe«, beharrte Blohfeld auf seinen Vorbehalten. »Mal abgesehen davon, dass ich diese Mordmethode ziemlich umständlich, unsicher und gewagt finde, traue ich sweet Svetlana gar nicht den nötigen Hirnschmalz für die Planung und Umsetzung eines solch heimtückischen Unterfangens zu.«

»Täuschen Sie sich nicht in dieser Frau«, mahnte Katinka. »Die ist mit allen Wassern gewaschen und lenkt mit ihrer liederlichen Fassade lediglich von ihren wahren Talenten ab. Viele sind ja darauf reingefallen – vor allem Männer«, fügte sie hinzu und trat Paul wie aus Versehen auf den Fuß. Erneut erhob sie ihr Glas und hielt es Blohfeld entgegen: »Seien Sie nicht immer so ein Griesgram und Berufsskeptiker, sondern vertrauen Sie ganz einfach mal den Ermittlungsbehörden.«

Doch Blohfeld ließ sich nicht unterkriegen und rührte sein Getränk nicht an. »Ich bin nun mal Journalist und von Haus aus ungläubig.« Er zwinkerte Pfarrer Fink zu. »Diesmal meine ich nicht Sie und Ihren Verein.«

»Okay«, sagte Katinka mit leicht resignierten Zügen. »Was gibt es denn noch, das Sie an dem Fall stört?«

»Das Motiv«, kam es wie aus der Pistole geschossen.

»Geldgier«, antwortete Katinka. »Sie wollte Sakowsky ausquetschen wie eine Zitrone. So wie sie es vorher schon mindestens ein anderes Mal getan hatte. Ich sage nur: Spanien.«

»Bloß dass diese Zitrone bereits ausgequetscht war«, konterte Blohfeld.

»Sie spielen auf Sakowskys Investitionen bei der TrustSolid an. Eine Briefkastenfirma, wie wir in der Zwischenzeit recherchiert haben. Das Geld ist durch verschlungene Kanäle ins Ausland geflossen. Wir sind sicher, dass die Shabanova hinter allem steckt.«

»Ihr Mann ist da aber ganz anderer Ansicht. Sakowsky hält gar nichts von dieser halbgaren Annahme, sondern sieht sich schlicht und einfach vom Club schlecht beraten. Am meisten aber ärgert es ihn selbst, denn er war es ja, der seine Unterschriften unter die Transaktionen setzte. Auf seine Verlobte lässt er nach wie vor nichts kommen. Er trauert ihr nach.«

»Woher ...« Katinka verschluckte sich am Wein, musste husten. Paul klopfte ihr fürsorglich auf den Rücken. »Woher«, nahm sie einen neuen Anlauf, »wissen Sie das?«

Blohfeld grinste prahlerisch, weil er endlich wieder Oberwasser gewann. »Ich habe ihn heute früh interviewt. Und ich muss Ihnen sagen, für die Arbeit von Polizei und Staatsanwaltschaft hatte er nicht viele gute Worte übrig.«

Nun war es Jasmin, die den Reporter zur Räson bringen wollte: »Vergessen Sie nicht: Die Shabanova ist einschlägig vorbestraft und befindet sich auf der Flucht. Würde sie das tun, wenn sie unschuldig wäre?«

Blohfeld ließ Jasmin eiskalt abtropfen: »Fakt ist, dass Sakowsky niemals mit Svetlana über Geldangelegenheiten gesprochen und sich schon gar nicht von ihr beraten lassen hat. Die Sache mit der TrustSolid hat nichts und wieder nichts mit der Liebelei der beiden zu tun. Ich denke, die Kleine hat ganz einfach nur Schiss bekommen, dass ihre Vergangenheit sie wieder einholt.«

»Wie auch immer«, bemühte sich Katinka um eine baldige Beendigung des Disputs, bei dem sie selbst nicht gerade gut dastand. »Wir haben alles im Griff und werden jedem Hinweis nachgehen. Nun aber sollten wir uns auf den nächsten Gang konzentrieren. Denn er hat es nicht verdient, gegessen zu werden, wenn man mit den Gedanken ganz woanders ist.«

Mit den Gedanken ganz woanders ...

Paul hatte das Streitgespräch mehr oder weniger als Unbeteiligter verfolgt, zumindest hatte er sich nicht eingemischt und nach außen hin die Fassade gewahrt. Aber in seinem Inneren hatte es längst wieder zu arbeiten begonnen. Mit jedem einzelnen von Blohfelds Wortbeiträgen waren seine – ohnehin latent vorhandenen – Zweifel gewachsen, um schließlich bei der Erwähnung der TrustSolid gigantische Ausmaße anzunehmen.

Was in ihm bereits seit dem Abend in der Sakowsky-Villa in Form von Ahnungen und Vermutungen gärte, verdichtete sich nun zu einem klar formulierbaren Schluss: Sie hatten etwas übersehen! Der Fall Weinfurther war keineswegs abgeschlossen. Ein wesentlicher Bestandteil lag nach wie vor im Dunkeln.

Paul konnte unmöglich still sitzen bleiben, zur Tagesordnung übergehen und bis zur Nachspeise ausharren. Er musste etwas unternehmen. Denn andernfalls würde ihn der Dampf, unter dem er jetzt stand, zum Platzen bringen.

Fieberhaft dachte er nach. Alle seine Überlegungen kreisten um die zweifelhafte Immobilienfirma. Hier irgendwo musste der Schlüssel verborgen sein.

Aber was sollte er tun, um diesen Schlüssel zu finden? Paul musste mit der einzigen Person sprechen, von der er sich kompetente Auskünfte über diese spezielle Thematik erhoffte, ja, die vielleicht sogar detailliert über Sakowskys Anlagedesaster Bescheid wusste. Es war schon spät, aber vielleicht würde er sie noch erreichen.

»Entschuldigt mich«, sagte er, als er aufstand und sich die rechte Hand vor den Bauch hielt. »Habe wohl zu sehr geschlungen. Mir ist nicht gut. Brauche dringend frische Luft.«

Die Visitenkarte von Ivonne Wagner trug er noch immer in seiner Brieftasche bei sich. Im milchigen Licht, das durch das von innen beschlagene Schaufenster des *Goldenen Ritters* nach draußen auf den Weinmarkt fiel, las er ihre Handynummer ab und tippte sie ein.

Die Spielerberaterin meldete sich kaum einen Wimpernschlag später: »Wagner, hallo?«

»Flemming am Apparat. Paul Flemming. Sie erinnern sich? Ich bin der ...«

»Na sicher erinnere ich mich. Aber warum rufen Sie um diese Zeit an?«

»Entschuldigen Sie bitte, wenn ich Sie in Ihrer Freizeit störe.«

»Brauchen Sie nicht. Ich sitze eh noch am Schreibtisch. Wollte eigentlich nur ein bisschen Papierkram abarbeiten. Na ja, Sie wissen sicher, wie das ist: Wenn man erst mal anfängt, nimmt das kein Ende, und so hocke ich wahrscheinlich morgen früh noch hier.«

Paul erkannte seine Chance und fragte: »Macht es etwas aus, wenn ich kurz bei Ihnen reinschaue? Ich habe ein paar wichtige Fragen zu Weinfurther und Sakowsky, die mir keine Ruhe lassen.«

»Weinfurther? Ich dachte, die Angelegenheit wäre geklärt?«

»Nicht ganz.«

»In Ordnung. Dann kommen Sie bei mir vorbei. Aber rufen Sie mich noch mal an, wenn Sie da sind. Ich muss Ihnen unten aufsperren, um diese Uhrzeit ist die Pforte nicht mehr besetzt.«

Ivonne Wagner wirkte abgekämpft und erschöpft, als sie Paul in der nur mit Notlicht beleuchteten Empfangshalle begrüßte.

»Vielen Dank, dass Sie ein Ohr für mich haben«, sagte Paul und folgte der Spielerberaterin durch den verlassenen Flur zu ihrem Büro.

»Wie gesagt: Ich bin sowieso noch bei der Arbeit. Wenn Sie mir Gesellschaft leisten, kann mir das nur recht sein.«

»Sehr nett von Ihnen.«

Im Büro angekommen, setzte sich Ivonne Wagner sofort wieder vor ihren Computer und begann in die Tastatur zu tippen.

»Reden Sie nur, ich höre Ihnen zu, während ich schreibe. Wie heißt es so schön? Frauen sind multitaskingfähig.«

Paul ließ sich das nicht zweimal sagen und brachte sein Anliegen vor. In Kurzform schilderte er der Spielerberaterin den aktuellen Stand der polizeilichen Ermittlungen und brachte dann seine eigenen – und Blohfelds – Vorbehalte ins Spiel. Bei der Erwähnung der TrustSolid sah sie erstmals zu ihm auf.

»Sagten Sie ›TrustSolid‹?«, vergewisserte sie sich.

»Richtig. Das ist eine Anlagegesellschaft, die offenbar das Geld ihrer Kunden veruntreut hat. Noch ist die Struktur dieser Briefkastenfirma nicht freigelegt, und über die Hintermänner weiß man schon gar nichts. Fakt ist aber, dass Sakowsky bei dieser Firma mehrere hunderttausend Euro versenkt hat. Ist Ihnen im Rahmen Ihrer Beratungstätigkeit davon etwas bekannt gewesen?«

Ivonne Wagner hob kaum merklich die rechte Braue. »Ja, der Name ›TrustSolid‹ tauchte mehrere Male auf.

Dieses Unternehmen hat sich an einige unserer Spieler herangemacht und mit hohen Renditen geworben.«

»Haben Sie geahnt, dass etwas daran faul sein könnte?«

»Mit Ahnungen allein kommt man nicht weit in unserem Gewerbe.« Sie lächelte schwach. »Nun, ich bemühe mich, unseren Jungs solide Wertanlagen zu vermitteln und halte mich dabei meistens an den Rat der etablierten Geldinstitute. Alles andere wäre zu risikoreich. Aber wenn sie dann mit Gewinnmargen geködert werden, die meine Empfehlungen um ein Vielfaches übersteigen, springen mir meine Schützlinge ab. Da hilft kein gutes Zureden und kein Mahnen.«

Paul, der sich in einem stylischen, aber unbequemen Hartplastiksessel in Club-Rot niedergelassen hatte, wollte wissen, ob Ivonne Wagner auch Sakowsky gut zugeredet beziehungsweise gewarnt hatte.

Sie seufzte. »Bei dem ist Hopfen und Malz verloren. Seitdem Sakowsky ständig von seinem russischen Turteltäubchen umkreist wird, sind ihm meine Ratschläge herzlich egal.«

»Dann sind Sie ebenfalls der Auffassung, dass Svetlana gleichzeitig in der Rolle der Verführerin wie auch als Vermittlerin von betrügerischen Anlagen aufgetreten ist?«

»Ja, das kann ich mir sehr gut vorstellen.«

Paul nickte langsam und ließ die Informationen sacken.

Lagen Katinka und Jasmin also doch richtig? Ließ sich alles auf die hübsche, hinterlistige und mörderische Svetlana zurückführen?

Er dachte daran, wie er Sakowskys Geschäftspapiere durchstöbert hatte. Dabei kam ihm das Dokument mit

FCN-Briefkopf in den Sinn, das er kurz in den Händen gehalten hatte. Ein Empfehlungsschreiben, wenn er sich nicht täuschte. Für den Kauf von TrustSolid-Anlagen.

»Was ich nicht ganz verstehe«, setzte er an und merkte, dass sich Ivonne Wagners Körperhaltung zusehends versteifte. »Als ich Gelegenheit zur Einsicht von einigen Unterlagen im Hause Sakowskys hatte, fiel mir ein Schreiben von Ihnen auf. Ich habe es nur überflogen, aber es las sich nicht gerade wie eine Warnung vor der TrustSolid. Im Gegenteil.«

»Ein Brief? Von mir?« Sie hatte nun kein Auge mehr übrig für ihren PC. »Von wann soll der denn gewesen sein?«

»Das weiß ich wirklich nicht. Ich habe ihn nur überflogen.«

»Mmm.« Sie fuhr sich mit der Hand ums Kinn. »Ich fürchte, da muss ich passen. Wenn Sie keine näheren Angaben dazu machen können, wird es schwer, das Original aufzustöbern und nachzuschauen, was wirklich drinsteht. Jedenfalls wird es ganz sicher keine Empfehlung für die TrustSolid gewesen sein.«

Paul, dem die plötzliche Nervosität seiner Gesprächspartnerin keineswegs entgangen war, wurde stutzig. Allerdings konnte er seinen aufkommenden Argwohn nicht ergründen, da er schlicht und einfach über zu wenige Fakten verfügte, um weitere gezielte Fragen an Ivonne Wagner zu richten.

»Also gut«, sagte er, während er sich vornahm, bei Sakowsky am nächsten Tag wegen des Briefs nachzufragen. »Dann werde ich Sie jetzt Ihrem PC und dem Rest der Nacht überlassen. Vielen Dank noch mal für Ihre ...«

Die Hand, die sich auf sein Gesicht legte, war groß und kräftig. Sie presste ihm ein in Flüssigkeit getränktes Tuch vor Mund und Nase. Gleichzeitig wurde er in den Schalensitz zurückgedrückt.

Paul hielt die Luft an, versuchte sich zu befreien. Doch die stechend riechende Substanz fand den Weg in seine Lungen. Binnen Sekunden wurde ihm schwarz vor Augen.

19

Als er langsam zur Besinnung kam, dröhnte sein Kopf und hing schlaff herunter. Die Arme, die ihm hinter seinem Rücken zusammengebunden worden waren, schmerzten entsetzlich.

Paul saß auf einem hölzernen Schemel, atmete feuchte, kalte Luft, fror, zitterte und fühlte sich elendig. Außerstande, seine Augen zu öffnen, verharrte er in der unangenehmen Position und lauschte ungläubig dem Gespräch, das sich über ihn hinweg entspann.

»Du bist ein Idiot! Vollkommen verblödet!«

Dieses Keifen war unzweifelhaft das aggressive Pendant zu Ivonne Wagners um Ausgleich bemühte Alltagsstimme.

»Ich habe nur gemacht, was nötig war. Wolltest du den Typen etwa ziehen lassen?«

Bei der zweiten, eindeutig männlichen Stimme fiel Paul die Zuordnung schwerer. Er erkannte Tonfall und Ausdruck, aber ihm kam nicht die dazu passende Person in den Sinn.

»Ja! Ich hatte alles im Griff. Du hättest dich einfach nur bereithalten sollen, wie es abgemacht war.«

»Der Kerl hatte dich durchschaut! Der wäre zur nächsten Polizeiwache gelaufen und hätte dich angeschwärzt. Ich musste ihn kaltstellen.«

Paul überlegte noch immer, um wen es sich bei dem Mann handeln könnte, aber es wollte ihm nicht einfallen.

»Kaltstellen – von wegen! Du hast ihn für eine Weile außer Gefecht gesetzt. Aber was soll passieren, wenn er wieder zu sich kommt? Kannst du mir das verraten, du Schlaukopf? Jetzt wird er erst recht zur Polizei rennen.«

»Ja«, kam es kleinlaut von dem Mann. »Das wird er wohl.«

»Na toll! Das ist die große Schwachstelle bei euch Fanatikern: Ihr seid einfach zu schlicht gestrickt.«

Endlich machte es Klick bei Paul – der Mann war kein Geringerer als Fränki Paschwitz! Doch was hatte der Bad Boy mit der Spielerberaterin zu schaffen? Was verband die beiden? Und weshalb hatten sie sich gemeinsam gegen ihn verschworen? Um mehr herauszufinden, beschloss Paul, noch eine Weile den Bewusstlosen zu mimen.

»Du hast mir eingebläut, dass es dieser Flemming ist, der unsere Zukunft gefährdet«, stieg Fränki in die Diskussion mit der tonangebenden Ivonne Wagner ein. »Flemming vermiest durch seine Schnüffelei den Ruf vom Club. Ja, das kapiere ich. Uns ist er auch schon in die Quere gekommen.«

»So sieht es aus, ja«, meinte Ivonne Wagner nun schon friedfertiger. »Deshalb war ich froh, als er sich an dieser Russennutte festgebissen hatte. Ich dachte, der Kelch ginge an uns vorüber und der ganze Wirbel wäre damit erledigt. Wäre er wahrscheinlich auch gewesen, wenn Flemming nicht auf diesen blöden Brief …«

»Ja, das habe ich vorhin mitbekommen«, unterbrach Fränki sie. »Was ist das eigentlich für ein Brief, von dem er geredet hat?«

»Egal. Nicht wichtig. Wenn du einfach nur abgewartet hättest, wäre Flemming unverrichteter Dinge abgezischt und hätte uns endlich in Ruhe gelassen. Doch nun haben wir ihn uns aufgehalst und werden ihn so bald gewiss nicht los.« Sie atmete tief ein und wieder aus. »Du hast uns da in eine üble Situation gebracht.«

»Jaja, hack nur auf mir herum«, schmollte Fränki. »Okay, ich habe Mist gebaut. Und jetzt?«

»Jetzt?« Sie ließ sich Zeit, um nachzudenken. »Jetzt müssen wir die Sache beenden. Ein für alle Mal.«

»Was soll das heißen?«

Ivonne Wagner lachte rau. »Glaubst du ernsthaft, dass wir beide ungeschoren davonkommen, wenn Flemming auspackt? Das bedeutet Gefängnis. Vielleicht für mich, ganz sicher aber für dich.«

»Knast?«, fragte Fränki mit gebrochener Stimme.

»Ja. Für eine Reihe von Jahren.«

»Das packe ich nicht. Mich haben sie als Jugendlichen schon mal weggesperrt. Das ist die Hölle. Noch mal stehe ich das nicht durch.«

»Dann, so fürchte ich, musst du dafür sorgen, dass Flemming keine Aussage machen kann.«

»Wie meinst du das?«, fragte er erneut.

»Ist das wirklich so schwer zu verstehen?«

»Du meinst ... – ich soll ihn ...«

»Wie du es anstellst, ist mir gleichgültig. Wichtig ist nur, dass wir keine Spuren hinterlassen.«

Schweigen. Dann das schabende Geräusch von Schuhen, die über den Betonboden schlurften. Paul schloss daraus, dass Fränki sich in Bewegung gesetzt hatte. Um ihm etwas anzutun? Nein, offenbar wurde der Ultra nur nervös, was sich darin ausdrückte, dass er im Kreis zu laufen schien.

»Das ist mir eine Nummer zu groß«, krächzte Fränki. »Von so etwas war nie die Rede.«

»Ach ja? Ist wohl nicht weit her mit eurer Einsatzbereitschaft für den Club, was?«, verhöhnte ihn Ivonne Wagner. »Von wegen Bad Boy! Nichts als eine leere Worthülse.«

»Das ist nicht wahr«, protestierte Fränki. »Fußball ist mein Leben. Ich würde alles dafür tun.«

»Dann tu es!«, dröhnte sie. »Beweise, dass du nicht nur ein Schwätzer bist. Zeig, was in dir steckt!«

Paul hörte das Knistern von Papier.

»Hier«, sagte sie. »Damit du auch finanziell etwas davon hast. Nimm das Geld und hör endlich auf zu jammern.«

»Danke. Oh, das ist ein Haufen Kohle.«

»Mmm, sollte dich eine Weile über Wasser halten.« Wieder waren Schritte zu hören, diesmal zielgerichteter, gefolgt von einem metallischen Schaben.

»Mit diesem Schraubenschlüssel müsste es funktionieren«, sagte Ivonne Wagner ohne jede Gefühlsregung. »Hau ihm den Schädel ein. Hol aber weit aus, damit der Schlag beim ersten Mal sitzt. Sonst wird das eine elendige Quälerei.«

Paul konnte nicht weiter den Besinnungslosen spielen. Es war an der Zeit zu handeln, wenn er diese irrwitzige Situation mit heiler Haut überstehen wollte.

Er hustete, hob langsam seinen dröhnenden Kopf und öffnete die Augen.

Nun wusste er, was er bereits geahnt hatte: Seine beiden Peiniger hatten ihn in die Lagerhalle verschleppt, die den Bad Boys als Quartier und Bastelstube für ihre Stadionbefeuerung diente. Paul saß auf einem schäbigen Holzstuhl in der Mitte der schwach beleuchteten Halle, ihm gegenüber standen Ivonne Wagner und Fränki.

Die Spielerberaterin bewahrte Haltung und sah finster zu ihm herab. Fränki dagegen, der den großen rostroten Schraubenschlüssel in den Händen hielt, machte mit seinem gequälten Gesicht und dem gekrümmten Rücken einen sehr unglücklichen Eindruck. Die Rolle des gedungenen Mörders behagte ihm offenkundig überhaupt nicht.

Diesen Umstand konnte sich Paul zunutze machen. Er musste sein Heil darin suchen, sich aus seiner bösen Lage herauszureden und an die Vernunft der beiden zu appellieren. Zumindest an die von Fränki. Bei der Wagner würde er schlechte Karten haben – sie hatte bereits jetzt zu viel zu verlieren. Denn Paul glaubte inzwischen fest daran, endlich die wahre Mörderin von Buggi gefunden zu haben.

»Sie wollen mich töten?«, fragte Paul mit heiserer Stimme. Noch einmal musste er husten, um deutlicher sprechen zu können. »Dann machen Sie es kurz und schmerzlos, bitte.« Bei diesen Worten sah er Fränki direkt in dessen wässrig blaue Augen.

Dieser wiegte das schwere Werkzeug in den Händen und suchte verunsichert den Blickkontakt mit der Wagner.

»Du hast gehört, was er gesagt hat«, blaffte sie ihn an. »Bring zu Ende, was du angefangen hast!«

»Bisher hat er nichts angefangen«, sagte Paul nun mit festerer Stimme.

Beide sahen ihn fragend an.

»Es ist doch so«, redete Paul drauflos. »Fränki ist nicht kleinlich, wenn es ums Austeilen von Schlägen geht. Aber mit Unterschlagung und Veruntreuung von Spielerbezügen hat er genauso wenig am Hut wie mit dem Mord an Buggi. Der geht einzig und allein auf Ihre Kappe, Frau Wagner. Ist es nicht so?«

»Halten Sie den Mund!«, befahl sie Paul. »Sie wissen ja gar nicht, wovon Sie sprechen.«

»Ja, wovon?«, fragte Fränki und wirkte jetzt noch verstörter. »Was redet er da von Unterschlagungen?«

»Er fantasiert«, meinte die Wagner beschwichtigend. »Versucht, seinen Kopf zu retten.«

»Aber mit dem Mord an Buggi hat er recht«, sagte Fränki. »Das hast du allein gedreht.«

»Ja. Weil Weinfurther den Club verraten und Interna an die Presse verkaufen wollte. Ich habe auch in eurem Interesse gehandelt.«

»War es nicht eher so, dass Buggi Ihre Machenschaften durchschaut hatte und Sie anzeigen wollte?«, mischte sich Paul wieder ein. »Er hat kapiert, dass Sie Ihre Funktion als Beraterin schamlos dafür ausgenutzt haben, in die eigene Tasche zu wirtschaften. Mich würde es nicht wundern, wenn die Idee mit der fingierten Immobilienfirma auf Ihrem Mist gewachsen ist.«

Fränki schien die Welt nicht mehr zu verstehen. Immer wieder sah er zwischen Paul und Ivonne Wagner hin und her. »Stimmt es, was er sagt?«

»Nein, natürlich nicht! Wie schwachsinnig bist du eigentlich, dass du ihm glaubst?« Die Wagner war feuerrot angelaufen und herrschte den kleineren Fränki an: »Ich habe – genau wie du – immer nur das Wohl des Vereins im Kopf. Alles, was ich tue, ist im Sinne des ...«

»... des eigenen Vorteils!«, unterbrach Paul sie.

»Nein!«, schrie die Wagner. »Nein, nein, nein! Alles Lüge!«

Sie streckte ihre rechte Hand aus. »Fränki, gib mir den Schraubenschlüssel. Wenn du mal wieder versagst, mache ich es eben selbst.«

Fränki jedoch kam ihrem Befehl nicht nach. »Nein«, sagte er tonlos. »Erst möchte ich wissen, wie das mit den Spielergeldern gelaufen ist. Hast du die Jungs wirklich beschissen?«

»Völliger Quatsch! Wie oft muss ich dir sagen, dass Flemming das Blaue vom Himmel redet, nur um davonzukommen.«

»Aber es stimmt, dass Sakowsky viel Kohle verloren hat. Das stand sogar in der Zeitung. Dabei bist du die Spielerberaterin und sollst die Jungs schützen vor ...«

»Halt endlich den Mund!«, fuhr die Wagner ihn an, so laut, dass er zusammenzuckte. »Niemals hätte ich dich ins Boot holen dürfen. Das war ein fürchterlicher Fehler. Aber ich habe nun einmal jemanden gebraucht, der die Drecksarbeit für mich erledigt, wenn es nötig wird.« Sie baute sich vor ihm auf. »Jetzt ist es nötig! Tu etwas für den Club und erledige deinen gottverdammten Job! Sonst ist es vorbei mit unserer Partnerschaft, dann bist du raus, ein für alle Mal!«

»Das war doch nie eine echte Partnerschaft«, wehrte sich Fränki. »Du wolltest mich immer nur ausnutzen. Wie du selbst sagst: Die Drecksarbeit soll ich für dich machen, mehr nicht.«

»Ich gebe dir ja auch etwas dafür.«

»Die paar lausigen Kröten bekomme ich in Wahrheit doch bloß für mein Schweigen, weil ich rausbekommen hab, dass du den Buggi kaltgemacht hast.« Er spuckte auf den Boden. »Auf dein Geld pfeife ich.«

Abrupt griff Ivonne Wagner nach dem Schraubenschlüssel, zog daran. Doch Fränki ließ nicht los.

»Gib her das Ding!« Wie eine Furie riss sie mit all ihrer Kraft an dem Werkzeug.

»Nein! Ich will wissen, was dran ist an Flemmings Behauptungen.«

»Das kann dir egal sein! Lass den Schraubenschlüssel los. Sonst ...«

»Sonst was?«

Zwischen den beiden entspann sich eine Rangelei, bei der Ivonne Wagners körperliche Unterlegenheit allein durch die Kraft ihrer Verzweiflung aufgewogen wurde. Sie schenkten sich nichts im Kampf um das Werkzeug und umkreisten sich wie Boxer, jeder bereit, den ersten Schlag auszuteilen. Dann prallten sie zusammen, umklammerten einander, fielen zu Boden, rangen mit unverminderter Intensität weiter.

Paul ließ sich von dem bizarren Schauspiel nicht ablenken, sondern rieb seine Handgelenke. Auf diese Weise wollte er den Knoten hinter seinem Rücken lösen, der schlampig gebunden war. Paul brauchte keine halbe Minute, um loszukommen.

Den Ringkampf hatte Fränki inzwischen für sich entschieden. Nach wie vor war er Herr über den Schraubenschlüssel und machte sich mit einem beherzten Fußtritt von der wie eine Klette an ihm hängenden Wagner frei. Diese erhob sich um Atem ringend, aus ihrem linken Nasenloch tropfte Blut.

Paul wartete keine Sekunde länger: Er sprang auf, wobei der Stuhl krachend zu Boden fiel. Ehe die beiden anderen verstanden, was vor sich ging, ergriff er die Flucht. Er orientierte sich, sah, dass das Tor mit einer Eisenkette gesichert war, wählte die andere Richtung. Hinter einem Stapel Kisten und Kartons wollte er Deckung suchen, um von dort aus mit seinem Handy Hilfe anzufordern.

Er rannte um sein Leben. Knappe vier oder fünf Meter weit gekommen, tat es dicht neben ihm einen Schlag. Fränki hatte mit dem Schraubenschlüssel nach ihm geworfen!

Paul lief weiter, so schnell ihn seine Beine trugen. Kaum hatte er das Kistenlabyrinth erreicht, duckte er sich und kroch zwischen den Kartons hindurch. Zum Glück war es in diesem Teil der Halle stockdunkel, sodass ihn seine Häscher nicht so leicht finden konnten. Er hörte zwar ihre Schritte, aber diese wirkten orientierungslos und unkontrolliert.

Mit zitternden Händen durchforstete er seine Taschen nach dem Handy. Dabei bemühte er sich, ganz leise Luft zu holen, um seinen Standort nicht durch hektische Atemgeräusche zu verraten.

»Suchen Sie etwa Ihr Handy?«, erklang plötzlich Ivonne Wagners Stimme. Laut und deutlich. Sie konnte demnach nicht weit von ihm entfernt sein.

Paul presste sich die Hand vor den Mund, als er ein weiteres Geräusch vernahm: ein leises Klappern, wie es von einem Plastikteil verursacht wird, wenn es zu Boden fällt. Gleich darauf ein kräftiger Tritt, gefolgt von einem sandigen Knirschen.

»Tja«, ätzte die Wagner. »Mit dem Ding werden Sie nie wieder telefonieren.«

Verdammt! Sie hatten ihm das Handy tatsächlich abgenommen. Paul war geliefert, er saß in der Falle. Was konnte er jetzt noch tun?

»Kommen Sie freiwillig raus, oder sollen wir Ihnen Dampf machen?«, rief sie. Sie war jetzt viel näher dran, das hörte er an ihrer Stimme. Eine Frage von Minuten, bis sie ihn aufgestöbert hätten und – daran bestand für Paul kein Zweifel mehr – ihn töten würden.

In seiner Verzweiflung hallten Ivonne Wagners Worte in seinem Kopf wider: »*Sollen wir Ihnen Dampf machen?*«

Plötzlich merkte er, wie sein Herz einen Satz machte. Ivonne Wagners letzte Drohung brachte ihn auf eine Idee!

Die Kästen rings um ihn herum waren mit Feuerwerkskörpern gefüllt. Er hatte neulich Nacht ja selbst beobachten können, wie sie von den Bad Boys bestückt worden waren. Zwar hätten sie nach Jasmins Anweisungen längst entsorgt und vernichtet werden sollen, doch offenbar hatte niemand die Umsetzung der Anordnung überprüft. Zum Glück: Diese Nachlässigkeit der Behörden konnte Paul nur recht sein!

Abermals fingerte er in seinen Taschen, fand diesmal auf Anhieb, was er suchte. Im nächsten Moment hielt er sein altes, abgenutztes Zippo in der Hand und hoffte inständig, dass es funktionierte.

Ja, es tat ihm den Gefallen: Das Benzinfeuerzeug reagierte schon aufs erste Reiben des Feuersteins. Eine knallgelbe Flamme loderte auf. Paul zögerte nicht, sie an den Deckel des nächsten Kartons zu halten. Sogleich züngelte sie begierig an der Pappe.

»Verflucht! Was ist das?«, schrie Ivonne Wagner, als sie den lodernden Schein bemerkte. »Los, Fränki, schnapp ihn dir!«

Doch dafür war es zu spät. Kaum hatte sie ihren Befehl ausgesprochen, brach in der Halle die Hölle los. Paul warf sich flach auf den Boden und hielt sich beide Hände über den Kopf, als sich unmittelbar über ihm eine geballte Ladung Schwarzpulver entzündete.

Es knallte ohrenbetäubend, gleichzeitig stoben Raketen mit grell blitzendem Schweif in alle Richtungen auf. Heißer Schwefelgeruch legte sich wie Nebel um ihn, glühende Asche und Funken brannten sich durch sein Hemd in die Haut. Doch Paul biss die Zähne zusammen und blieb liegen.

Über das Krachen der explodierenden Böller und das Zischen der Raketen hinweg hörte er das aufgeregte Geschrei von Ivonne Wagner und Fränki. Sie schienen nicht zu wissen, ob sie ihre Suche nach Paul fortsetzen oder sich selbst in Sicherheit bringen sollten. Paul hob vorsichtig den Blick: Im Schein der Bengalos konnte er sehen, wie die beiden kopflos hin- und herrannten. Immer neue Kisten gingen in Flammen auf. Der Brand breitete sich mit rasender Geschwindigkeit aus und erzeugte eine sengende Hitze. Weil dadurch auch immer mehr Sauerstoff aufgezehrt wurde, bekam Paul kaum Luft. Er robbte vorwärts, um aus dem Zentrum des Infernos zu entkommen. Da merkte er, dass eines seiner Hosenbeine Feuer gefangen hatte.

Paul warf sich auf den Rücken, trat mit dem anderen Fuß auf die Glut ein. Es gelang ihm, sie zu löschen. Doch nun musste er sich beeilen, wenn seine Kleidung nicht vollends versengt werden sollte.

Der Panik nahe schlängelte er sich zwischen den Stapeln hindurch. Quälend lange Sekunden später erreichte er eine Nische mit vorgelagertem Hochregal. Dieses diente ihm als Hitzeschild und bot zumindest für den Moment einen hinlänglichen Schutz.

Als sich Paul in der inzwischen völlig verqualmten Halle umsah, fand er Ivonne Wagner und Fränki vor dem Tor. Sie machten sich an dem Vorhängeschloss zu schaffen, hatten sich folglich für die Flucht entschieden.

Zeitgleich meinte Paul, über das Prasseln des Feuers hinweg ein Martinshorn zu hören. Dann ein weiteres, das schnell lauter wurde.

Wie er beobachten konnte, kamen Fränki und die Wagner mit dem Schloss nicht zurecht. Ob aus Nervosität oder weil das alte Ding klemmte, vermochte Paul aus der Entfernung nicht zu beurteilen. Ihr wildes Agieren deutete darauf hin, dass beide in Panik geraten waren.

Als es ihnen dann doch gelang, die Kette zu lösen, mussten sie sich gemeinsam gegen das Rolltor stemmen, um es aufzuschieben. Ein scharfer Luftzug fuhr durch die Halle.

Weit kamen sie nicht.

In der nächtlichen Dunkelheit sah Paul das blinkende Kobaltblau auf den Dächern der Streifenwagen, die vor der Halle Position bezogen hatten.

20

»Schon wieder ihr?«, empfing Jan-Patrick die beiden Gäste überrascht, jedoch keineswegs abgeneigt, in seinem Lokal.

»Ja«, sagte Paul, der seinen Arm um Katinkas Taille gelegt hatte. »Diesmal aber nur in kleiner Runde.«

»In ganz kleiner«, ergänzte Katinka. »Wir bleiben heute Abend unter uns. Ist die Erkernische frei?«

»Selbstverständlich. Ist ja quasi euer Stammplatz. Zwei Tafelkerzen stehen auch schon bereit«, gurrte der Küchenchef.

Paul nickte ihm anerkennend zu und begleitete Katinka die schmale knarrende Treppe ins Obergeschoss hinauf, wo der einladend gemütliche Tisch direkt im Butzenscheibenerker auf sie wartete.

»Holen wir das Fall-Abschlussessen einfach nach«, meinte Katinka gut gelaunt, als sie sich niederließ.

»Ja, und diesmal bleibe ich bis zum Schluss. Heiliges Ehrenwort!« Kaum dass Paul saß, fasste er nach Katinkas Hand und streichelte sie sanft. »Ich bin froh, dass du nicht mehr sauer auf mich bist, obwohl ich dich in letzter Zeit so oft versetzt habe.«

»Wie könnte ich? Immerhin hast du einen peinlichen Justizirrtum verhindert. Ich war felsenfest von Svetlanas Schuld überzeugt und hätte sie gnadenlos ins Kreuzverhör genommen.«

»Stattdessen darfst du dir Ivonne Wagner vorknöpfen – und Svetlana genießt ihre Flitterwochen mit Dirk Sakowsky.«

»Es sei ihr gegönnt.« Katinka schmunzelte. »Obwohl ich nie im Leben erwartet hätte, dass sie wirklich aus

Liebe mit ihm zusammen ist und bleibt. Sie scheint ihr Vorleben in der Tat bereut und ihre früheren Einstellungen komplett über den Haufen geworfen zu haben. Für ihren Fehltritt in Spanien kommt sie wahrscheinlich mit einem blauen Auge und einer Bewährungsstrafe davon.«

»Da sage noch einer, der menschliche Charakter sei nicht wandelbar.« Nachdenklich fragte er: »Was wird jetzt aus der Wagner – und was aus Fränki?«

»Das muss letztlich der Richter entscheiden, aber für Frau Wagner wird es gewiss nicht gut ausgehen. Vorsätzlicher Mord im Fall Buggi Weinfurther, dann deine Entführung inklusive Körperverletzung, von den Unterschlagungen ganz zu schweigen. Das muss nun alles juristisch geprüft und bewertet werden. Jedenfalls wird es ihr Rechtsanwalt schwer haben, wenn er ein paar Jahre unter der Höchststrafe raushandeln will. Ja, und bei Fränki – das ist knifflig: Auch er muss selbstverständlich mit einer empfindlichen Strafe rechnen, unter anderem wegen Behinderung der Justiz. Denn er hat Yvonne Wagners Täterschaft wissentlich verschwiegen. Andererseits verweigerte er sich der Rolle des gedungenen Killers, als die Wagner ihn dazu aufforderte, dich zu töten.«

»Ja, ich habe ihm wohl – trotz allem – mein Leben zu verdanken. Er könnte also mit einem blauen Auge davonkommen?«

»Mit einem dunkelblauen, wenn er Glück hat.«

Jan-Patrick näherte sich mit der heutigen, wie üblich in schwarzer Tinte geschriebenen Speisekarte. Bevor er sie ausbreitete, um seine Gäste vor die Qual der Wahl zu stellen, kam er aufs Thema Fußball zu sprechen: »Was sagt ihr denn zum Spielerwechsel?«

»Wieso Wechsel?«, fragte Katinka. »Modzig hat sich doch dafür entschieden, beim Club zu bleiben. Er hat die Verträge mit Greuther Fürth reumütig bei Max Bronski abgegeben.«

Ja, dachte Paul – und er selbst war Zeuge dieser denkwürdigen Übergabe gewesen, an dem Tag, als er anschließend von der Zivilpolizei durch halb Nürnberg gehetzt worden war.

»Ja, ja, Modzig hält dem Club die Treue«, bestätigte der Wirt. »Aber Sakowsky geht. Wusstet ihr das noch nicht?«

»Sakowsky geht?«, fragte Paul völlig überrascht. »Etwa nach …«

»Nach Fürth, ja«, wusste Jan-Patrick. »Er erhofft sich davon wohl einen angemessenen Ausstand seiner langsam zu Ende gehenden Karriere, denn bei den Kleeblättern kann er von seinem Ruf zehren und noch mal richtig auftrumpfen. Auch wenn er dafür sehr wahrscheinlich finanzielle Abstriche machen muss.« Er legte die Karten ab und hob gebieterisch beide Hände, als er vortrug: »Ich kann euch die Essenz von der Gans mit getrüffelten Grießnocken empfehlen. Sehr lecker ist auch der gebeizte Rehrücken mit Steinpilzsalat und Thymian-Himbeer-Sorbet. Oder wie wäre es mit Dreierlei vom Milchkalb an Rotling-Essig-Sauce?«

Paul winkte ab: »Nach meinem Kochkurs mit dem ganzen Gourmetfirlefanz sehne ich mich einfach nur nach was Handfestem, etwas Traditionellem ohne jeden Schnickschnack.«

»Soso«, meinte Jan-Patrick etwas pikiert. »Was schwebt dem Herrn denn vor?«

Paul lehnte sich zurück, verschränkte die Arme hinter

dem Nacken und lächelte wonnevoll: »A deftiges Schaifala mit Gleeß, Graud un an Salod.«

Danksagung

Dieses Buch ist ein Roman, die Geschichte ebenso fiktiv wie die dargestellten handelnden Personen – ausgenommen die genannten Kicker unseres ruhmreichen 1. FCN. Die beiden Spieler Modzig und Sakowsky existieren aber auch nur zwischen den beiden Buchdeckeln.
Für die langjährige Unterstützung bei Aufzucht und Pflege der Paul-Flemming-Reihe danke ich dem *ars vivendi*-Team. Danken möchte ich meinen treuen Testlesern und Beratern, allen voran meiner Frau Susanna und meinen Eltern sowie Dr. Uwe Meier, Sabine Gräwe und Ralf Lang.
Für die vielen guten Tipps rund ums Thema Fußball und den Club danke ich Maximilian Hensel und Karsten Naumann stellvertretend für viele andere auskunftsfreudige Fans und Insider. Und natürlich meinen beiden Lieblingskickern Felix und Philip, deren Fußballleidenschaft mich zu diesem Buch inspiriert hat.